河北省社会科学基金项目

阿宁论

马晶晶 著

河北大学出版社
·保定·

阿宁论

A NING LUN

出 版 人：朱文富
责任编辑：韩立霞
装帧设计：杨艳霞
责任校对：王亚薇
责任印制：常　凯

图书在版编目（CIP）数据

阿宁论 / 马晶晶著 . -- 保定 ：河北大学出版社，2023.4
ISBN 978-7-5666-2103-0

Ⅰ．①阿… Ⅱ．①马… Ⅲ．①阿宁－作家评论 Ⅳ．①I206.7

中国国家版本馆 CIP 数据核字 (2023) 第 055292 号

出版发行：河北大学出版社
地址：河北省保定市七一东路 2666 号　邮编：071000
电话：0312-5073019　0312-5073029
邮箱：hbdxcbs818@163.com　网址：www.hbdxcbs.com
经　　销：全国新华书店
印　　刷：保定市北方胶印有限公司
幅面尺寸：170 mm × 240 mm
印　　张：14
字　　数：210 千字
版　　次：2023 年 4 月第 1 版
印　　次：2023 年 4 月第 1 次印刷
书　　号：ISBN 978-7-5666-2103-0
定　　价：48.00 元

如发现印装质量问题，影响阅读，请与本社联系。
电话：0312-5073023

目　录

第一章　阿宁的文学故乡
——从张家口到保定

“哪些作品应该成为研究对象，从来就不由‘杰出的文学价值’来决定。每一位教师并不是选择他/她认为属于世界十大名著的作品，而是选择那些具有某种代表性的作品，也许是代表一种文学形式，或者是代表文学史上的一个历史时期……‘最好的’作品是在要代表什么的语境中选定的。”①

上述这段话出自乔纳森·卡勒的《文学理论入门》，它为我们研究阿宁的作品提供了一个启示，我们该把阿宁及其作品放入什么样的语境中思考其价值与意义？当我们这样思考时，地域文学研究成为我们的立足点之一，沿着这条思路继续向前，张家口和保定成为我们走进阿宁及其作品的关键词，它们在后文也会成为我们面对阿宁作品的视点之一。

阿宁，原名崔靖，祖籍河北故城，1959 年 11 月生于张家口。阿宁的父亲曾是一名军人，新中国成立后，父亲志愿转业到张北服务，母亲随后也来到张北，阿宁自幼与父母扎根在张北农村。虽然父母都是张北县的基层干部，但阿宁经常说自己是村儿里的。这种张北草原的“村儿”里经历大约有十三年。这十三年，阿宁有一半多是跟着母亲在不同村子辗转求学中度过的。其后，父母工作调动，阿宁随父母搬至张北县城。在张北县城，阿宁经历了放弃高考、调换工作、恋爱失败等。“一般而言，童年经验是指从儿童时期（现代心理学一般把从出生到成熟这一时期称为‘儿童期’）

① 乔纳森·卡勒著，李平译：《文学理论入门》，译林出版社 2013 年版，第 52 页。

的生活经历中所获得的体验。”① 今天，当我们阅读阿宁的作品时，会发现整个张北生活已化作阿宁难忘的童年经验，一次次化入他的文学世界里。有人曾经疑问居于都市的阿宁，乡村题材作品何以写得如此漂亮？这段生活经历是解开这一疑问的一把钥匙。从早期作品《责任》《谎言》一直到近期作品《乌兰一支更》《遥远的哈拉乌素》，阿宁时时闪现着对这段童年经验的书写与重构。对此，是否可以将张家口称为阿宁的文学故乡？

谈及文学故乡，我们会想到鲁迅的《故乡》、沈从文的《边城》、萧红的《呼兰河传》，想到莫言的东北高密、贾平凹的商周世界、迟子建的北国世界，等等。王德威曾说：“在中国现代小说的传统中，‘原乡’主题的创作可谓历久而弥新。‘故乡’因此不仅只是一地理上的位置，它更代表了作家所向往的生活意义的源头，以及作品叙事力量的启动媒介。”②

童庆炳说：“几乎每一个伟大的作家都把自己的童年经验看成是巨大而珍贵的馈赠，看成是取之不尽、用之不竭的创作源泉。”③

如果把阿宁的故乡书写与莫言、贾平凹、迟子建等的文学故乡相比较，显然阿宁并没有像上述作家一样，一以贯之地以张家口的风物为坐标建立起鲜明的故乡符号与文学王国。但如果从叙事力量的启动媒介和创作源泉角度来说，阿宁在张家口的所见所闻、所读所思等都成为他的创作动力，催发了他的艺术创作。阿宁 1983 年发表于张家口《长城文艺》上的处女作《责任》，在艺术建构上就是典型的还乡情节，这些将在后边章节细述。

阿宁与保定这块土地结缘，契机源于河北大学与河北省作协联办的作家班。阿宁凭着自己广博的文化积累和已经发表的作品，于 1987 年 9 月考入了河北大学作家班。1989 年 7 月阿宁作家班毕业时，恰逢保定地委委托铁凝推荐一些优秀的作家充实保定的创作队伍，阿宁征得父母同意后，留在了保定地区文联。2022 年 4 月《莲池周刊》刊发《阿宁：保定是我的文学福地》一文，其中阿宁深情地讲述了他与保定的文学情缘。保定作为文化古城，具有深厚的历史、文化和文学底蕴，阿宁幼时通过《敌后武工队》

① 童庆炳：《作家的童年经验及其对创作的影响》，《文学评论》1993 年第 4 期。

② 王德威：《原乡神话的追逐者：沈从文、宋泽莱、莫言、李永平》，《想象中国的方法：历史 · 小说 · 叙事》，生活 · 读书 · 新知三联书店 1998 年版，第 225 页。

③ 童庆炳：《作家的童年经验及其对创作的影响》，《文学评论》1993 年第 4 期。

《烈火金刚》等作品已对保定形成了初步印象。初中时，语文老师推荐他阅读孙犁的《白洋淀纪事》，如诗般的文字与风景让阿宁对保定有了美的具象化的认识，孙犁的文字也进一步滋养了阿宁的文学梦想，启发了他的审美理想。高中时，阿宁每天中午都会和家人一起听半小时广播，保定作家申跃中的长篇小说《挂红灯》情节跌宕起伏、引人入胜，深化了阿宁对保定的认识：这个地方真了不起！到保定上学后，阿宁看到了古莲花池的碑刻，感受到了淳朴的民风，接触到了有才情的作家，浸润在浓郁的文学氛围中，这一切都让他受益匪浅。三十多年来，阿宁扎根在这方文学沃土，成家立业、交友结朋，视野越发开阔，校园、官场、都市等诸多题材涌入了他的文学世界。保定的生活经验与张北的童年经验交融在一起，阿宁以喷涌的态势创造出属于自己的绚烂的文学世界，因此保定可以视为阿宁的第二文学故乡。

第二章　不凡的起步：小说《责任》及 1980 年代的创作

第一节　多重文学经验的融合

1983 年，阿宁在张家口地区文联主办的《长城文艺》上发表短篇小说《责任》。《责任》叙述了曾在农村生活过的城市青年北征，十二年后回到当初的村子板申图，遇到了当年的同桌许小芬，由此开始了两人对往事的追忆。在北征的印象中，许小芬当年梳着两条很细的辫子，蓝褂子洗得发白，戴着黑色的套袖，浑身上下朴素秀气。在许小芬的印象中，北征小时候是个顽皮的猴孩子。短暂的追忆后，叙述转入两人当下的生活状态。北征由猴孩子变成了回村搞调查的作家，在小芬的眼中变成了"人类灵魂的工程师"。小芬的细辫子变成了披散的烫发，蓝褂子变成了水红色的涤纶衫。小说对小芬的叙述重点不在于外貌的变化，而在于以北征的见闻呈现小芬的生活与精神困境。北征在公社客房住了五天，听村里的熟人谈论小芬的对象："后边像个阿姨，前边连鬓胡须，手里提着录音机，一步三摇算个啥东西。""可惜小芬挑来拣去，怎么跟了这么个人。""嫁给城里人，高升了嘛。"① 听了人们的议论，第一次拒绝了小芬邀约的北征，再次遇到小芬时，便走进了她的宿舍，听小芬述说自己的遭遇与精神困惑：她遇到了一个被其美貌吸引的城市小伙子，当小芬对小伙子产生感情时，发现原来不抽烟、

① 阿宁：《责任》，《长城文艺》1983 年第 6 期。

不喝酒、文静的小伙子的真面貌——抽烟、喝酒、吹牛。已经订婚即将登记的小芬，想和小伙子分手，但碍于村里的守旧思想和人们的口舌，内心陷入挣扎与迷茫，她急需从北征这里得到一点勇气和力量。北征对小芬的事情看得清晰透彻，他内心的声音是："这是你一辈子的大事，要有主心骨，不要优柔寡断。自己的事自己拿主意，不合适就分开。"① 但北征害怕小芬错过青春年华，更害怕承担责任，于是说出："既然已经准备结婚，就不要三心二意了，再说，年岁已经不小，不能再耽误时间。"② 北征说完便匆匆告辞，小芬眼含失望。隆冬季节，北征第二次回到板申图，再次走到许小芬的宿舍。小芬不在，她和她男人打架，脑袋上被砸了两个口子住进了医院。北征陷入了自责——当小芬抛却了贞洁的羞耻，把所有一切都告诉他时，他本可以给小芬一点力量，帮助她跳出不幸，然而他却辜负了小芬的信任，辜负了小芬说他是"人类灵魂工程师"的期许。

《责任》是一部短篇小说，在这部公开发表的作品之前，阿宁已经尝试过多次写作，包括一些诗歌，一般都是发表在张北县文化馆主办的内刊《张北文艺》上。所以《责任》算是阿宁公开发表的处女作，它在艺术上谈不上成熟，但如果从小说的两大因素——故事内核和艺术意蕴角度来说，我们认为这部作品融合了众多的文学经验之美。

谈到融合众多文学经验之美，我们先穿插一段阿宁的阅读经历。一个刚刚起步的作家，当他最初创作时，无论有意识还是无意识，都会从他的阅读经历中找到一个或多个学习的对象。就像文学大师鲁迅也曾在《我怎么做起小说来》中说自己"大约所仰仗的全在先前看过的百来篇外国作品和一点医学上的知识"③。

阿宁是一个酷爱阅读的人，当我们座谈时，他专门谈到自己少时多病，身体不好不能正常上学，便把所有精力都放在了读书上。那时张北县几乎没有新华书店，文化资源比较匮乏，阿宁的阅读途径主要是借阅。第一个借阅的地方是张北县图书馆，阿宁央求父亲给他办了一张儿童借阅证。第

① 阿宁：《责任》，《长城文艺》1983 年第 6 期。
② 阿宁：《责任》，《长城文艺》1983 年第 6 期。
③ 鲁迅：《鲁迅全集・南腔北调集》，人民文学出版社 2005 年版，第 526 页。

二个借阅的地方是县农业局一个姓王的干部家。这个干部是阿宁父亲的同事，他的爱人在电影院卖票，家里书多，阿宁常常借来读。第三个地方是阿宁的初中英语老师霍老师家。霍老师的爱人叫刘建峰，是语文老师，有大量的藏书。就是在霍老师家，阿宁阅读了大量的俄苏文学作品和中国现代文学作品。给阿宁留下深刻印象的是高尔基的作品以及《文学原理》《艺术哲学》等书。再到后来，阿宁认识了河北师范大学的一名女生，这位女同学一次次从河北师范大学图书馆借书并通过邮局寄给阿宁，阿宁读完再寄回。如此往返间，阿宁读到了普希金、司汤达、陀思妥耶夫斯基、卡尔维诺、米兰·昆德拉等文学大师的巨著，他惊异着司汤达的《红与黑》，感慨世间竟有这么好的小说！

插入这段阅读经历，不是为了印证《责任》直接受到哪位作家哪部作品的影响，只是想表明阿宁在开启自身的创作前，的确已经具有比较深厚的知识、文化与文学积淀，它们为阿宁在自身创作中融合众多文学经验之美提供了可能性。当然这种可能性在《责任》中不是以赤裸的形式显现出来的，我们具体来看一下。

首先从故事内核角度来说，《责任》可以归入还乡小说。

研究者李敏在她的论文《"故乡"修辞与中国当代经验书写——20 世纪 80 年代以来的文学还乡记》中开篇即提出："'还乡'是文学的传统题材，古今中外的文学作品中都不乏经典篇目，无论是规模宏大的《奥德赛》，还是篇制简短的《诗经·采薇》，都在讲述有关还乡的故事。进入 20 世纪后，中国社会发生了剧烈变化，无论主动还是被动，中国的现代化转型已然开启。而现代社会的重要特征之一，即流动性增强，与此相应的是，'还乡'也成为中国现代作家最青睐的题材之一。"① 她结合文学创作实践在文章摘要处指出："20 世纪 80 年代以来，中国文坛上的还乡记创作逐渐兴盛。"② 此外，她还以还乡故事中的主人公身份为依据，将此类作品划分为知识分子还乡记和农民工还乡记。

---

① 李敏：《"故乡"修辞与中国当代经验书写——20 世纪 80 年代以来的文学还乡记》，《文艺研究》2021 年第 3 期。

② 李敏：《"故乡"修辞与中国当代经验书写——20 世纪 80 年代以来的文学还乡记》，《文艺研究》2021 年第 3 期。

通过上文对《责任》内容的介绍，可知主人公北征是一个作家，我们可以把阿宁的《责任》归入知识分子还乡记。无论阿宁有意为之还是无意为之，他的《责任》恰好纳入了 20 世纪 80 年代中国文坛还乡记创作的大潮中。还乡记创作不单纯是一种文学书写，其中应该包裹着作家的个体经验与时代经验，这是我们对《责任》的进一步剖析。

从个体经验角度而言，地域会时常成为我们观察阿宁作品的一个视点。《责任》开篇提到主人公回到板申图。板申图是张北县二台镇的一个小村子，与后文阿宁写到的波罗素村相邻。当年阿宁的父亲作为“走资派”被下放到板申图，阿宁当时大概五六岁，跟随父亲在这个村子生活了两年多，所以从创作个体角度而言，阿宁是把自己童年的部分经验截取到了《责任》中。结合阿宁自己的描述，我们认为这种个体经验是通过对丰富童年经验的回望，形成对成年缺憾的一种补偿。阿宁曾经谈到母亲，说母亲是一个脾气不好难以亲近的人，他和母亲之间很少有亲昵的行为与交流。阿宁谈到这种母子的隔阂时神情黯然，但板申图世界的母亲是不一样的，母亲不是“走资派”，仍然留在公社上班，每月都会到板申图看望阿宁父子，给他们洗衣服，给阿宁做好吃的，这些日常生活的温暖细节都清晰地印在阿宁的脑海中。我们可以想象，一家人每月见一次面，时间弥足珍贵，一定是夫妻恩爱、母慈子乐的融融画面，所以板申图世界里的母亲是温柔可亲的。除此之外，在阿宁的记忆里，除去房东的女儿经常欺负他这一点不大美好外，村里老百姓对他们充满善意的纯朴的乡情也令他难忘。所以阿宁在《责任》这部公开发表的处女作中，把还乡的笔触伸向板申图不是纯粹偶然，他是在对个体经验的重述中，再次涵泳、回味意识深处的亲情与乡情。

从时代经验角度而言，中国现当代文学的还乡记，是书写中国现代经验的重要载体。阿宁的《责任》作为短篇小说，还难以呈现历史的厚重与宏大，也难以呈现过于复杂的人性与情感。所以，虽然故事内核在情节上是还乡，但纳入 20 世纪 80 年代的当代文学还乡叙事中，它并没有呈现中国走向世界、走向现代进程中故乡丑陋、故乡落后、故乡终结等的巨大焦虑与危机，而是在故乡和个体的分离与回归中，更多呈现知识分子个体的反思，但这种个体反思又不是纯粹的向内的个人经验，因为这种个体反思建立在知识分子向外启蒙失败这一事件之上。知识分子向外启蒙的行动由于有了个体与个体、个体与群体之间的对话，使得文本显现出与时代及文学传统的关系，在个体经验之中融入了时代经验。那么阿宁呈现的是一种怎样的时代经验呢？让我们再回到文本中。

主人公北征回到板申图的目的是调研，但叙事的重点并不在调研，而是他和许小芬的重逢。这次重逢我们可以归纳为许小芬遇惑，北征作为知识分子启蒙失败并逃离的行动。我们把这一行动放入中国现代文学经验中，它最典型的精神原型应该是鲁迅的《祝福》。

《祝福》是鲁迅小说集《彷徨》中的经典篇目，创作于五四运动的低潮期，因选入中学语文教材被读者广为熟知。钱理群在《中国现代文学三十年》中认为鲁迅的《呐喊》《彷徨》集中了“看/被看”与“离去—归来—再离去”两大小说情节、结构模式。“离去—归来—再离去”[①]，也被称为“归乡”模式，《祝福》恰恰也在“归乡”模式之中。所以我们上文分析的《责任》的还乡叙事不仅可以归入20世纪80年代的文学经验中，也可归入20世纪20年代“五四”文学经验中——这还有待进一步思索。我们先着重从启蒙的精神原型这个角度来谈一谈。

钱理群认为《祝福》存在三个视点，即“我”、祥林嫂与鲁镇，从而构成了三重关系：“我”与祥林嫂的关系、祥林嫂与鲁镇的关系、“我”与鲁镇的关系。我们可以按照钱理群的分析，将阿宁的《责任》分为北征、许小芬、板申图三个视点，理出北征与许小芬、许小芬与板申图、北征与板申图三重关系。由此，我们可以通过关系的对比观照两个文本。

《祝福》的启蒙主题主要从“我”与祥林嫂的关系来看。祥林嫂，一个无知无识的底层劳动妇女，饱受“父权、夫权、神权”的压抑，在封建礼教与传统道德伦理的夹缝中急需一点光明的指引。作为知识分子的“我”，是祥林嫂眼中“识字的出门人”，被祥林嫂抱以信赖，理应承担启蒙者甚至拯救者的角色，然而“我”面对祥林嫂有无灵魂、有无地狱、死后一家人能否见面的追问，没有给出科学理性的答案，以“也许有吧”“论理，就该也有，然而也未必”“说不清”这样模棱两可的话语搪塞逃脱，使得祥林嫂在惶恐不安中无声无息地死去。这是一个知识分子启蒙者软弱、遁逃的

---

① 钱理群：《中国现代文学三十年》（修订版），北京大学出版社1998年版，第37—38页。

叙事。

《责任》中与之对应的人物关系是北征与许小芬的关系。许小芬与祥林嫂已经有了本质的不同，她受过教育，是公社的广播员，是一个打扮时髦的新女性。文本的讽刺之处就在于，这个新女性却同样饱受封建主义贞洁观的困扰。许小芬已经发现城市小伙子劣迹斑斑，为什么不和他分手？原因就在于她和小伙子已经发生了关系。“也许，在男人来说这没什么，可对于女人就有了不值钱的感觉。即使别人不知道，自己也看不起自己了。”“我想和他一刀两断，你说，人们会怎么看？”“家里不会同意的……已经订了婚。”① 从这些话语中可以看出，小芬自己、村里人、家里人已经用封建礼教的道德观念将小芬困于精神的网中。北征，这位小芬眼中“人类灵魂的工程师”，理应为小芬指出出路，然而他却以“和家里人商量”“年岁已经不小，不能再多耽误时间”“他有缺点，也应该积极帮助他”等托词敷衍小芬，最终小芬在失望中陷入婚姻的不幸。所以，这部小说也可以总结为一个知识分子启蒙者软弱与溃败的叙事。

钱理群说：“鲁迅无疑是最具有原创性与源泉性的现代中国的思想家与文学家，中国现代思想与文学的开创者之一。他的精神深刻地影响着他的读者、研究者，以至一代又一代的中国现代作家、现代知识分子和青年。”② 他甚至认为“几乎所有的中国现代作家都是在鲁迅开创的基础上，发展了不同方面的文学风格体式”③。我们难以判断阿宁的文学经验中包裹着多少鲁迅的印记，但我们通过对比，的确发现了阿宁的《责任》与鲁迅的《祝福》中第一组关系在启蒙/被启蒙情节建构上的巨大相似之处。20 世纪 80 年代也被学者们称为一个文化启蒙的年代，阿宁的《责任》发表于 1983 年，从知识分子启蒙原型这个角度，尤其是和鲁迅《祝福》在情节建构方面的相似性而言，我认为阿宁传承的是鲁迅式的启蒙经验，在时代与个体的交织中呈现批判与反思。当然，我们恰恰也可以在这种对比中，发现阿宁的《责任》在艺术与思想深度上尚欠火候。

---

① 阿宁：《责任》，《长城文艺》1983 年第 6 期。

② 钱理群：《中国现代文学三十年》（修订版），北京大学出版社 1998 年版，第 34 页。

③ 钱理群：《中国现代文学三十年》（修订版），北京大学出版社 1998 年版，第 34 页。

鲁迅在《祝福》中对知识分子反思的剖析是这样的："我的答话委实该负若干的责任……但随后也就自笑，觉得偶尔的事，本没有什么深意义……而况明明说过说不清，已经推翻了答话的全局，即使发生什么事，于我也毫无关系了。"①

鲁迅《祝福》中通过"我"和祥林嫂的对话，不仅展现了祥林嫂的精神困境，更展现出了知识分子的精神困境，并通过知识分子推卸责任的话语，深刻揭露了知识分子灵魂的软弱与无情。

我们再看阿宁在《责任》中对知识分子反思的剖析："他突然清楚地意识到，对于她的不幸，他是有责任的。她把所有的苦恼、怀疑和犹豫都告诉了他，盼望着他的帮助，就像一个落水者，把胳膊全伸向他。可他却任凭她沉没。他对得起她的信任吗？他本来应该给她输送一点力量，使她一跃而起，跳出那片汹涌的波涛。可他退却了。从某种意义上说，他是一个罪人。他犯了罪！她把贞洁看得那么重要，却敢于信任他，把一切都告诉他，这是为什么？对了，她说过：'人类灵魂的工程师呀！'她相信他能够铸造灵魂。想到这里，北征一下子脸红了。虽然在这雪夜里没人看到他，可他还是觉得脸上火辣辣的。"②

和鲁迅相比，阿宁的知识分子反思主要停留在忏悔、自责的层面，还未触及灵魂的批判。我们可以结合两个文本中的另外一组关系来理解，即祥林嫂与鲁镇，许小芬与板申图。钱理群认为在三重关系中，最受读者关注的是祥林嫂与鲁镇的关系，它展开的是儒、释、道传统吃人的主题。这重关系的浓涂重抹就将祥林嫂的精神困境与知识分子的困境、反思和社会时代联系起来，所以《祝福》的知识分子个体反思是建立在社会历史深度上的。反观阿宁的《责任》，其更多笔墨放在了北征与许小芬这一关系线上，许小芬与板申图的线索基本是北征的听闻转述，简单的言语勾勒淡化了这一线索，意味着文本淡化了社会历史维度，知识分子的个体反思也就少了深度，似乎只要知识分子勇于担责，事情就会有根本的转变，实际忽略甚至遮蔽了造成女性生存与精神困境的更深刻的时代社会原因。

---

① 鲁迅：《鲁迅小说》，内蒙古文化出版社 2011 年版，第 110 页。
② 阿宁：《责任》，《长城文艺》1983 年第 6 期。

分析完故事内核，接下来，我们从艺术意蕴角度谈谈阿宁的《责任》。

文学作品包含文学语言、文学形象、文学意蕴三个层次。一般来讲，所有作品都含有文学语言和文学形象层，但不一定含有意蕴层，意蕴对于文学作品来说是更深更高的层次。但到底什么是意蕴，我们似乎很难用语言准确地定位它的含义。黑格尔将其描述为“意蕴总是比直接显现的形象更为深远的一种东西”，“内在的生气，情感，灵魂，风骨和精神，这就是我们所说的艺术作品的意蕴”。① 刘勰将其描述为“深文隐蔚，余味曲包”“隐也者，文外之重旨者也”。② 唐代诗僧皎然提出“两重意已上，皆文外之旨”③。这些描述性的语言虽然没有给我们直接提供艺术意蕴的定义，但其共同之处在于表明艺术意蕴往往不是单层次的，而是多层次的。叶朗在《美在意象》中认为意蕴很难用逻辑判断和命题的形式把它说出来，带有某种程度的多义性、宽泛性、不确定性和无限性。彭吉象在《艺术学概论》中说艺术意蕴是深藏在艺术作品中内在的含义或意味，常常具有多义性、模糊性和朦胧性，经常是只可意会，不可言传，很难给出一个准确的定义，属于仁者见仁、智者见智的范畴。马克思主义理论研究与建设工程教材《文学理论》中给出的定义：“文学作品的意蕴，是指由文学语言和文学形象所传达的意义，属于文学作品的结构的最深层次。”④ 童庆炳在《文学理论教程》中将其定义为“文学意蕴是指文本所蕴含的思想、情感等各种内容，属于文本结构的纵深层次”⑤。我们可以看出，当下文艺理论对意蕴的定位，基本延续前人的观点，给出的都是一些可衍生的描述。当然，当下的这些理论书籍在描述之外，也力图给出意蕴分析的一些思路。如马克思主义工程教材《文学理论》和童庆炳《文学理论教程》将意蕴主要分为三个主要层次：审美情韵层、历史内容层和哲学意味层，而每一个主要层次又可以做多层次分析，在三个主要层次中，必不可少的是审美情韵层。分析阿宁《责任》的艺术意蕴，就从必不可少的审美情韵层入手。

---

① ［德］黑格尔著，朱光潜译：《美学》（第1卷），商务印书馆1979年版，第25页。
② 《文学理论》编写组：《文学理论》（第2版），高等教育出版社2020年版，第123页。
③ 《文学理论》编写组：《文学理论》（第2版），高等教育出版社2020年版，第123页。
④ 《文学理论》编写组：《文学理论》（第2版），高等教育出版社2020年版，第122页。
⑤ 童庆炳主编：《文学理论教程》（第5版），高等教育出版社2015年版，第228页。

阿宁的《责任》，在努力讲好故事的同时，无疑是有艺术意蕴的。虽然《责任》淡化了以板申图为缩影的整个社会语境，缺少了深厚的历史层和可能以象征性出现的哲学层，但读阿宁的作品，并不觉得枯燥干瘪，《责任》中的某些段落极有审美情韵。审美情韵是作品从材料、形式、形象、整体情境等方面流溢出来的美的情感和韵致。《责任》中美的情感与韵致如果也放到中国现代文学经验中，则带有孙犁式的诗意。

孙犁是"荷花淀派"创始人，他的作品清新、明丽，颇具含蓄蕴藉之美。如果从地域文化角度来说，孙犁和保定很有渊源，他青少年时期，很长一段时间在保定求学，让他蜚声文坛的小说《荷花淀》，恰恰也是缘起于当时隶属于保定市的安新县同口镇（现隶属于雄安新区），所以，保定地域文学研究的学者将孙犁奉为保定作家群第一代领军人物之一。阿宁在与我的交谈中曾经说过，在中国现当代文学史中，他非常喜欢孙犁的作品，年少时曾一遍遍品读孙犁的小说，现在家中收藏了许多孙犁的作品，包括同一作品的不同版本，当他自己开始创作时，有效仿学习孙犁的地方。阿宁的创作起步于张家口，但他当时心仪学习的作家是保定作家群的孙犁，阿宁现在被研究者归入保定作家群第三代作家之中，大概也是冥冥之中的缘分，所以，阿宁的《责任》从审美情韵上带有孙犁式诗意不是纯粹的偶然。阿宁现在也认为他早期小说带有孙犁的影子。

孙犁作品的诗意，是一个比较大的话题，仅以孙犁和诗意为关键词在中国期刊网检索可检索到160多条文献，有人物的诗意、结构的诗意等，我主要想从景物描写的美感与韵致这一点具体谈一谈。

小说《荷花淀》是孙犁"荷花淀派"的扛鼎之作，其中出色的景色描写已传为经典。

"月亮升起来，院子里凉爽得很，干净得很，白天破好的苇眉子潮润润的，正好编席。女人坐在小院当中，手指上缠绞着柔滑修长的苇眉子。苇眉子又薄又细，在她怀里跳跃着……这女人编着席。不久在她的身子下面，就编成了一大片。她像坐在一片洁白的雪地上，也像坐在一片洁白的云彩上。她有时望望淀里，淀里也是一片银白世界。水面笼起一层薄薄透明的雾，风吹过来，带着新鲜的荷叶荷花香。”①

虽然有研究者经常说孙犁不擅叙述全景式的、完整的情节，但孙犁善于抓取生活的画面与细节，用干净、简洁的语言加以艺术的强化与升华。《荷花淀》这段描写聚焦在白洋淀最具日常生活感的女人织席的场景，通过“月亮”“潮润的苇眉子”“雪地”“云彩”“雾”“荷香”等意象的聚合，短句的停连，营造如诗如画的情境，你可以说它是景色描写，也可以说它是一首带着乐感的小诗，小说开篇就用一种诗的节奏将读者带入水乡轻柔的世界、带入耐人咀嚼的审美世界。

我们接着看一看阿宁《责任》开篇的景物描写。

“他站在公社门口的杨树下，望着村西走过来的羊群。傍晚的阳光刺得人眯起眼睛，每只绵羊的背脊上都镀了一层金黄。那小时候听惯了的‘咩咩’的羊叫声，唤起了他的回忆。离公社不远有一口井，羊群饮过了水，就奔向羊栏，那里羔羊在呼唤。傍晚的风很凉爽……”②

这段文字选取的是张北草原最具日常生活感的场景——傍晚羊群归来，语言同样是干净、简洁，傍晚的阳光、镀金的羊群、咩咩的羊叫、凉爽的风等美好意象的叠加，使读者通过文字感受进入张北草原优美的田园牧歌世界。这和孙犁的文字结构方式极其相似。当然，中国现代文学史上还有类似的文风，只是因为阿宁亲自谈到他对孙犁作品的热爱，我们溯流求源把阿宁景物描写中的这种美的意蕴与情致总结为孙犁式的诗意。

《责任》在阿宁自己眼中只是早期练笔的作品，但通过上文分析，我们会发现这部公开发表的练笔处女作，在故事内核和艺术意蕴方面，都可圈可点，它已经显现出了阿宁有意味地结构故事的能力。此外，阿宁在吸纳转化中国文学经验时已经显现出了其创作的艺术倾向。以下我们结合1980年代的几部作品总体来谈。

① 孙犁：《荷花淀》，天津人民出版社2010年版，第3页。
② 阿宁：《责任》，《长城文艺》1983年第6期。

第二节　别致现实主义的先声

阿宁 1980 年代的主要作品除去上文的《责任》，还包括 1984 年第 5 期《长城文艺》发表的《回声》、1985 年 9 月号《小荷》发表的《大沟》、1988 年第 6 期《百花洲》发表的《谎言》等。《回声》与《大沟》是短篇小说，《谎言》是一部中篇小说。我认为这几部作品代表了阿宁早期的艺术探索以及在这种探索中呈现出来的艺术倾向，这种探索与倾向可以概括为别致现实主义的先声。

2001 年，阿宁的小说集《坚硬的柔软》作为别致现实主义系列，在花山文艺出版社出版。曾任中国作协创研部研究员、长期从事中篇小说研究的文学评论家牛玉秋在丛书总序中，将阿宁的《坚硬的柔软》、万方的《没有子弹》等六位作家的作品称为别致现实主义系列，用以标示几位作家艺术创作的特点。阿宁的《坚硬的柔软》刊载于 1997 年《十月》第 1 期，1997 年 12 月荣获河北省第七届文艺振兴奖，是阿宁艺术创作相对成熟期的作品，但通过阅读我们会发现，《坚硬的柔软》中呈现出的别致现实主义艺术特征，在阿宁早期作品中已显露出来。

别致现实主义具体是指"90 年代全球化趋向和中国现代进程影响下的写作背景，对现实主义的文学写作产生了深刻的影响。其中最突出的表现就是当下所有优秀的现实主义小说创作都或多或少地吸取了现代观念或现代手法，这种吸收使得现实主义的小说创作别具意味和韵致"①。

理解阿宁早期作品的别致现实主义，需要从现实主义和别致两个维度入手。

从现实主义维度看，现实主义文学的首要原则是按照生活的本来面目进行写作，其题材主要是面向现实、面向社会，观察人与人之间、人与环境之间的关系，从而反映、再现现实的真实。从现实主义这一维度切入阿宁早期的几部作品，它们确实带有现实主义的特点。我们先对几部作品内容做一些介绍。

---

① 阿宁：《坚硬的柔软》，花山文艺出版社 2001 年版，第 1 页。

《回声》以第一人称叙述视角叙述了“我”、三喜、二宝等几个年轻人的日常生活。小说的前半部分是欢闹的喜感：才貌不佳但有来钱路子的三喜踌躇满志，早早娶了媳妇，生活工作不如意的“我”、二宝和三喜的两个小姨子喜欢到三喜家串门儿，聊天打牌天南地北地胡扯，几个年轻人企图靠世俗的欢乐排遣心中的郁闷，三喜家每天热热闹闹。小说的后半部分转入感伤之中：时代在发展，三喜的小姨子考上了电大，二宝在厂子改革后当上了车间主任，“我”所在的文工团经过一番改革后实行经济承包，我们都忙碌起来，不再有时间去三喜家。因厂子打破了“大锅饭”，三喜被调离了仓库，切断了来钱的路子，同时三喜的爱人意外小产，三喜家陷入冷清之中。三喜结婚三周年时，“我”和二宝来到三喜家，努力恢复往日的气氛，但再也回不到过去。小说前后氛围的转变表现出几个年轻人心态的变化，也在前后对比中，从日常生活的视角展现了改革的浪潮对年轻人的推动与改变。

《大沟》以第三人称叙事视角在顺叙与插叙中讲述了三个年轻人之间的情爱纠葛。小说主人公“他”与黄萤相恋。黄萤的昔日恋人叫石君，外人都传说黄萤背叛了石君，因为石君的存在，“他”心中对这份感情没有十分的把握，心中不免惴惴，也对石君充满了好奇。“他”与黄萤翻山穿过大沟时偶遇在山里教学的石君，三个人各怀心事都没有说话。与石君分开后，“他”与黄萤相互表白，掩盖各自的心事。可惜动情的情话无法填补大沟的存在，“他”与黄萤最终分手。与黄萤分手后的“他”，不时陷入往日回忆中，“他”想探究黄萤背叛他的原因，觉得石君就是“他”的影子，于是借到山里搞经济调查的机会，再一次穿越大沟，独自找到石君。石君回忆了自己与黄萤之间的故事，“他”怀着愤懑与委屈认为黄萤骗了石君，也骗了“他”，石君却不这样认为，他经历了时间的冷静后，已学会感谢生活中赐予的一切。“他”看着石君，懂得了生活是怎样造就人，勇敢向前寻找灯火。

《谎言》以第一人称叙事视角在时空交错中编织了一个女人和三个男人的故事。一个女人是雪梅姨。雪梅姨家极度贫困，十五岁的雪梅姨还没有裤子穿，围着被子坐在家里，爸爸下乡看到这个没有裤子穿的闺女，到供销社给她买了一条绒裤。后来公社需要话务员，爸爸让雪梅姨做了话务员。爸爸是雪梅姨故事里的第一个男人。话务室在“我”家隔壁，五岁生病在家的“我”，天天躺在炕上，雪梅姨经常来照顾“我”，童年的“我”喜欢雪梅姨，把书中一切美好的女性幻化成雪梅姨的样子，渴望自己长大，渴望亲近雪梅姨，但年少的“我”没有能力保护雪梅姨。母亲看出雪梅姨对父亲复杂的情感，急迫地想把雪梅姨嫁出去，雪梅姨苦苦哀求也无济于事。父亲本来有能力保护雪梅姨，但他任由母亲将雪梅姨嫁给了一个大队书记。这个大队书记是雪梅姨故事里的第二个男人。大队书记和雪梅姨过了一段平静的生活，但他的猜忌和嫉妒很快让两人的感情产生了裂痕。雪梅姨怀孕了，她等待着幸福的降临，但等来的是灾难，她的男人因伤瘫痪，她的孩子先天肌无力，苦难消磨了雪梅姨的青春与活力。后来她的男人死了，“我”长大了，来到雪梅姨的村子，和雪梅姨生活在一起，成为雪梅姨的第三个男人。雪梅姨又怀孕了，“我”却要开学离开了，雪梅姨又将陷入等待中。

通过介绍，我们对阿宁早期几部作品的叙述内容已经有了初步了解。包括上一节的《责任》在内，它们都是直接从生活取材，甚至和作家自身生活有微妙的关系。对阿宁多做一些了解，我们就会发现其早期几部作品奇妙地串起了阿宁在张北草原的生活经历。

阿宁自己五六岁时生过一场大病，大概有两三年时间一直在炕上躺着，导致他未能和同龄人一起入学，好在母亲非常重视对他的教育，教他读书认字。上学后的阿宁，凭着天资聪慧，功课反而在同学之上，尤其文笔甚佳，经常负责班里的板报等事宜，在大家眼里是一个很能“写”的小孩，而他自己也树立了成为作家的梦想。高中毕业后，阿宁曾在张北县银行短暂工作，后来为了自己的作家梦，他不顾所有人反对，坚决从银行调入张北县文化馆创作组。文化馆期间，阿宁经历了一次刻骨铭心的恋爱。他在文化馆前的西瓜摊上认识了河北师范大学的一个女生，可惜遭到了女孩父亲的坚决反对。阿宁当时占用的是自然减员的指标，很长一段时间是工人身份。工人与大学生恋爱，不仅女孩子的父亲反对，县城许多人都认为阿宁是“癞蛤蟆想吃天鹅肉”。年轻的阿宁有着强烈的自尊，他在痛苦中主动选择了分手。

所以，《谎言》中那个因病不能动只能躺在炕上的主人公，《回声》里在文工团工作的主人公，《责任》中作家身份的主人公北征，《大沟》里那个落寞、倔强的失恋的“他”，可以说是阿宁将自己的现实经历投射进作品艺术加工后的产物。

当然，作品取材自作家熟悉的生活不一定就是现实主义，法国大作家普鲁斯特的《追忆似水年华》就带有自传性质，但它是一部现代主义的意识流小说。取材于现实往往是现实主义文学的重要条件，而不是必要条件，关键还要看处理材料的方式，即是否按照生活本来的样子去描写生活。阿宁前期几部作品是否按生活本来的样子如实描摹？我们看几段文字。

“我们喜欢到三喜家串门儿。”①

“三喜的洞房布置得很讲究，满堂的东北榆家具，最新式样的全包沙发，这一切在霓虹灯变幻的光色里，显得富丽堂皇而意态朦胧。”②

第一句话单独成段构成小说《回声》的开头。小说开门见山，没有修饰，口语化的表达，事实的陈述，一下子把读者带入日常生活的场景中。第二段是对三喜洞房的描写，家具的材质、家具的样式，作者侧重做客观的描摹。

“我跟着她回到家，看见了那两间陈设简陋的住房，看见了糊着麻纸的窗户中间镶嵌的那块玻璃，看见了墙上并排贴在一起的四张年画……她很忙。忙忙碌碌地活着。走过院子，一群鸡就跟着她走。啄她的脚后跟。她的脚后跟上沾着一块马粪，马粪里有一颗大麦。那些鸡就看见了。她进了屋。三口大猪就跟着进了屋。拱她的腿，拱她的脚面。她轰着，可猪并不害怕。有一只猪翘起尾巴，拉了一泡屎。”③

这段文字出自小说《谎言》，尽管这部作品因叙事技巧使得情节扑朔迷离，但涉及雪梅姨生活环境的描写时，阿宁从细节入手，极其逼真地再现了雪梅姨的生活境遇，读者无须想象，场景真实，如在目前。

上述文字让我们看到阿宁的确有面对现实、观察现实、客观再现现实的一面。但稍微有一些阅读经验的读者也会发现，他的作品从整体上与传统现实主义明显不同，那就是他的“别致”。

---

① 阿宁：《回声》，《长城文艺》1984 年第 5 期。

② 阿宁：《回声》，《长城文艺》1984 年第 5 期。

③ 阿宁：《坚硬的柔软》，花山文艺出版社 2001 年版，第 5 页。

牛玉秋认为："传统的现实主义基本上是社会学本体，即通过人物、事件、历史揭示其间的社会学意义。而别致现实主义小说则力图突破社会学意义对小说的限制，从生存哲理、精神本位、生命主体的高度上表现生活。"①

牛玉秋所说的传统现实主义，经典之作如巴尔扎克的《人间喜剧》，托尔斯泰的《安娜·卡列尼娜》《复活》等，他们不仅重在客观再现生活，关键是他们笔下的社会生活是全景式的社会生活，他们的生活从横向来看包括生活的多个部门，从纵向来看是现象与本质的结合。他们以宏大叙事力图再现生活的广阔性与丰富性，提炼出能够反映时代本质与发展趋势的典型环境，所以巴尔扎克是法国社会的"书记官"，而托尔斯泰是"俄国革命的一面镜子"。

阿宁 1980 年代的几部作品，并不是宏大叙事，我们前文分析《责任》时曾谈到在人物关系中，小说淡化了许小芬与板申图这一带有社会历史意味的线索。按照我们前边的观点，这使得小说缺乏《祝福》的社会批判深度，但它的好处可能就像牛玉秋所说，突破了社会学意义对小说的限制，使小说呈现心理现实的特征。

牛玉秋从生存哲理、精神本位、生命主体的角度分析阿宁的"别致"，她用阿宁 1990 年代的《坚硬的柔软》《和解》《奔跑》等作品加以说明。我们用这几个关键词做标尺，会发现这种别致在 1980 年代的作品中早已存在。我们具体来看一看。

小说《大沟》，题目本身就带有哲理性的意象。"山和沟其实是一回事，有山的地方就有沟。沟是山的一部分……它像是一条伤口，大山的伤口……人总是喜欢把自己的伤口掩饰起来，而大山却不是这样，他想。人掩住伤口，那是人的自尊；山袒露伤口，那是山的高傲……可我还是会记住你的，记住你的那条沟。我已经懂了，懂得了生活是怎样造就着人。"②

大沟作为核心意象，在小说中多次出现，如果说第一次出现的它的确指的是自然意义上的山沟，那么后边的它已经具有了超越其自然意义的其

① 阿宁：《坚硬的柔软》，花山文艺出版社 2001 年版，第 2 页。
② 阿宁：《大沟》，《小荷》1985 年 9 月号。

他内涵，联系作品来看，它象征着黄萤与石君、黄萤与“他”之间无法弥补的情感裂痕，更深一层象征着人生路上必然会有的逆境与挫折，是人生的组成部分，人最终都会具备跨越大沟的能力。

精神本位和生命体验是衡量“别致”的另外两个标尺，两者共同指向人的精神、心理世界。这里我想插入阿宁的一些个人生活，在我看来，这些经历为他作品的精神维度提供了可能性。

前文我们曾提到阿宁从小聪慧多病，这其实使阿宁比同龄人敏感而早熟，很早就有了对人生的体察与思考。阿宁幼时直面三种人的生活。

第一种是阿宁自家的生活。阿宁的父母都是干部，双职工，虽然在农村生活，但可以吃到白面馒头，他并未吃过苦。

第二种是当时张北农村普遍贫困的生活状态。张北草原地广人稀，人均二三十亩地的家庭比比皆是，但亩产几十斤的产量也仅仅能够果腹，许多家庭没穿没盖，有的家庭一家人合穿一条裤子，谁出门谁穿，有的家庭炕上的席子因为年久烟熏火燎，烂到露出土炕，有的孩子甚至包括女孩子，年龄挺大了还光着身子上街。

第三种则是阿宁姥姥家的生活。阿宁的姥爷曾参加过艰苦卓绝的抗日战争，新中国成立后，姥爷一家定居北京，生活条件相对优越。阿宁曾经说过一个细节，比他稍大几岁的舅舅，1960 年代就拥有非常高级精美的塑料磁吸铅笔盒，而自己只有一个铁铅笔盒，他多次央求母亲给他买一个塑料磁吸铅笔盒，母亲也没有答应。

三种人截然不同的生活境遇所带来的落差从童年就已经渗入阿宁的意识中。它们既丰富了阿宁的生活经验，更丰富了他的心理经验。于创作而言，我们能看到这些生活经验日后化作素材不断催生着他的文学生产，取材是直观的体现，更深刻处还在于被这些生活镂刻的心理经验：阿宁一方面吃着白面馒头，在底层乡民的眼中品味着优越感；另一方面则在舅舅的塑料磁吸铅笔盒前，捧着自己的铁铅笔盒品尝着失落感。优越感和失落感之间的落差从童年持续发酵到少年，让他萌生了通过创作成名改变自身命运的念头，更让阿宁敏感地认识到人与人的差别、人生的不易甚至人性的善恶。这对文学创作来说，是一大幸，它们让阿宁的创作从起步就有了精神本位、生命体验的深刻性。

《责任》重在呈现许小芬和北征的精神困境，尤其是知识分子精神世界的剖析。《回声》重在写改革浪潮之下几个年轻人精神世界的变迁。《大沟》重在写“我”恋爱中的患得患失以及失恋后的无助、彷徨、委屈、愤怒、软弱等诸般情绪。《谎言》中“我”对雪梅姨的心理依赖，雪梅姨面对生活困苦的希冀、抗争、麻木等，从阿宁的字里行间自然流淌出来。与再现典型环境中的典型人物相比，阿宁更直接从精神层面把握人物、表现人物。

比单纯的精神层面的描写更深刻的在于，二十多岁的阿宁已经在作品中表达着对生命的感受、审视与反思。对于阿宁来说，个体自我和张北草原底层百姓是他观察生命、体验生命的聚焦点。阿宁从小面对三种截然不同的生活，尤其在姥爷家相对优越生活的对照之下，张北草原底层百姓辛苦劳作却无法改变的苦困生活状态，让他极受震撼。阿宁自己幼时多病的困扰、少时失恋的苦恼，以及他努力想改变自身命运与暂时不能实现的矛盾，让他此时的生命体验表现出来的是生命的无能为力感：《责任》中北征无能为力改变许小芬的命运；《大沟》中“他”无能为力挽救自己的爱情；《回声》中“我”、三喜、二宝无能为力挽回逝去的情怀；《谎言》中雪梅姨无能为力改变女性的困境，“我”也无能为力拯救雪梅姨。这种无能为力在作品中以苦闷、愧疚、无奈、怨恨、叹息、忍受、麻木等多种生命形态外化出来，有时甚至是以绝望的恶心感逼视无能显形。

“我吃惊地望着这个孩子，感到身上很冷，喂完了饭，雪梅姨把他放倒，打开围着的被子，看见最里面的尿垫子已经涂成一片金黄，一股臭气冲着我的鼻子扑过来……望着这个孩子，童年所经受的一切都回到了我的脑海里。我想起那时那个孩子什么也没有，只有一双会转动的眼睛，那双眼睛竭力想穿透墙壁，想看见什么。有时他想转动身体，换一个方向看看，可是他不能……有一次拉了屎，拉了一褥子，很臭。他喊母亲，母亲不答应。母亲开会去了。直到现在他还记得躺在粪便里的感觉。刚才他一看见那个孩子涂满金黄的尿垫子，就什么都想起来了。他想起了屁股上那种摆脱不了的潮湿……”①

这是《谎言》中的一段文字，金黄、臭气、潮湿，阿宁毫不掩饰地将

---

① 阿宁：《坚硬的柔软》，花山文艺出版社 2001 年版，第 6—7 页。

人生置于屎尿之中，那种无法摆脱的绝望化为恶心，形象化地把生命的无能为力感写到了极致。

以上我们用生存哲理、精神本位、生命体验为标尺，解析了阿宁 1980 年代的几部作品在现实主义之外的“别致”，足以发现，别致现实主义发端于阿宁创作的起步之初。牛玉秋的理论框架注重从文本内容解析阿宁作品的别致。其实除去内容，“别致”也体现在形式和叙事技巧方面，叙事视角的交错使用，倒叙、插叙、频率等的叙事时间安排，文本时间与故事时间错位的情节碎片，也让阿宁与传统现实主义侧重全知全能视角、侧重情节的完整性等表现出了不同。有关阿宁的这些叙事技巧，我们后边章节再细谈。

本章结语

阿宁凭着对文学的热爱，迈出了自己坚实的创作脚步，他在吸纳前人文学经验的基础上，也在探索属于自己的文学风格，使其作品在呈现现实与挖掘心理方面都表现出不凡的气质，其“别致”的风格放到今天的文学语境中也不过时，放回 1980 年代的语境中，还颇有一些先锋色彩。朱栋霖在《中国现代文学史 1917—2012》中提出：“伤痕文学、反思文学、改革文学，正是其所处的拨乱反正和改革开放的社会情境下的主导性社会政治话语，其所具有的启蒙功能主要立足于社会政治层面。它们的目的主要是为当时的思想解放和改革开放的社会政治实践进行文学的论证。”① 朱栋霖的话语阐明了 1980 年代主流叙事话语的社会政治审美倾向。阿宁曾困惑自己 1980 年代前期投稿屡屡碰壁的原因，今天我们回望就会发现，他注重心理现实的审美倾向与当时的主流叙事话语相疏离。1985 年前后，文坛上开始出现寻根文学思潮，文学开始超越社会政治层面，转而思考民族文化、民族性格。几乎同时，刘索拉的《你别无选择》、徐星的《无主题变奏》、莫言的《透明的胡萝卜》、马原的《冈底斯诱惑》等先锋文学出现，他们不仅超越社会政治层面，更大量吸纳西方文学的手法革新文学的语言和技巧，

---

① 朱栋霖等主编：《中国现代文学史 1917—2012》下册（第 2 版），北京大学出版社 2014 年版，第 159 页。

人的深层心理——感觉冲动成为他们作品表现的重点。所以，阿宁的《谎言》终于走出张家口发表在《百花洲》上并非偶然，那是阿宁的艺术探索与1980年代后期文学变革的不期相逢，这种艺术探索将伴随阿宁从张家口走向保定。

1980年代作品概况

短篇小说《责任》载《长城文艺》1983年第6期。

短篇小说《回声》载《长城文艺》1984年第5期。

短篇小说《好消息》载《长城文艺》1985年第2期。

短篇小说《大沟》载《小荷》1985年9月号。

短篇小说《小镇无英雄》载《长城文艺》1987年第2期。

短篇小说《绝处》载《小说创作》1987年9月号。

短篇小说《山里红》载《长城》1988年第4期。

中篇小说《谎言》载《百花洲》1988年第6期。

短篇小说《梦游》载《河北文学》1989年第8期。

第三章　开拓与磨砺：1990 年代的文学创作

当对阿宁及其作品的分析从 1980 年代进入 1990 年代，我首先想阐明的是，时间是人类用以描述物质运动过程或事件发生过程的一个参数，将时间具体化为年代只是为了确立解析作家及其作品的坐标轴，而不是将作家作品做时间的一刀两断，这意味着当我们进入 1990 年代的作品时，它们一边呈现新变，一边携带着 1980 年代的痕迹。阿宁 1990 年代文学新变的首要标志，是其文学故乡从张家口转移到保定。这一转移过程要从 1980 年代末的张家口地区文联、宫克一、河北大学作家班等说起。

第一节　文学故乡的转移

我们在上一章提到阿宁的文学故乡张家口，如果就阿宁个人的成长来说，可以细化到坝上，细化到张北。坝上含张北县、康保县、沽源县和尚义县四个县。1980 年代的张家口属于河北省生活贫困地区，坝上属于张家口生活贫困地区，张北则是国家级贫困县。那时一提到坝上，既带有地域的属性，也带有群体特征，这个群体特征是偏僻与贫困。这种经济的落后制约了文化的发展，自我封闭的生活方式导致文化的贫乏，人们普遍文化水平比较低，甚至没有文化。在这样的地方，爱好文学的阿宁与周围的环境格格不入，属于人们眼中的另类。好在当时有张家口地区文联的存在，让阿宁得以保存、满足和释放文学的梦想，给阿宁提供了机遇，插上了文学的翅膀。

在我们具体谈张家口文联对阿宁创作的影响前，先粗略地介绍一下

1980 年代的中国文学制度。丁帆在《中国现当代文学制度史》中曾援引美国批评家杰弗里·J. 威廉斯《文学制度》一书说："从各种意义上说，制度产生了我们所称的文学，文学问题与我们的制度实践和制度定位是密不可分的。"① 同时丁帆指出："无疑，上个世纪 80 年代是文学制度恢复、波动、起伏最活跃的年代，而 1984、1985 年之交召开的中国作协第四次代表大会是又一次文学组织和体制的新的调整，这一组织化体系化的调整给此后一段时间里的文学创作、批评，乃至文学制度，都产生了一系列的重大影响。重建文学制度，首先亟须恢复和重建的是文学机构——文联与作协。"② 南京师范大学的赵普光在《文学机构的恢复与重塑——80 年代文学制度研究之一》一文中也提出："重建 20 世纪 80 年代的文学制度，首先亟须恢复和重建的是文学机构。"③ 文章从文联、作协等组织的重建，文学干部的制造，文学生产的动员等方面梳理了 1980 年代文学机构的恢复与重塑，尤其提到文联、作协及各级相关机构所开办的专门性讲习班、学习班、创作班对作家发展有实际的促进作用。

这种简单的语境介绍，可以帮我们理解，为什么张家口地区经济水平比较落后，但位于张家口市的文联却能成为一个集结大咖的文化高地。那时，张家口文联每隔一年或两年就举办创作会，阿宁当时虽然作品不多，但已才华初显，小有名气，自然在作者会的受邀之列。阿宁第一次参加作者会，就结识了对他一生产生重要影响的宫克一。

宫克一是张家口康保县人，曾任康保县委办公室主任，是一个热爱文艺的人，早期曾为康保二人台剧团创作二人台小戏《儿女亲事》。让宫克一名声大噪的是小说《骏马飞腾》，它创作于 1973 年，算是比较早的知青题材作品。

"立冬过后的鸡登乌素草原，西伯利亚寒流带来了铺天盖地的暴风雪。怒吼的白毛风横扫浩瀚无边的大牧场，丝绒球一般的雪团填满了广漠的空间，随着风飞舞旋转，翩翩地降落，给大地披上了一层波浪形的、天鹅绒

① 丁帆：《文学制度与百年学史》，《当代作家评论》2016 年第 5 期。

② 丁帆：《文学制度与百年学史》，《当代作家评论》2016 年第 5 期。

③ 赵普光：《文学机构的恢复与重塑——80 年代文学制度研究之一》，《中国现代文学论丛》2017 年第 1 期。

似的巨毯。”①

这段文字即出自《骏马飞腾》，可以看出确有一定的文学性。当时诸多小说集选录该文，尤其是小说被改编成快板书、话剧、木偶片等艺术形式，使宫克一成了名人和坝上顶尖的作家，大家以认识宫克一为荣。阿宁认识宫克一时，宫克一是以作者的身份参加创作会，后来宫克一调入张家口文联，成为张家口文联副主席。

宫克一十分赏识才华内敛的阿宁，两人成了无话不谈的忘年交。年轻的阿宁，将不愿向人诉说的工作、生活与情感的苦闷，说与宫克一。宫克一将自己丰富的生活阅历化作指路明灯，为阿宁指出两条路：第一条就是遵照父母的意思，找一个县里姑娘，结婚生子养家，它可能意味着文学梦想的破灭；第二条就是坚持梦想，坚信自己，终有一日可以凭借自己的才华走出张北县、走出张家口。骨子里有一股执着劲儿的阿宁毅然选择了第二条路，这是促成阿宁文学故乡转移的转折点。

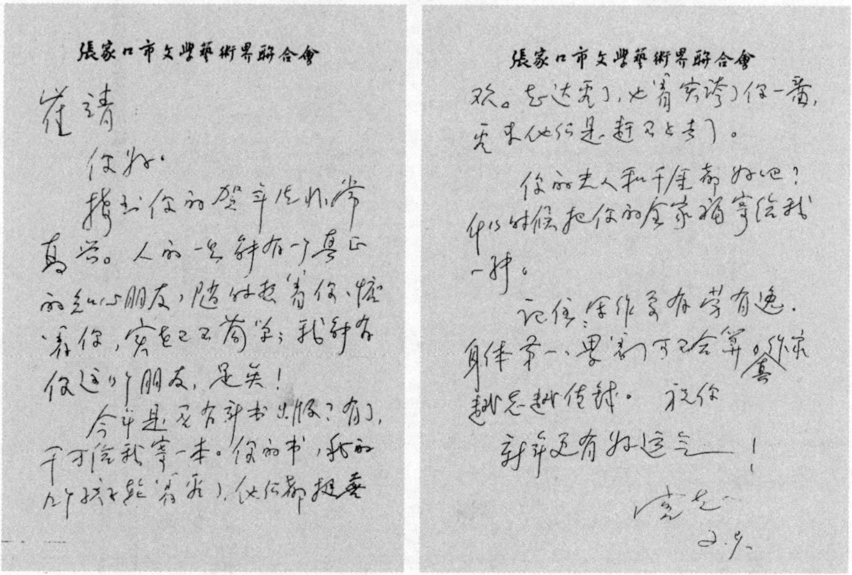
張家口市文學藝術界聯合會

張家口市文學藝術界聯合會

宫克一给阿宁的信

① 《“文革”时期反映知青生活的小说——以〈朝晖〉为例》，中共信阳市委办公室网站。

痛悼我的老师宫克一

阿 宁

9月21日，一位朋友突然来电话告诉我宫克一老师去世的消息。我当时觉得头晕，腿有些发软，放下电话后，涌上一股空虚感。一个好人就这么消失了。我真想痛哭一场，可是眼泪并没有流出来。那种悲哀憋在心里，反而更加难受。

我当即买了到张家口的火车票，我必须去，我要为我的老师送行。在夜行的列车上，我望着外面闪过的点点灯火，和宫老师交往的情景一幕幕在眼前浮现。

对于我来说，他是一棵大树。跟他认识时，我还是个二十多岁的小伙子，那时他在河北文坛上很有影响，他写的《骏马飞腾》被广泛地改编成各种文学形式，银幕上在演，收音机里在播出，评书、快板书、广播剧等等。巢姑娘的形象可以说家喻户晓。当时我们一起参加张家口地区文联举办的小说创作会，我第一次看见这个名气很大的小说家，感到他是个极普通的人。在那次会上，他创作的《沉重的爱》，在《长城文艺》上发表后，很快就被刚刚创刊的《小说选刊》选载，接着又获得了河北省文艺振兴奖。他为张家口赢得了一份荣誉。

和别的老师相比，他更像一个普通干部，而不是像一个文人。他和我相处时，我能从他专注的目光中，感受到他对我的爱。

他喜欢我，像一只老羊喜欢一只小羊。那个时候的我，觉得有了文学，就有了生活。在笔会上我们不停地笑呵、闹呵，开着各种玩笑，搞着各种恶作剧。宫老师笑眯眯地看着我们，他不但不反感，反而露出羡慕的神情。于是我们这些年轻人就自然地围拢在他身边，他成了我们的中心。

后来有一天，我的父亲去世了，我在家里失去了最后一个庇护。我爱好文学，在县里人眼里本来就是好高骛远，不谋正业。从小养成的任性、率直的性格，也不被单位领导喜欢。我自视甚高，觉得自己前途远大，实际上却没有作为，身为工人，却爱上了一位外语系的大学生，在失恋的日子里我蓬头垢面，疾病缠身，所有人都在嘲笑我这个自不量力的人。那时，我觉得我不但被父亲丢弃了，还被这个县丢弃了。

那时宫老师已经调到张家口地区文联担任副主任。在县里无法忍受时，我就到张家口找宫老师。有时坐长途汽车去，有时骑自行车去。宫老师住办公室，我跟他一起到食堂里打饭吃，晚上就住在他办公室里，屋里只有一张床，我们把三张办公桌对在一起，我睡在桌上，他睡在床上，我们彻夜长谈，有时谈到兴起，我们都坐了起来。他坐在床上，我坐在桌上。我们面对着面，互相倾诉。那时我跟宫老师说着自己的苦恼，现在回想，我是个怨天尤人的人。我报怨着社会，报怨着家长，报怨着领导。一句话，我报怨生活。宫老师就坐在那里听着，他从来不责备我，也从来不给我讲那些似是而非的道理。他给我讲他的经历，讲他遇到过的挫折，讲他一生做过的错事，讲他后来的懊悔。当然也讲他的成功。他还讲他认识过的人，一些人当时觉得不错，后来却伤害了他；一些人当时觉得不好接近，后来却帮助了他。

我们有时候也谈文学，也谈文人。宫老师不喜欢文人的习气，他讲他遇到过的文人，自以为是个文人，惟我独尊的文人，在社会面前很娇气的文人。他更喜欢那些普通的基层干部，普通的战士，他给我讲那些人的故事。我觉得他在批评我，我的脸暗暗发热，可是看他的神情，又不是在批评我。他是带着爱护对我谈这些的。

他对文学的领悟是相当深的，可惜他盛年时不幸身处文革时期，那不是一个文学的时代。当文革结束后，他的身体已经不允许他写鸿篇巨制了。但他把创作的体会都在彻夜长谈时告诉了我。他没有跟我说过应该怎么写，但他告诉我曾经怎么写过，最后失败了。还告诉我另外一些作者为什么一生无所成就。有人曾经对我说，作家这个行业是不能传授的，鲁迅也不能让儿子成为作家。作家没有老师，我的体会不是这样，我有老师，遇到宫老师是我一生的幸运。更重要的是，他以自己的经历和行为，告诉了我应该怎么生活。我一直以为，他是我精神上的父亲。在和这个老人的交往中，我极大地丰富了自己，我感到自己是颗种子，根须长长地伸展过去，伸展到这样一位老人的身上。他好像在等待着你。这是命运的安排。你和他相识了，忘记了年龄的差异，成了无话不谈的朋友。于是你的生活就变成了另一个样子，别人看不到这种变化，但是你自己知道。

他是那么喜欢我，把我作为他的骄傲。在临终前住院的那些日子里，他不断地跟人说起我。他最愿意听他的孩子说我又发表了什么作品，又参加了什么会议。只要有熟人看他，他就会把话题转到我这里。每当想到这些，我心里就感到彻骨的难受。我为什么不早一点儿给他写信，为什么不早一点儿去看他。我是个多么粗心的人，我是个多么自私的人。世俗的成功使我忽略了至关重要的亲情。我们没有一点儿亲缘关系，但他的确给了我父亲般的爱护。在临终的时候，我是应该守在他身边的啊。

参加完宫老师的悼念仪式，我独自走在张家口市的大街上，感到这个城市一下跟我疏远了。我不知道以后该以什么方式惦念这个城市。宫老师的去世，仿佛剪断了我与这个城市的脐带。以后的我，该是一个独立在外漂泊的人。但我会带着宫老师给予我的一切，继续我的执着求索。如今我家里有一幅宫老师的照片，那是他骑在马上照的，背后是广阔的牧场，他在马背上耸着身体，眼神是机警的、敏锐的。我以为这就是他在草原上的形象。他一生遇到过多少坎坷？但他永不言败。他二十多岁就在《河北日报》、《蜜蜂》杂志上发表小说，是省里重点培养的基层作家。八十年代初，国家决定恢复《人民文学》，他和湖南的罗士贤等六人是筹备组成员，1985年河北省决定恢复《河北文学》，并改名《小荷》，他是《小荷》的小说组负责人。他还曾经借调到河北人民出版社担任文学编辑组的负责人。所有这些机遇，都因为家庭原因丧失了。命运一次次地向他展开笑脸，又一次次地把笑脸扭开。后来他跟我说这些经历时，已经不惧怕任何伤害，更不要说基层的艰苦，草原的风沙。我那时就想，这个人除了死亡，没有什么能打倒他。如今他真的让死亡打倒了，也永远解脱了。但他留下他特有的眼神，他的眼神是机警的，像草原上的动物，他懂得怎么忍耐艰苦，怎么回避伤害，以后我会带着这样的眼神继续生活。

走在通往天国路上的宫老师，如果你偶尔回头一望，会看见一个孩子在凡尘之中注视着你，为你祈祷着永久平安。

阿宁散文《痛悼我的老师宫克一》

宫克一成为张家口文联副主席后，他的身份由原来的参会人变成了办会人，阿宁每次都在受邀参会之列，因此认识了许多创作会邀请的名家、名编辑。阿宁是一个不爱表现自己的人，但谈到文学往往有真知灼见，比如他在发言时表达了对莫言作品的喜爱，认为莫言的小说具有非凡的艺术张力，尤其推崇莫言的《白狗秋千架》中对命运的书写。阿宁的文学判断力引起了解放军艺术出版社《昆仑》编辑部编辑张俊南的注意。散会后，他专门找到阿宁，鼓励阿宁好好创作，认为阿宁一定能写出好作品。几年后，已经小有成就的阿宁在北京再次见到张俊南，张俊南说他将阿宁的评价转告了莫言，莫言自己也认为《白狗秋千架》写得很好，这是来自作家之间的默契！而张俊南之所以断定阿宁能写出好作品，就在于他从阿宁对莫言的评价中，看出了阿宁的审美能力，这种审美能力终将转化为艺术创造力。

1987 年春天，张家口文联再次举办创作会，这是阿宁最后一次参会，他在这次会上结识了《中国作家》编辑部主任杨志广。《中国作家》是中国作家协会主办的大型文学刊物，颇有影响力，莫言的《透明的胡萝卜》即首发于 1985 年第 2 期的《中国作家》。杨志广十分赏识阿宁，向阿宁发出约稿邀请。我们上文提到的小说《谎言》就是杨志广推荐给《百花洲》的，最后头条刊发。在这次创作会上，阿宁还认识了一个对他影响非常大的人，这个人就是铁凝。铁凝在会上问张家口文联谁的小说写得最好，已经在《中篇小说选刊》发表过作品的作家邓建永，当即向铁凝推荐了阿宁。阿宁当时没有带自己的作品，但他的谈吐依然给铁凝留下了深刻印象，当得知阿宁即将到保定河北大学作家班学习时，铁凝欣然将自己的联系方式留给了阿宁。这是阿宁结缘保定的契机，我们在第一章已提及，这里不再赘述。1987 年 9 月，阿宁来到河北大学作家班，他的文学故乡随之转移到保定。如果说地域的转移是阿宁 1980 年代到 1990 年代文学新变的首要标志，那么题材内容、形式技巧等的开疆拓土则是文学新变的核心标志。

第二节　校园题材的开拓

河北省作家协会原常务副主席、主席，作家尧山壁在 2014 年发文《“洼地上的战役——我与全国第一个作家班》，深情地回忆了打造河北作家班的经历。1984 年 9 月第一期作家班在廊坊师专招生成立，随后在河北大学、廊坊师专、河北师范大学办了三期。作家班是带有二合一性质的高校作家大专班，按照高等教育大纲参考文学创作需要，开设文学概论、古典文学、现代文学、外国文学、古代汉语、现代汉语、哲学、美学、逻辑学、中国通史等十几门课程，既学习文化又可以拿到文凭。我们会发现，这个课程体系，跟今天大学汉语言文学专业的课程体系有很大的相似性。对于阿宁来说，高中毕业时为了自然减员的指标进入张北县银行参加工作，没有参加高考读大学，一直是心中的一件憾事。河北大学作家班无疑圆了阿宁的大学梦，也成为阿宁落地保定后的第一方文学沃土。

生活是文艺创作的唯一源泉，校园生活经历使得校园题材自然走入了阿宁的创作视域。阿宁在读期间及毕业后，以河北大学的校园生活为背景创作了几十篇中篇和短篇，粗略统计不少于 30 万字。在这一创作视域内，学生群体率先成为阿宁的创作客体。

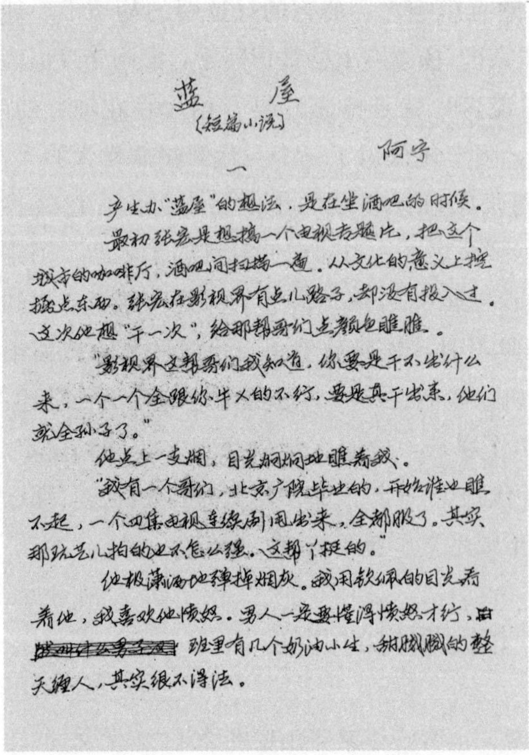
蓝屋
（短篇小说）
阿宁
一
产生办"蓝屋"的想法，是在坐酒吧的时候。
最初张宏是想搞一个电视专题片，把这个城市的咖啡厅，酒吧间扫描一遍。从文化的意义上挖掘点东西。张宏在影视界有点儿路子，却没有投入过。这次他想"干一次"，给那帮哥们点颜色瞧瞧。
"影视界这帮哥们我知道，你要是干不出什么来，一个一个全跟你牛X的不行，要是真干出来，他们就全孙子了。"
他点上一支烟，目光炯炯地瞧着我。
"我有一个哥们，北京广院毕业的，开始谁也瞧不起，一个四集电视连续剧闹出来，全都服了。其实那玩艺儿拍的也不怎么样。这都丫挺的。"
他极潇洒地弹掉烟灰。我用钦佩的目光看着他，我喜欢他愤怒。男人一定要懂得愤怒才行。班里有几个奶油小生，甜腻腻的整天缠人，其实很不得法。

阿宁创作手稿：《蓝屋》

1990 年 1 月，阿宁的短篇小说《蓝屋》作为新人新作发表在《青年文学》，我们就以拉开 1990 年代帷幕的这部作品开始。小说女主人公"我"，是一个漂亮的女班长，拥有会朗诵《哈姆莱特》的男朋友梁阳，后被另一男生张宏吸引，与张宏合作办了一个叫作"蓝屋"的咖啡厅。随着咖啡厅的筹建，"我"抛弃了梁阳选择了张宏。和张宏在一起的时光，"我"似乎获得了物质与精神的双重满足，但因服务员摔破碗碟一件小事，"我"和张宏在是否赔偿上起了冲突，两人感情出现间隙，直到

"我"发现张宏偷情某酒吧经理，"我"怒扇张宏耳光，两人关系破裂。"我"在失意中再次找到梁阳，但梁阳竟然退学正打算离校到南方沿海去。"我"在痛楚中拿着被梁阳焚烧的《哈姆莱特》残片，第二天又回到了蓝屋，但"我"与张宏之间只剩下冷漠。

这篇小说是阿宁以自己的同学为原型加以艺术加工而成。那时提倡全民经商，河北大学一些本科生也加入经商的大潮，几个同学凑钱承租了河大校园里的一间房子，卖一点咖啡之类的饮品。房子的外墙刷成蓝色，内饰有闪烁的霓虹灯，气氛朦朦胧胧——这样的地方往往是情侣的休闲佳地。阿宁比较熟悉蓝屋的状况，主要是承租者中有一个姓梁的同学和阿宁关系要好。阿宁的创作动机很简单，就是想记住这位同学，于是写了小说《蓝屋》。作品发表后，铁凝的母亲很喜欢这部小说。铁凝的母亲是一位颇有艺术素养的音乐教师，她的赏识让阿宁备受鼓舞。

《蓝屋》作为阿宁校园题材的早期作品，依然显示了阿宁虚构故事、结构故事的能力，铁凝母亲对小说的喜爱，也说明其在故事性方面对人的吸引力。这部作品在艺术上虽无超然之处，但它显示出阿宁在校园题材创作上的两种倾向，其后该题材的创作沿着这两种倾向不断深化。我们就沿着这两种倾向分别进行分析。

第一种倾向是以现实主义的批判姿态建构校园叙事。《蓝屋》撷取身边人、当下事作为文学创作的客体，这显现出阿宁对生活的关注和偏于现实主义的写作姿态。这种现实主义的写作姿态，使得阿宁不会以罗曼蒂克的笔法仅仅将视野局限于校园中风花雪月的浪漫情事，而是穿过校园抵达社会的焦点问题。在小说《蓝屋》中，由校园抵达社会的媒介恰是小说的核心意象"蓝屋"。蓝屋就其本义来说是校园里的一个建筑，但它具有超出本义的其他内涵，它是 1990 年代市场经济大潮对大学校园影响的一个缩影与象征。

以"蓝屋"勾连校园与社会两个场域，我们该如何评价这种双重叙事？它是否是阿宁的艺术独创？是否是阿宁个体偶发的文学事件？显然并不是，当我们把阿宁的这种叙事努力放入 1990 年代的文学语境中，就会发现"20 世纪 90 年代以后，中国文坛刮起了一股'大学叙事'的旋风，关于大学校园书写的小说文本大量涌现，成为一种相当流行的文学现象”①。这几句引文出自戴海光的《“大学叙事”繁盛缘由探析》，他在该文中同时指出大学叙事的繁盛原因之一是：“20 世纪 90 年代以后，受市场经济浪潮的冲击，昔日宁静的大学校园格局被打破，呈现出喧哗与骚动的校园生态：一方面是大学主动适应国家推行的高等教育产业化战略，积极推动自身体制、机制的改革；另一方面大学遵循市场经济的原则，利用自身的教育资源寻找与市场利益的契合点。”②

按照阿宁自己所说，《蓝屋》原初的创作动机就是记住姓梁的同学，这是他艺术构思的意识机制，而当他在艺术创作过程中不由自主地关注那些与梁姓同学有关的像蓝屋一样的外部事物，并对这些事物加以重新排列组合虚构，这多半来自他自己也不明了的一种艺术无意识。我在此并不想专门从创作心理方面分析意识与无意识的艺术功能，而是想阐明阿宁介入社会热点、融入当代文学思潮的敏锐洞察力。对于阿宁来说，这种介入与融入并不是题材上的跟风。阿宁处理校园题材始终是冷峻的，我们继续把阿宁的冷峻放入大学叙事传统中做考察。

戴海光在《“大学叙事”繁盛缘由探析》中指出：“在 90 年代以来的大学题材小说之中，作家们要么以行云流水般的话语描述或回忆逝去的大学生活，表现出那个时代大学师生崇高的道德品质、严谨的学术情怀等，字里行间充满着人性之美、道德之光的正能量，散发着大学校园理想诗意的气息；要么是以一种看似冷峻客观却又不失讽刺、戏谑意味的笔触来反映市场化语境下大学校园衍生出来的种种‘乱象’，试图引起读者的注意，表现出十分明显的‘讽刺批判’的特征。因此，不管从人物形象塑造、艺术技巧选择，还是从人文价值阐发、美学向度提炼来说，90 年代以来的大学叙事实际上呼应、承续了 20 世纪 30—40 年代以《围城》《未央歌》为代表的大学题材小说已经形成的‘讽刺批判’‘诗意牧歌’两种‘大学叙事’传统。”③

① 戴海光：《“大学叙事”繁盛缘由探析》，《中国社会科学报》2017 年 9 月 4 日。
② 戴海光：《“大学叙事”繁盛缘由探析》，《中国社会科学报》2017 年 9 月 4 日。
③ 戴海光：《“大学叙事”繁盛缘由探析》，《中国社会科学报》2017 年 9 月 4 日。

阿宁承续的是“冷峻客观”“讽刺批判的大学叙事”路径，这种冷峻客观使他在《蓝屋》中表现出现实主义的批判与讽刺，而后到了《校园里有一对情人》与《坚硬的柔软中》则表现得更加炉火纯青。

《校园里有一对情人》《坚硬的柔软》相对于《蓝屋》来说，阿宁做了创作思路的调整：《蓝屋》以学生为表现对象，《校园里有一对情人》《坚硬的柔软》则聚焦大学教师这一群体。可以看出，阿宁在创作上不断努力自我突破。我们先谈《校园里有一对情人》。

中篇小说《校园里有一对情人》原载 1996 年第 2 期《北京文学》。小说男主人公孙成文是大学古典文学教师，是一个做学问聪明别的地方都迟钝的人。女主人公朱丽娟是大学写作教师，是一个喜欢把头发扎成马尾辫，喜欢开玩笑，笑起来嘴巴咧得老大的人。两个人都已成家，本无交集，但他们的家庭都有裂痕，便让他们有了交集。孙成文娶了气质高雅的江娜，但江娜一直看不起孙成文。朱丽娟和一个又黑又瘦的研究生结了婚，婚后一直分居，后来丈夫去了德国。孙成文起初看不惯朱丽娟的性格，因一句“你自重点好不好”惹哭朱丽娟后的不知所措为两人后来的发展埋下了伏笔。孙成文因一时得意忘形被江娜踢下了床，恼怒中抱着被褥睡到了教研室，恰巧碰到朱丽娟回教研室拿放在抽屉里的信。朱丽娟将孙成文领回了女教工宿舍，软弱苦闷的孙成文与朱丽娟发生了关系，从此他们成了一对周末约会的情人。两人的情感如胶似漆，似有天长地久之势，然而一个副高职称名额瞬间撕破了这段不伦之恋的温情面纱。两人都认为对方应该把机会让给自己，两个人都沉默着。孙成文自认为科研成果更胜一筹，而科研逊色的朱丽娟悄悄打起感情牌，在系里运作。第一轮投票两人平手，孙成文慌了，他找到中文系已退休的德高望重的于先生。于先生十分赏识孙成文，经他推荐使得第二轮投票十五票对十票，孙成文大获全胜。朱丽娟不甘心，她痛哭一场后找到系主任，利用自己的身体换来系主任对职称评定的重新研究。朱丽娟把表填好后，孙成文才知道系里的研究结果，他愤怒地找领导，但系主任却躲了起来。孙成文在愤懑中提着灯笼在盛夏的校园里寻找光明，最后躲进古典文学教研室绝食抗议。一场职称评定最后演化成了一场闹剧，孙成文最终获得了副教授资格证书，他和江娜的婚姻走到了尽头，和朱丽娟的婚外情也走到了尽头。

《北京文学》1996 年第 2 期封面

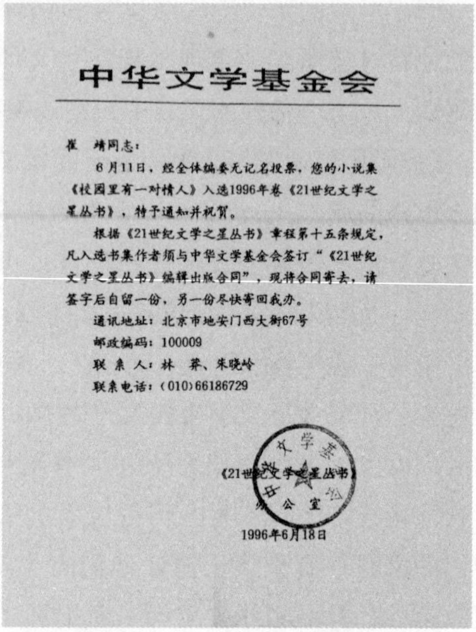

中华文学基金会

崔 靖同志：

6月11日，经全体编委无记名投票，您的小说集《校园里有一对情人》入选1996年卷《21世纪文学之星丛书》，特予通知并祝贺。

根据《21世纪文学之星丛书》章程第十五条规定，凡入选书集作者须与中华文学基金会签订“《21世纪文学之星丛书》编辑出版合同”，现将合同寄去，请签字后自留一份，另一份尽快寄回我办。

通讯地址：北京市地安门西大街67号

邮政编码：100009

联 系 人：林 莽、朱晓岭

联系电话：（010）66186729

《21世纪文学之星丛书》
办公室

1996年6月18日

《校园里有一对情人》入选通知

《校园里有一对情人》同样取材于现实，它的创作过程源于作家独特的艺术发现，就像老舍从朋友那里听到车夫买车三买三卖仍是一无所有的故事写出《骆驼祥子》，托尔斯泰听到女子监狱的故事写出《复活》，福克纳看到裤子上沾着泥巴的小姑娘写出《喧哗与骚动》。阿宁到保定文联工作后，听到了不少形形色色的围绕评职称发生的事情，颇受触动，这是作家接受外在刺激与信息积累文学材料的过程，它亟须一个燃点。在这些真真假假的传闻中，某领导人为设置障碍导致情侣反目成仇的传闻，一下子激发了阿宁的灵感，当他写下：“中文系主任宣布，给古典文学教研室和写作教研室一个副高职称指标时，好些人都瞅着孙成文乐。”① 这一带有强烈戏剧性的开头，顺理成章地拉开了后边人物纠葛的大幕。

1986 年，以《中共中央、国务院转发〈关于改革职称评定、实行专业技术职务聘任制度的报告〉的通知》（中发〔1986〕3 号）和《国务院关于发布〈关于实行专业技术职务聘任制度的规定〉的通知》（国发〔1986〕27

---

① 阿宁：《校园里有一对情人》，百花文艺出版社 1996 年版，第 1 页。

号）为标志，我国职称制度第四次重大变革拉开了序幕。该制度更加正常化与规范化，但因职称评定与薪资收入挂钩，直接关乎个人切身利益，最初几年的职称评定中出现了一些不良现象。阿宁创作时意在通过戏剧性情境的营造写出和平年代的你死我活，既反映人性问题，又反映社会问题。《校园里有一对情人》无疑是成功的，小说因对热点问题的抓取以及艺术上的真实感引起了不小影响，尤其在知识分子圈子引发了共鸣与讨论。为此，《北京文学》和中国社科院联合为小说举办了研讨会，《文艺报》刊发了研讨会信息。会上许多专家对作品的现实意义给予了充分的肯定，认为《校园里有一对情人》真实地反映了知识分子的焦虑以及价值被悬置的困境。所有这些从侧面印证了阿宁现实主义的创作倾向。

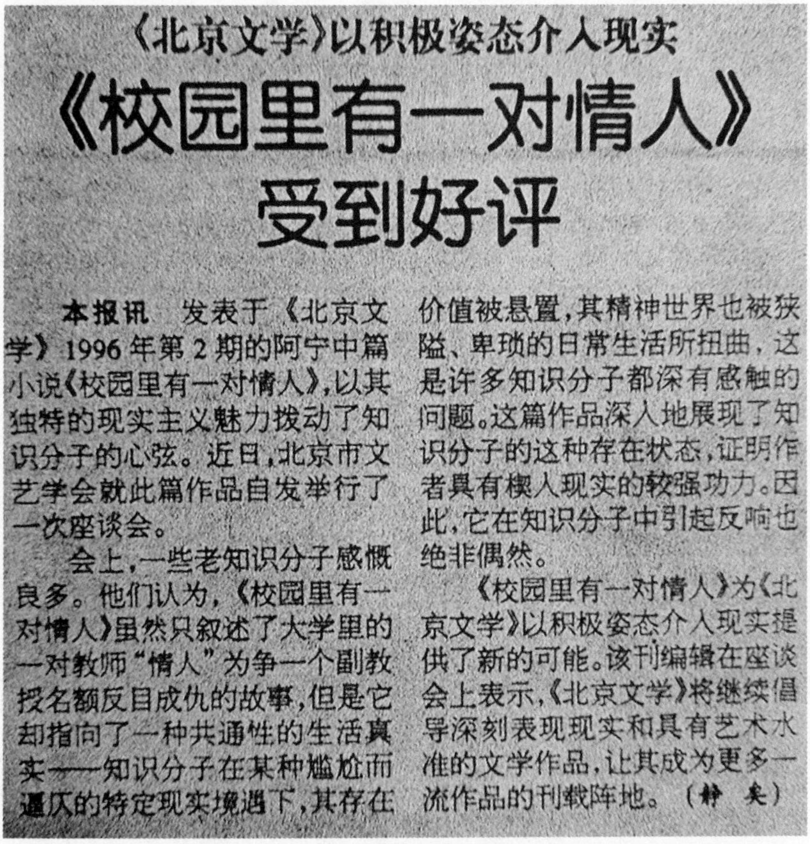

《北京文学》以积极姿态介入现实

《校园里有一对情人》受到好评

本报讯　发表于《北京文学》1996 年第 2 期的阿宁中篇小说《校园里有一对情人》，以其独特的现实主义魅力拨动了知识分子的心弦。近日，北京市文艺学会就此篇作品自发举行了一次座谈会。

会上，一些老知识分子感慨良多。他们认为，《校园里有一对情人》虽然只叙述了大学里的一对教师"情人"为争一个副教授名额反目成仇的故事，但是它却指向了一种共通性的生活真实——知识分子在某种尴尬而逼仄的特定现实境遇下，其存在价值被悬置，其精神世界也被狭隘、卑琐的日常生活所扭曲，这是许多知识分子都深有感触的问题。这篇作品深入地展现了知识分子的这种存在状态，证明作者具有楔入现实的较强功力。因此，它在知识分子中引起反响也绝非偶然。

《校园里有一对情人》为《北京文学》以积极姿态介入现实提供了新的可能。该刊编辑在座谈会上表示，《北京文学》将继续倡导深刻表现现实和具有艺术水准的文学作品，让其成为更多一流作品的刊载阵地。（静　奕）

《文艺报》刊发研讨会信息

但我们必须明白，真正让这部作品获得力量的不单纯是因为取材的现实性，更在于作家对生活进行裁判的能力，这种裁判让文学的真实区别于生活的真实，它要求彰显作者的价值立场。阿宁的立场是明确的，他在书写这种乱象和闹剧时渗透着清醒的嘲讽与批判。这就要回到我们上文提到的阿宁承续的“讽刺批判”的大学叙事传统。如果说阿宁在《蓝屋》中已显示出现实主义的讽刺与批判——在笔者看来，此时的讽刺与批判带有感伤的滋味，那么到了《校园里有一对情人》，阿宁的讽刺与批判更显辛辣。我们从艺术技巧和人物形象的塑造来看。

《校园里有一对情人》在艺术技巧上的讽刺，体现在小说语言与内容的背离、修辞手法的运用、犀利的直接讽刺等。

语言与内容的背离从题目就已开启，它来自阿宁语言修辞的妙用。

接受美学有一个概念叫作期待视野，它是读者据以阅读文本的既定心理图式，是指在“文学阅读之先及阅读过程中，作为接受主体的读者，基于个人与社会的复杂原因，心理上往往会有既成的思维指向、审美趣味与观念结构，会有对于文学接受客体的预先估计和期盼”①。《校园里有一对情人》是一本突破读者期待视野的作品，笔者在授课过程中曾以该书举例，让学生从文体、形象、意蕴等方面对小说展开预估，学生大多将其期待指向校园青春甜宠文。我们如何解释学生的期待遇挫？我们可以说期待遇挫必然引起读者的阅读兴趣，增添文本的艺术魅力。我们还要看出，这种期待遇挫来自题目与文本内容的背离，这是所言与所指的对立造成的背离，在修辞上造成“所说的话与所表达的意思完全相反，实际的意义与字面意义的对立”②。这正是讽刺的核心要义，所以，《校园里有一对情人》从题目走进内容，造成的效果就是题目越温馨，其内容讽刺的力度越激烈。

修辞手法的运用，主要体现在比喻的使用。

“她觉得生活的不幸，都是丈夫给她的。可真甩了这位丈夫，又觉得不合算。有时候她觉得，丈夫真像曹操说的‘鸡肋’，食之无味，弃之

---

① 童庆炳主编：《文学理论教程》（第 5 版），高等教育出版社 2015 年版，第 350 页。

② 邱运华主编：《文学批评方法与案例》（第 2 版），北京大学出版社 2006 年版，第 156 页。

可惜。”①

“他觉得自己像个死刑犯，被人绑到刑场上，就是听不见枪响，让你不死不活地提心吊胆，又觉得自己像条被拴着的狗，那块离你只有半尺之遥的骨头，就是吃不到嘴里，让你上蹿下跳，急火攻心，恨不得栽几个跟头。”②

第一段引文，站在朱丽娟的视角，将丈夫比作鸡肋，联系小说上下文语境，实际是通过比喻嘲讽朱丽娟感情的利益化处理，就算她和孙成文如胶似漆，她也不想放弃原来的婚姻，实际是不想放弃有可能的利益。

第二段引文，站在孙成文的视角，将等待职称结果的人比作被绑着的死刑犯与被拴着的狗，不仅生动地写出了职称让人百爪挠心的状态，更是深深嘲讽职称让人变成了“非人”的状态。

犀利的直接讽刺，往往一针见血地暴露丑陋的面目与本质。

“职称就是钱，职称就是脸，知识分子过去要脸不要钱，现在改革了，又要脸又要钱了。这也算是一种进步吧？你想要脸要钱，就得舍脸舍钱，低三下四，巴结领导，讨好群众，这些事你都干一干。”③

“她（朱丽娟）彻底明白了权力的厉害。原来在她眼里像命根子似的职称，在领导那里不过像个玩具。她为什么要爱孙成文这样的人呢！她主动搂住系主任的脖子，虽然那脖子上皮肤松弛，像鸡皮一样往下耷拉着，可她愿意爱这样的脖子，愿意搂住他。”④

这两段文字中也含有比喻修辞的运用，但更偏于以犀利的语言直接讽刺。这两段站在叙述者的视角，客观冰冷地展现出金钱与权力让知识分子抛却脸面、抛却矜持、抛却身体的丑陋面目，以叙述者的口吻传达出作者对当代知识分子精神堕落的辛辣讽刺。

《校园里有一对情人》人物塑造上的讽刺，则用到了讽刺的常用手法，即对比。契诃夫在《变色龙》中“警官”奥楚蔑洛夫处理“案件”前后态度的对比，吴敬梓在《范进中举》中胡屠夫对待范进前后态度的变化，都

① 阿宁：《校园里有一对情人》，百花文艺出版社 1996 年版，第 22 页。
② 阿宁：《校园里有一对情人》，百花文艺出版社 1996 年版，第 24 页。
③ 阿宁：《校园里有一对情人》，百花文艺出版社 1996 年版，第 28 页。
④ 阿宁：《校园里有一对情人》，百花文艺出版社 1996 年版，第 44 页。

成为文学对比讽刺的名篇。阿宁在《校园里有一对情人》中也着力写了孙成文和朱丽娟态度情感的前后反差。

“他（孙成文）对朱丽娟心怀感激，觉得自己像一个被抛弃的孩子，是朱丽娟收留了他。他发现，在朱丽娟以前他从来没有真正拥有过女人，也不曾被女人拥有过。如今他拥有了，除了心怀感激外，还能做什么呢？”①

“晚上，他骑着自行车向表姐家去时，感到自己正驶向陷阱。他们在这里幽会已经有一年多了，以往这里带给他的欢愉心情再也体会不到，他像个办了傻事的孩子，正在为自己的过错付出代价。”②

同样是孩子，曾经“被抛弃的孩子”，后来变成了“办了傻事的孩子”，还是那间屋子，曾经的“欢乐屋”，后来变成了“陷阱”。导致孙成文态度反差的正是一个职称名额，这是阿宁对孙成文因利益诱惑导致情感反转的人性讽刺。而这一讽刺我们可以放大来看，小说中的职称是利益的象征，孙成文是当代知识分子的缩影，孙成文与职称的关系象征着当下中国知识分子面临的诸多压力与诱惑，它们对人们长期抱有的知识分子是具有良知的、是清高的等观念形成了挑战。这引发我们思考，面对物质、精神等多重压力与诱惑时，知识分子该如何坚守良知的底线？该如何保持遗世独立的清高品格？知识分子是否该抛弃利益固守清贫？我们的疑问恰恰回到了上文研讨会中所提到的知识分子的焦虑与价值悬置的困境中。那次研讨会认为阿宁挖掘得不够深刻，我想不够深刻不是丑恶暴露得不够，而是对困境中知识分子灵魂的复杂性与深度挖掘得还不够，也使得人物性格不够鲜明、丰满。这种不足，阿宁在同样走现实主义批评路径的《坚硬的柔软》中，有了改进，他写出了一个成功的艺术典型，通过典型性格的塑造表现批判的精神。

《坚硬的柔软》发表在《十月》杂志 1997 年第 1 期，后被多家期刊转载、书籍收录，获河北省第七届文艺振兴奖、第六届十月文学奖。

---

① 阿宁：《校园里有一对情人》，百花文艺出版社 1996 年版，第 4 页。
② 阿宁：《校园里有一对情人》，百花文艺出版社 1996 年版，第 7 页。

《坚硬的柔软》获奖证书

小说同样以大学校园为题材，主人公许宾是某大学团总支书记。小说开头写道："团总支书记许宾，在系里是个不起眼的角色。中文系光正教授就三十名，像他这样的，实在排不上号。再说系里这些年新分来的，最低也是硕士毕业生，而他是本校毕业的工农兵学员，除了干的年头多一点儿，比那些新来的没什么优势。"①

开头这段文字直接指出许宾由于能力一般，工作中被中文系多次调来调去，教古代汉语、教哲学、教中国革命史，当资料室管理员，直到现在的团总支书记。许宾似乎总是干一些别人不干的活儿，看起来颇为窝囊。婚姻中的许宾，同样是窝囊的，妻子黄小娟不爱他，他知道妻子和以前的情人见面，竟然还装出一副大度的样子。按照这个人设和逻辑，许宾最后应该一事无成，但小说的结尾却是：

"两个月以后，学校成立了政治思想工作办公室。一纸任命下来，许宾

---

① 阿宁：《坚硬的柔软》，花山文艺出版社 2001 年版，第 53 页。

成为校政工办副主任，这个打了折扣的提拔和爱情一样，来得稍微晚了点儿，但他的心情一样是愉快的。”①

小说的结尾和开头形成了反差，能力一般的许宾如何获得的胜利？小说的题目“坚硬的柔软”是解开疑问的钥匙。我们先通过几段文字看一下什么是“坚硬的柔软”。

“主动地减少或放弃与外界的对抗，这就是柔软。一根竹子在风中把身体折成弯形，在团总支书记许宾看来，和一棵大树在风中傲然挺立一样美，从他的本心而论，甚至觉得比那还美，因为这样的弯曲意味着风势一减弱，就会弹回原来的形状，同时还因为竹子比树先天就缺少着对抗的能力。”②

“他（许宾）比别人敏感，也比别人的反应快几秒，当别人想起来要观察他时，他脸上的激动已经消失了，剩下的只是他给别人准备好的那种表情。他谦逊、认真地望着对方，随时都在等候从别人那里接受指示，聆听教诲。”③

“现在他有一个欲望：突然闯进那个房间，看看他们正干什么。这个想法诱惑着他，使他忍不住想试一试。他想，如果我这时候去了，他们会怎么样？也许他们会手忙脚乱，也可能若无其事。不管什么结果，黄小娟肯定再不会相信他了。家庭原来维持的平衡一被打破，结果只能更糟。”④

第一段文字在小说中出现在许宾探望受伤的同事孙瑞群时，以竹子与树的对比形象化地对坚硬的柔软做总体概括。第二段文字出现在系主任以副主任职位试探许宾的态度时。第三段文字出现在妻子黄小娟去宾馆见昔日情人时。通过这几段文字，我们概括出柔软包括忍耐、谦逊、妥协、屈从、甘为下人等意味。柔软是许宾护身的法宝，是他进攻的武器，而且所向披靡，在工作中、在家庭生活中无往不胜，因而是“坚硬”的。正是靠着坚硬的柔软，才有了小说开头和结尾的反差。坚硬的柔软也成为理解许宾形象的关键词，理解阿宁批判精神的关键词。从小说艺术形象塑造的角度来看，阿宁塑造的许宾达到了一定的艺术高度。张同俭在《保定作家群

① 阿宁：《坚硬的柔软》，花山文艺出版社 2001 年版，第 117 页。
② 阿宁：《坚硬的柔软》，花山文艺出版社 2001 年版，第 55 页。
③ 阿宁：《坚硬的柔软》，花山文艺出版社 2001 年版，第 59 页。
④ 阿宁：《坚硬的柔软》，花山文艺出版社 2001 年版，第 71 页。

史略》中将许宾这一形象与鲁迅的阿 Q 加以对比，认为许宾是一个成功的艺术典型，就像精神胜利法是阿 Q 的典型性格，坚硬的柔软是许宾的典型性格。

“文学典型主要是叙事作品中塑造的显出性格特征的富有魅力的人物形象。”①

文学典型又被称为典型人物或典型性格，能成为典型的人物形象，应该具有贯穿其全部生命活动的突出的个性特征，具有性格的总特征。以这条为标准去解析许宾，柔软仅仅是一时之计吗？读完《坚硬的柔软》，我们就会发现，柔软是许宾为人处世的总方针，是许宾的生存哲学，不论何时何地、对内对外，许宾永远都是柔软的。当然，阿宁塑造这个形象的时候，注意从细节入手，通过许宾的所作所为等局部特征形成许宾的总特征，使得这一人物避免了概念化的弊端。我们上文分析什么是坚硬的柔软时引用的几段文字，也可以用在此处理解许宾一以贯之的性格特点。

除去具有突出的个性特征，能成为典型的人物形象还应具有艺术魅力，即对于读者来说，典型应该带给读者审美的享受。这种审美享受通俗一点说就是让读者有走近人物，不看完不罢休的欲望。典型能够具有艺术魅力原因不是单方面的，人物蕴蓄深厚的历史文化内容、具有灵魂的深度是两点重要原因，而我们恰可以从此处回到大学叙事的批判讽刺传统，回到阿宁现实主义的批判精神上。

如何理解人物蕴蓄深厚的历史文化内容？我们沿着研究者张同俭将许宾与阿 Q 对比的思路，通过鲁迅的阿 Q 举例说明。在阿 Q 的悲剧命运里，我们可以看到鲁迅对中国国民性痼疾的认识，对辛亥革命失败的反思和历史教训的总结，对辛亥革命时期中国农村各阶层状况的分析，对农民革命必然性和盲目性的揭示……这样的阿 Q 形象，是具有深厚历史文化内容的人物形象，也就是通过具有强烈的人物个性的刻画，尽可能呈现人物的多重社会关系、精神关系与文化关系。

今天，我们重新审视阿宁塑造的许宾这一人物形象。在他“坚硬的柔软”这一强烈的性格特征中，我们至少可以看到传统道家文化“贵柔”思

① 《文学理论》编写组：《文学理论》（第 2 版），高等教育出版社 2020 年版，第 119 页。

想的隐现，看到1990年代知识分子的实利追求，看到当下知识分子精致利已的呈现。

许宾性格中柔软与坚硬的辩证关系，与老子《道德经》中的贵柔思想、以柔克刚思想有很强的一致性。我们看一下《道德经》中的经典原文。

《道德经》第四十三章："天下之至柔，驰骋天下之至坚。"①

《道德经》第七十六章："人之生也柔弱，其死也坚强。草木之生也柔脆，其死也枯槁。故坚强者死之徒，柔弱者生之徒。是以兵强则灭，木强则折。故坚强处下，柔弱处上。"②

《道德经》第七十八章："天下莫柔弱于水，而攻坚强者莫之能胜，以其无以易之。弱之胜强，柔之胜刚，天下莫不知。莫能行。"③

老子推崇水的品性，认为水的品性符合"道"，天下没有什么比水更柔弱，正因为它柔弱，才胜过了一切坚强之物。同样，老子在人的生死探问中，将贵柔的哲学思想延伸到人的生存层面，表明以柔克刚的道理。老子在《道德经》中的哲学智慧，被中国人充分转化吸收，变为中华民族的经典智慧，楚汉相争、赤壁之战是典型的政治军事上的以柔克刚，韩信能忍胯下之辱、卓文君以数字诗感化司马相如是日常生活层面的以柔克刚，这样经典的例子不胜枚举。所以我们读到许宾这一人物形象时，并不觉得陌生，因为他的性格之中其实蕴含着中华民族以柔克刚的智慧一面。

有关这一点，我在与作家阿宁交流时，曾问及他塑造许宾形象时是否受《道德经》的启发。阿宁坦言，他当年在张北县文化馆工作时，因为生活的诸多不如意，除去文学写作，经常练字宣泄心中不快，而他每天练字时抄写的篇目就是老子的《道德经》。大约七年后，他创造了许宾这一形象，但他构思许宾这一形象时，心中所想并非《道德经》，而是源于他那时对米兰·昆德拉的迷恋和对自我性格的反思。

我们从阿宁的描述中可以解读出，在日复一日的抄写中，《道德经》作为重要的知识经验已经渗透进阿宁的血液里，所以我们对许宾这一形象并

---

① 陈鼓应：《老子注释及评介》，中华书局2003年版，第237页。
② 陈鼓应：《老子注释及评介》，中华书局2003年版，第342页。
③ 陈鼓应：《老子注释及评介》，中华书局2003年版，第350页。

不陌生，因为这个人物的性格中蕴含着耐人咀嚼的中国传统文化韵味。

但我们纯然用道家的“贵柔”思想品味许宾“坚硬的柔软”的性格时，又感到陌生，品到了变了味儿的柔软。我们解析许宾性格中蕴含的知识分子精致利己因素，就要从这里入手。

老子《道德经》“贵柔”“以柔克刚”最终指向的是“道”，是道家的“无为”，是一种超脱欲望的自然状态。但许宾并不是一个“无为”的人，他是一个“有为”的人，这种“有为”让他的柔软中埋伏着欲望，这欲望一遇时机就会破土而出。我们如何评判许宾的“有为”？先通过阿宁一针见血的文字具体感受一下许宾掩盖在柔软无为之下的有为表现。

“这些年来，系里百分之九十的教师都让许宾帮过忙……知识分子好面子，不爱求人，许宾给人办事却不怕求人。当别人翻那些古书，写那些教案时，他给别人解除了很多后顾之忧，系里人没有不说他好的。”①

“他在展示自己的痛苦时，内心里对黄小娟既有期望也有鄙视，仿佛他看透了她意志薄弱，而自己作为一个弱者正在经受着空前的磨砺。在冥冥中的前方，正有一个属于他自己的好运气在等待着他。”②

“系主任的意见在他看来都是多余的，但他仍然按着那些意见做了修改。他有个经验，就是要时时刻刻记住，你是下级，人家是领导。一有分歧的时候，谁正确？谁的职位高谁就正确。官小的听官大的，没权的听有权的……许宾的特点是时时事事听领导的，他强迫自己把那个材料又改了一遍，心里反而有点得意。他想，在中文系谁能这样，领导说什么就是什么呢？大概只有我。哪怕他的意见牛头不对马嘴，我也能按着他的意见改，不但能改，还能改得没有漏洞，让他看起来仍像一篇好文章。”③

我们选取了代表许宾不同生活侧面的三段文字。第一段文字是工作中的许宾与同事的关系。他能力一般，敢于舍去脸面，做其他知识分子不愿意做的工作，这种低姿态为他赢得了良好的人缘，与同事相处融洽。讽刺之处在于，后来孙瑞群与许宾竞争，同事们明知孙瑞群能力超过许宾，但

① 阿宁：《坚硬的柔软》，花山文艺出版社 2001 年版，第 60 页。
② 阿宁：《坚硬的柔软》，花山文艺出版社 2001 年版，第 81 页。
③ 阿宁：《坚硬的柔软》，花山文艺出版社 2001 年版，第 91 页。

他们依然支持许宾。第二段文字是婚姻中的许宾与妻子的关系。妻子移情闹离婚，许宾痛苦吗？痛苦，真的离开黄小娟就活不了吗？不是。但他不说离婚也不说不离婚，不说话不吃饭，表面不动声色地将痛苦摆给黄小娟，其实是把痛苦作为柔软的姿态，把黄小娟晾在原地。许宾内心明了他已经击败了黄小娟，掌握了婚姻的全局。第三段文字是工作中的许宾与领导的关系。这段文字以第三人称全知全能视角，将许宾的内心暴露无遗。我们看到的许宾是一个深谙体制与权力运作规则的人，当他貌似认真工作时，实际是他小心而又自信地利用体制的漏洞，逢迎领导为自己争取好处。

让我们回到上边的问题，如何评判许宾的"有为"？作者阿宁对许宾性格的这一面持批判否定的立场，我们从原著的语态即可感受出来。

"许宾的脸红了一下。系主任跟他说这个问题，既在他的意料之中，又在他的意料之外，他的羞涩是因为这一切与他的期待正好碰撞。这就好像是一个少女在久久的期盼后，听到了一声爱的呼唤。"①

这一段，是系主任找许宾谈系领导班子的情况，许宾敏感地意识到机会来了，阿宁用"等爱的少女"形容许宾此时雀跃的内心状态，他用羞涩掩饰了欲望，这样的修辞无疑带着深深的嘲讽与批判，我们又看到了阿宁对大学批判讽刺叙事传统的继承。当然，我们要认识到，这种对"有为"的批判讽刺在对传统的承续中，一定也有与1990年代密切相关的现实针对性。

按照张同俭在《保定作家群史略》中的观点，他认为许宾这一形象与阿Q的不同之处在于，阿Q是精神的自我欺骗与麻痹，是虚幻的胜利，但许宾追求的却是实实在在的好处，进而将知识分子身上这种实利主义的追求，归结于讲究实惠、讲究实际的1990年代市场经济转型环境。张同俭的观点让我们看到了许宾的性格与1990年代语境的关系，这意味着阿宁塑造出了典型环境中的典型人物，显示出他批判意识的现实性与当下性。我们继续向前思考，鲁迅的阿Q创造于辛亥革命时期，但又不局限于辛亥革命，阿Q是一个农民形象，但这个形象的意义指向又不局限于农民，阿Q已经成为后来诸多阶层人自我拷问的一面镜子，这是鲁迅批判意识的先锋性与超越性。那么，阿宁刻画的许宾的"坚硬的柔软"呢？走过1990年代来到

---

① 阿宁：《坚硬的柔软》，花山文艺出版社2001年版，第59页。

当下，我们如何解读“有为”？这一人性丑陋的刻画是否依然有意义？沿着这种追问去思考，将“坚硬的柔软”的“有为”置于当下语境中，会发现它与钱理群批判的精致的利己主义者具有惊人的一致性。

钱理群说：“我觉得我们现在的教育，特别是我刚才说的，实用主义、实利主义、虚无主义的教育，正在培养出一批我所概括的‘绝对的，精致的利己主义者’。所谓‘绝对’，是指一己利益成为他们言行的唯一的绝对的直接驱动力，为他人做事，全部是一种投资。所谓‘精致’指什么呢？他们有很高的智商，很高的教养，所做的一切都合理合法无可挑剔，他们惊人的世故、老到、老成，故意做出忠诚姿态，很懂得配合、表演，很懂得利用体制的力量来达成自己的目的……这样的人，一旦掌握了权力，其对国家、民族的损害，是大大超过那些昏官的。”① 后来，钱理群在接受《作家导刊》的访谈时专门谈到这一说法的本质，他说要把精致的利己主义与精致的个人主义区分开来，他不反对个人主义，因为人需要维护个人的生命权利，维护个人的物质与精神追求，但精致的利己主义者把个人利益作为唯一追求，并且他们最懂得权力的运作，能够适应体制，得到体制的支持。

总结起来，精致的利己主义的关键词可以归纳为世俗、老到、善于表演、懂得体制、适应并利用体制。这和我们上文分析的善于在工作中处理与领导关系的许宾，具有高度一致性。所以阿宁在大学叙事传统中的批判性不仅具有现实针对性，也同样具有先锋性与超越性，因为他在 1990 年代，就塑造出了具有精致的利己主义色彩的知识分子形象许宾。同时，就像阿 Q 性格不只等于农民，许宾的性格也不局限于大学教师身份。1997 年 7 月，河北省作家协会在石家庄召开“阿宁作品研讨会”，与会者一致认为《坚硬的柔软》中许宾这个人物，不仅学校中有，其他行业和党政机关也到处可见到他的影子。

许宾“坚硬的柔软”的性格中，同时携带着道家文化的“贵柔”、1990 年代的实利主义、当下的精致利己主义，所以，这一典型性格中蕴含着丰厚的历史文化意蕴，表现出灵魂的复杂性。在其背后，这一灵魂的深度表现在哪里呢？

---

① 钱理群：《大学里绝对精致的利己主义者》，腾讯网。

阿宁作品研讨会在石家庄举行

总结分析创作得失 帮助青年作家成长

本报讯 近年来，在河北小说创作的队伍中，青年作家阿宁又异军突起，特别是他新近发表的知识分子题材的小说，尤为引人注目，在文坛及社会上产生了广泛的影响。

河北省作家协会对青年作家的成长格外关注，于1997年7月8日在石家庄召开了“阿宁作品研讨会”。来自北京《十月》、《中国作家》、《青年文学》、《北京文学》和天津《小说月报》的编辑及省内外的作家、评论家共30余人出席了研讨会。

与会者一致认为，阿宁的作品虽然没有、或不可能产生多么大的轰动效应，但他却是一个有实力、有潜力、有特色、因此是非常值得注意的一个作家。他的第一个小说集《校园里有一对情人》能够入选“21世纪文学之星丛书”并得以出版就说明了这一点。阿宁从事小说创作时间不短，迄今已发表了近百万字的作品，但真正显示出实力和价值，接连在全国各大报刊发表引人注目的小说，却是近一两年的事。这近百万字的作品，基本上可分两大类：一类是农村题材小说；一类是以写校园生活为主的知识分子题材小说。这两类作品都不乏佳作，但最具独特性、影响最大的作品，当属以《坚硬的柔软》（原载《十月》1997年第1期，后被《小说选刊》、《新华文摘》转载）为代表的校园小说。

大家认为，中篇小说《校园里有一对情人》、《月色下的飞翔》、《坚硬的柔软》的发表，标示出阿宁的创作逐渐趋于成熟，完成了由“青春期写作”向“中年写作”的转换。如果说“青春期写作”的动力是激情或阅读后的“仿写”，是要对“众人”讲话，那么“中年写作”的动力则是心智和经验，是个体生命受到震动后的自言自语，有一种无告的岑寂感。

在研讨会上有论者指出，阿宁的校园小说与以前我国的校园小说相比，无论从表现生活的深度与广度上，还是艺术表现上，都有其新颖独到之处，有其鲜明的时代感。一是写出了当今校园生活的社会化与知识分子世俗化的新特点；一是写出了处于转型期的知识分子内心深处的精神苦痛及其现实的生存境况；特别是塑造了几个概括力很强，带有普遍性的人物形象。其中，与会者一致认为《坚硬的柔软》中许宾这个人物，不仅学校中有，在其他行业和党政机关也到处可见到他的影子。因此，有的论者赞誉这个人物堪称“典型”。认为这个人物的出现，是对当前我国文学的一大贡献。大家还指出，阿宁校园小说与以往校园小说还有一个很大的区别，那就是他笔下的人物多是处于生活底层的小人物或弱者，多写他们在生活重压下的被扭曲和所做的种种无奈的挣扎与反抗，但他又无意做道德的评判，而是在述说中进行对话和沟通。

对许宾这个人物，从人物塑造的角度，大家一致认为有其典型意义，但对许宾其人如何评价，却有不同看法。

与会者在对阿宁的小说创作进行肯定并给以较高评价的同时，对其作品的不足及其局限性，也坦诚地谈了各自的看法。有人认为，阿宁笔下的知识分子形象，类型比较单一，叙述手法也比较单一，缺乏起伏与变化，对其中的一些人物的描写，有时失之于简单化，乃至漫画化。有人认为，阿宁写农村的小说好于他的校园小说，觉得尽管有些人物和事件有其生活的原型，但读起来总有一种“隔”的感觉，作家似乎还是以旁观者的身份来写自己的所见所闻，还未能把多种类型的知识分子，特别是对他们微妙、复杂、丰富的内心世界的揭示，还嫌不足。他们希望阿宁进一步深入到校园生活之中，首先是“化”进去，然后再跳出来，这样，阿宁一定会在校园小说的创作中有新的开拓，达到新的境界。

（木木、何火）

1997年7月15日《文论报》刊发研讨会信息

我们上文提到创作《坚硬的柔软》时，阿宁正迷恋米兰·昆德拉的作品。阿宁自认为在生活中是一个活得很硬很直的人，这样的性格让他碰了不少壁，《生命中不能承受之轻》给了阿宁很大触动，促使阿宁反思自己的性格，他想写一些柔软的人物。我们在阿宁的手稿里，找到了许宾这个人物形象的形成轨迹和线索。在阿宁的构思里，出现了《考验考验》《输了时不要渴望赢》《失败的哲学》《生活是柔软的艺术》几个题目，还写了“展现一个知识分子在环境挤压下的卑猥性格、柔软、逃离、让别人输、忍耐、自嘲、品味”等关键词。始于塑造柔软性格的创作动机，到构思阶段已显复杂深刻，这些错综复杂的关键词，为许宾这一形象灵魂的深度打下了基础。阿宁通过许宾这一形象对知识分子灵魂的发问是鲁迅式的深刻。

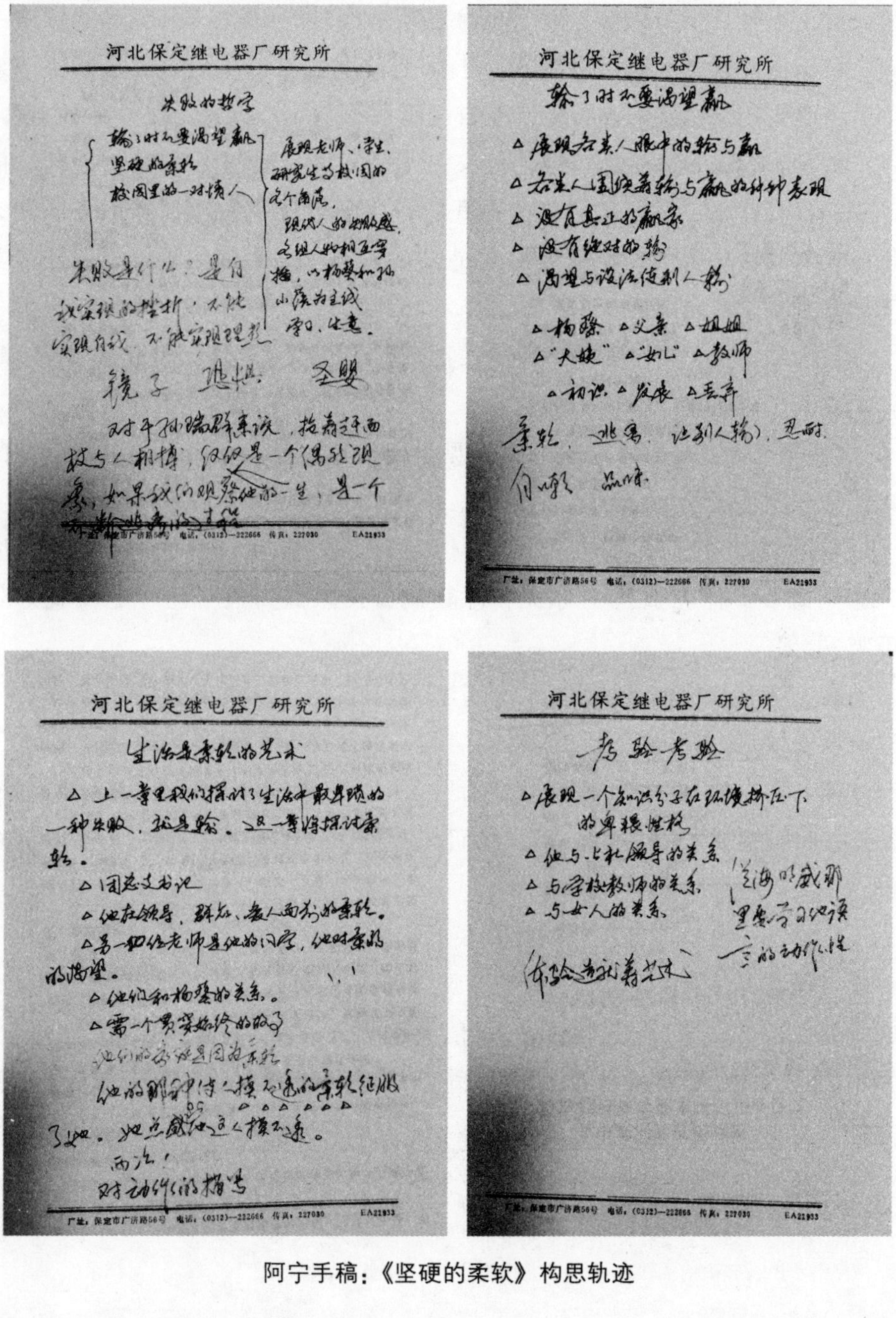

阿宁手稿：《坚硬的柔软》构思轨迹

“他想，在中文系谁能这样，领导说什么就是什么呢？大概只有我。”①

这句出自我们上文引用过的原文，我们再引一段《阿Q正传》的原文。

“阿Q也心满意足的得胜的走了，他觉得他是第一个能够自轻自贱的人，除了自轻自贱不算外，余下的就是第一个。状元不也是第一个么？”②

两段话并置在一起，阿Q被人打了自轻为虫豸，自诩自轻自贱第一人而获得胜利的愉快感。许宾呢？他自诩听话第一，不以此为耻并沾沾自喜。他们的精神内核多么相似，但他们又是不一样的，比起阿Q精神胜利法催眠式的自我欺骗，许宾是清醒的自我堕落。阿宁让我们看到知识分子丧失操守获取利益是可怕的，更可怕的是以丧失操守为荣耀，他对知识分子灵魂的解剖是不留余地的。

再向深处走，阿宁对许宾的解剖批判不只停留在透过性格鞭挞灵魂，他也批判了产生这一性格的体制。

“系主任对孙瑞群本来没什么意见，但他不愿意让一个有可能取代他的人当他的副手。”③

“直到晚上上了床，他（许宾）才跟爱人说了系主任跟他谈话的事。爱人感到意外：他怎么挑上你呢？许宾说：我怎么知道？也许觉得我好驾驭吧。”④

在篇幅不长的中篇小说里，阿宁没用太多的文字铺陈体制的细节，但这两段文字足以让我们看出体制的漏洞。这个体制的领导者的用人标准不是才能，而是比自己差，同时够听话。所以是体制滋养了许宾这种性格，给这种性格提供了土壤与空间。我们在解析许宾的典型性格时，必须注意到这一点，这是阿宁的深刻之处。

许宾这一形象具有强烈的性格特征，蕴蓄历史文化内容，具有灵魂的深度，他具备了典型人物的诸多特质。作为一个有艺术魅力的文学形象，在我们授课过程中，他依然是一个能够引发学生共鸣与争议的人物形象，共鸣的是他的柔软戳中了很多人面对问题时的暂时退缩甚至无奈的心理，

---

① 阿宁：《坚硬的柔软》，花山文艺出版社2001年版，第91页。
② 鲁迅：《鲁迅小说》，内蒙古文化出版社2011年版，第5页。
③ 阿宁：《坚硬的柔软》，花山文艺出版社2001年版，第58页。
④ 阿宁：《坚硬的柔软》，花山文艺出版社2001年版，第63页。

争议的是知识分子是否可以获取个人利益。这种争议让我们回到《校园里有一对情人》有关知识分子价值悬置的话题。可以看出，从《校园里有一对情人》到《坚硬的柔软》，阿宁以现实主义的批判与讽刺建构大学叙事时，知识分子的价值是他思考的一个核心。作家善于运用形象引人深思，但他很少以理性的语言给出答案，我想，这种争议可以在钱理群有关精致的利己主义的论述中找到答案。钱理群区分了个人主义与利己主义，他不反对追求个人主义的物质与精神，他反对的是没有底线，尤其是逢迎利用体制获取利益，那就是人性的卑污。

从《蓝屋》到《校园里有一对情人》再到《坚硬的柔软》，既可以看出阿宁现实主义批判的线索，又可以看到他批判的锋芒逐渐锐利。当他指陈知识分子灵魂的幽暗并将批判的矛头指向滋生知识分子精致利己主义的体制时，其深刻性足以让他的校园叙事在 20 世纪 90 年代的大学叙事潮中占有一席之地。

下面我们进入阿宁校园叙事的第二种倾向。

第二种倾向是用现代主义文学的叙事技巧向人物内在精神世界的开掘。

我们在介绍阿宁 1980 年代的文学创作时，曾谈到牛玉秋用“别致现实主义”标示阿宁的文学风格，分析阿宁作品呈现出来的向人物内心开掘的努力。1990 年代的作品，阿宁在题材处理的现实主义维度之外，不曾丢失人物的精神维度，甚至更加有意识地表现人物精神世界的复杂性，这一点我们从《蓝屋》中已见端倪。前文从现实主义的角度分析了《蓝屋》中市场经济大潮对大学校园冲击的批判性，但建筑物“蓝屋”和文学名著《哈姆莱特》的象征性，注定要在女主“我”的内心展开一场选物质还是选精神的心灵博弈。按照上文分析，蓝屋作为小说的核心意象，是 1990 年代市场经济大潮对大学校园影响的一个缩影与象征，它属于张宏，是物质的、消费的、享乐的；文学名著《哈姆莱特》象征的是商品经济大潮中的诗意坚守，它属于梁阳，是精神的、高贵的、孤独的。小说中的“我”摇摆在张宏与梁阳之间，正如《哈姆莱特》的名言“生存还是死亡，这是一个问题”一样尖锐。小说表现人物内心世界时颇有意味，它展现了“我”挣扎于张宏与梁阳之间心情的愧疚、复杂、不安，还展现了“我”精神世界的双重迷茫与双重荒芜。“我”选择梁阳时，其实不曾真正理解关心过《哈姆莱特》，“我”选择张宏时，物质享受带来的格调，让“我”误以为生活进入了一个新的层次，这是物质与精神的双重迷茫。当“我”认识到物质享乐带来的所谓情调，在金钱面前不过是一场虚妄，回身寻找梁阳时，《哈姆莱特》却已化为灰烬，“我”不得不带着《哈姆莱特》的残片回到蓝屋。与张宏冷漠相对时，陷入物质与精神双重荒芜的“我”最终无处安放情感的落点与生命的意义。

伴随着阿宁校园题材小说的陆续发表，相继有几部小说沿着这一路径展开刻画，他的这一艺术表征引起了不同评论者的关注。

1990 年 3 月，河北大学教授许来渠在《河北日报》发表评论，题为《描写人物深层的内心世界——阿宁小说创作漫谈》。许来渠认为“阿宁的小说创作……能紧紧把握住人物……努力描写人物的深层的内心世界，使作品富于启发性”。许来渠是阿宁在河北大学作家班的班主任，从读书到毕业，他一直关注着阿宁的创作与成长。作为阿宁的老师，许来渠很早就注意到阿宁在作品中善于展现人物内心世界的艺术倾向。1997 年 10 月，许来渠又撰文《阿宁印象记》，再次提及此事。

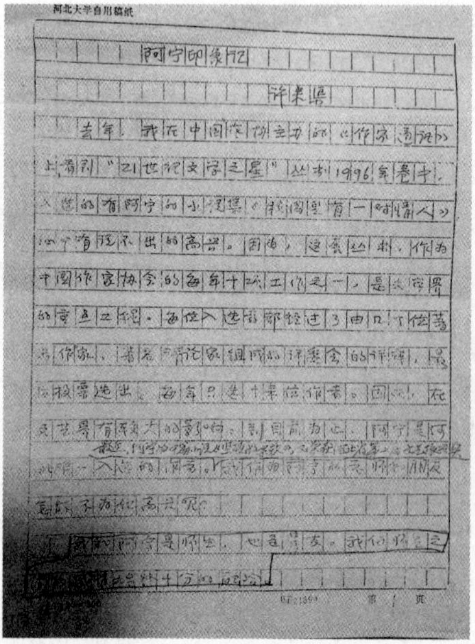
河北大学自用稿纸

阿宁印象记

许来渠

去年，我在中国作协主办的《作家通讯》上看到“21世纪文学之星”丛书1996年卷中，入选的有阿宁的小说集《校园里有一群情人》，心中有说不出的高兴。因为，这套丛书，作为中国作家协会的每年十项工作之一，是文学界的重点工程。每位入选者都经过了由几十位著名作家、著名评论家组成的评委会的评审，层层严格选出，每年只选十来位作者。因此，在文艺界有较大的影响。

第 1 页

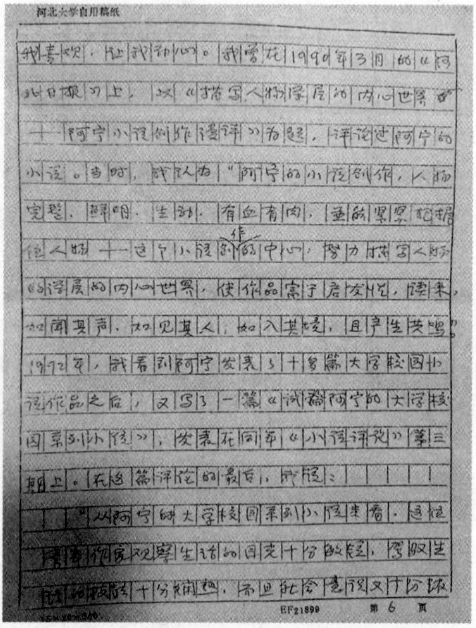
河北大学自用稿纸

我喜欢，让我动心。我曾在1990年3月的《河北日报》上，以《描写人物深层的内心世界——阿宁小说创作漫评》为题，评论过阿宁的小说。当时，我认为“阿宁的小说创作，人物完整、鲜明、生动，有血有肉，并能紧紧把握住人物——这个小说创作的中心，努力描写人物的深层的内心世界，使作品富于启发性，读来，如闻其声，如见其人，如入其境，且产生共鸣”。1997年，我看到阿宁发表了十多篇大学校园小说作品之后，又写了一篇《试论阿宁的大学校园系列小说》，发表在同年《小说评论》第三期上。在这篇评论的最后，我说：

“从阿宁的大学校园系列小说来看，这位作家观察生活的目光十分敏锐，

EF21899 第 6 页

许来渠《阿宁印象记》手稿（部分）

1991 年 4 月，鲁守平在《河北作家》发表评论《读阿宁的四篇近作》认为："阿宁的意义，就在于他在刚刚离开了大学校门之后，以他对当代大学生精神心理的准确把握，共时性地反映了他们尴尬的现实生活处境与虚幻的价值观念的矛盾，从他自己熟悉的经验世界里，发掘出丰富的审美情感。"

1992 年 12 月，欧阳明在《河北文学》发表《生命的走向与价值的取向——阿宁小说印象》，从胜利/失败、生存/死亡等话语对立模式，探讨阿宁作品人物的精神价值走向。

1997 年 7 月 8 日，河北省作家协会在石家庄召开"阿宁作品研讨会"，会上有论者就阿宁的校园小说指出："一是写出了当今校园生活的社会化与知识分子世俗化的新特点；一是写出了处于转型期的知识分子内心深处的精神苦痛及其现实的生存境况。"

1997 年 9 月，《文论报》编审封秋昌和河北师范大学教授陈超以《阿宁的方式及局限》为题开展对话。封秋昌认为阿宁"更多的是写小人物生存境况的艰难和精神苦痛，展示他们自身的复杂性、含混性"。陈超认为"阿宁写出了'新儒林'中一群整日烦扰、烦忧、烦躁的人物，揭示了知识分子群内部发生的噬心纠葛"。

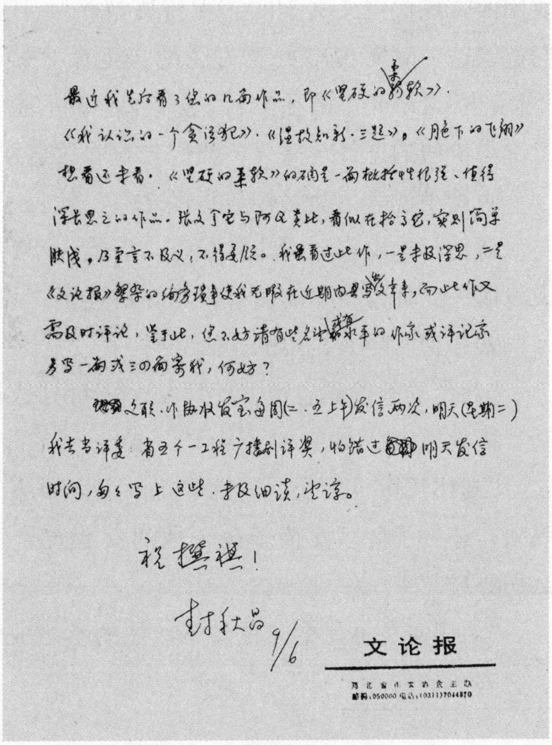

最近我先后看了您的几篇作品，即《坚硬的柔软》、《我认识的一个贪污犯》、《温故知新·三题》，《月色下的飞翔》想看还未看。《坚硬的柔软》的确是一篇概括性很强、值得深长思之的作品。张文于它与阿Q类比，看似在拾了它，实则简单肤浅，乃至言不及义，不得要领。我要看过此作，一是未及深思，二是《文论报》繁杂的编务琐事使我无暇在近期内再写文章来，而此作又需及时评论，鉴于此，您不妨请有些名望或有水平的作家或评论家另写一篇或三四篇寄我，何如？

又联，作协收发室每周（二、五上午）发信两次，明天（星期二）我去省评委看五个一工程广播剧评奖，怕错过明天发信时间，匆匆写上这些，未及细读，见谅。

祝撰祺！

封秋昌 9/6

文论报

河北省作家协会主办
邮码：050000 电话：(0311)7044870

封秋昌写给阿宁的信

1999 年 2 月，张彦娟在《河北教育报》刊发文章《阿宁和他的校园小说》。文中认为"他的作品从始至终关注的是人物的精神世界，注重对人物心灵的挖掘……他揭示的是生活的底蕴，生命的内涵，表象后面，是生命个体的沉重。他的作品，多展示人性的负面”。

我们有意识地按时间顺序对这些评论文献进行梳理，发现近十年的时间，内心、精神、心灵成为当时研究者们面对阿宁作品的关键词，这足以说明阿宁在 1990 年代以现实主义批判姿态建构校园叙事的同时，呈现出持续向人的精神世界逼近审视的走向。

这种精神审视与阿宁这一阶段的阅读偏爱有着非常重要的关系。阿宁作家班同学史克己 1999 年 10 月在《文论报》发表《善良的阿宁》。在这篇夹叙夹议的文章里，他谈到了一个细节：“在河北大学作家班读书的时候，阿宁的床头总是摆着许多现代主义的小说，像《弗兰德公路》《霍乱时期的爱情》等。”笔者在与阿宁的交谈中，阿宁自己也谈到他那时非常喜爱福克纳的《喧哗与骚动》等作品。简单来说，阿宁这一阶段比较偏爱西方现代主义文学，由于这种偏爱，使得阿宁这一阶段的作品具有比较明显的现代主义文学色彩，因此我们此章暂且放弃牛玉秋“别致现实主义”的提法，改用西方现代主义文学的艺术特质解析阿宁校园题材小说的精神向度。我们选取这一时期相对更受关注的《生命之轻与瓦罐之重》《冷美人沈雪》《自费生》《阳光下的独步》。这几部小说的主旨延续了《蓝屋》中人的生命意义与价值的选择与探寻，我们先看看故事梗概。

短篇小说《生命之轻与瓦罐之重》发表于《上海文学》1990 年第 4 期，与《蓝屋》的发表时间非常接近，后收入小说集《校园里有一对情人》。小说以第一人称“我”的叙事视角，讲述了“我”的同学刘伟的故事。

刘伟拥有令人艳羡的个人条件：

“刘伟的爸爸是省粮食厅厅长……每到放假，总是用‘桑塔纳’或‘蓝鸟’接他回家。”①

“刘伟长得也出众。高挑个儿，浓密如漆的头发，再配上一对赵丹式的眼睛，迷倒了许多女孩子……他的女朋友走马灯似地换来换去，没见他怎么伤心过。”②

“刘伟实在不是个花花公子，他的学习成绩在班里一直优秀，读了许多

① 阿宁：《校园里有一对情人》，百花文艺出版社 1996 年版，第 124 页。
② 阿宁：《校园里有一对情人》，百花文艺出版社 1996 年版，第 124 页。

学术名著，在学术上有着特殊的执著。”①

拥有令人艳羡条件的刘伟是痛苦的、怀疑人生的。

“这些书说到底又能告诉我们什么？我恨这个图书馆。图书馆就像人的腹腔，我们像一群蛔虫！虽然我们吸收了人体的养料，却依然感到沉闷、压抑，离活生生的生活隔得很远。”②

“我们为什么要到这世上来？为什么要学习？为什么要做生意？”③

“刘伟告诉我说，他母亲一生下他就把他放到了姥姥家，只在节日里去看看。直到上中学，他才回到父母身边。现在父亲放假时派车来接他，也是联络感情的意思。”④

痛苦的、怀疑人生的刘伟在寻找生命意义的路上无法化解自己的精神危机，他在一个傍晚做了一个飞翔的姿势跳楼自杀了。

故事就是这样简单，于是叙述刘伟自杀的原因，构成文本的驱动力和意蕴的指向。第一层意蕴，原生家庭与个人生命价值的关系。少时缺少家庭关爱，原生家庭的缺陷是刘伟放弃生命的唯一不利理由，后天的弥补无法治愈童年的创伤，这涉及心理学的研究，构成原因，但不构成本文意蕴的重点。第二层意蕴，富足、苦难与个人生命价值的关系。阿宁此时迷恋米兰·昆德拉的作品，小说题目《生命之轻与瓦罐之重》都带着“不能承受的生命之轻”之感。阿宁在苦难与人生的关系上的看法颇像路遥的《平凡的世界》，让人意识到自我生命的存在来自苦难的磨砺。阿宁显然认同困难对人的生命的不可或缺性，苦难以沉重淬炼人的意义与价值，与此同时，作品传达出物质条件的富足不等于个人生命价值的实现，这是作家对 1990 年代市场经济转型期人的意义坐标的一个价值观。物质富足、无处安放精神的刘伟选择跳楼轻生，这一点和《蓝屋》中的“我”想寻回哈姆莱特的意愿是一致的。第三层意蕴，证明个人生命价值的有效途径。如果小说结束于刘伟的自杀，无疑刘伟的结局会变为《蓝屋》中的“我”的一个注脚，失于简单。《生命之轻与瓦罐之重》的神来之笔，在于匆匆忙忙往黄泉路奔

① 阿宁：《校园里有一对情人》，百花文艺出版社 1996 年版，第 132 页。
② 阿宁：《校园里有一对情人》，百花文艺出版社 1996 年版，第 132 页。
③ 阿宁：《校园里有一对情人》，百花文艺出版社 1996 年版，第 135 页。
④ 阿宁：《校园里有一对情人》，百花文艺出版社 1996 年版，第 135 页。

跑的刘伟被医生救治过来，变成了“嘴歪眼斜，下肢完全瘫痪，上肢只有左胳膊勉强可以活动”的样子。出院后，刘伟学习英语、翻译英国小说、看医学书、写回忆录、给邻居家孩子辅导功课，苦难反而激发了刘伟生的渴望。小说最后，口干舌燥的刘伟，手不能提起一只盛水的瓦罐，匍匐在地上喝破碎瓦罐洒出的浇花水，满足的笑容令人动容和深思。小说在生与死的角逐中，模糊了生与死的对立，带给读者关于生命的思考，如果只有经历了死才能找到生命的意义与价值，其惨烈的程度是给迷茫年轻人的当头棒喝。

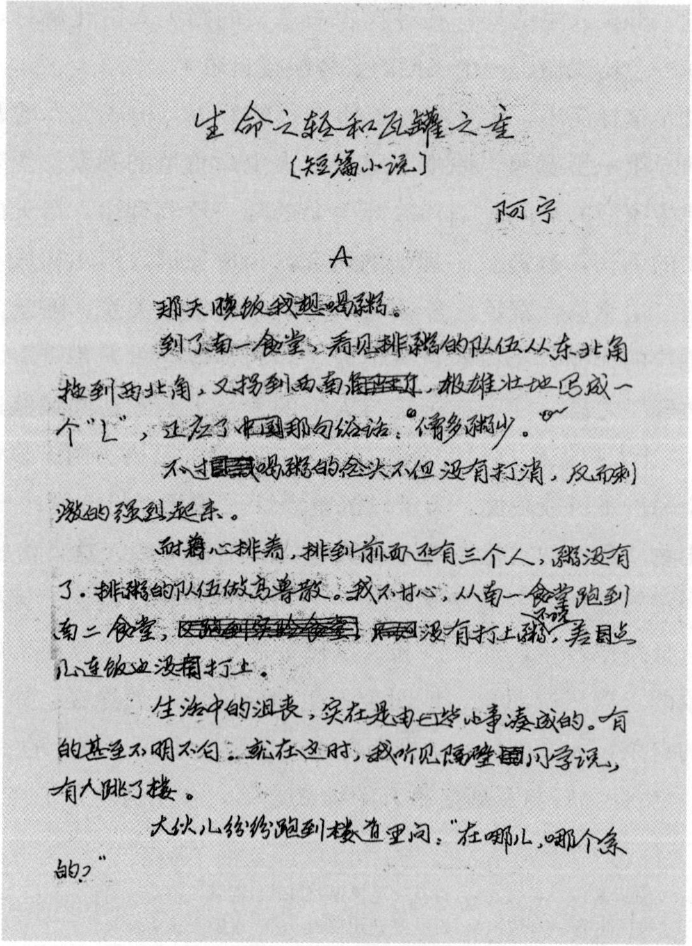
生命之轻和瓦罐之重
〔短篇小说〕
阿宁
A
那天晚饭我想喝粥。
到了南一食堂，看见排粥的队伍从东北角拖到西北角，又拐到西南角，极雄壮地写成一个“L”，还应了中国那句俗话：“僧多粥少。”
不过喝粥的念头不但没有打消，反而刺激的强烈起来。
耐着心排着，排到前面还有三个人，粥没有了。排粥的队伍做鸟兽散。我不甘心，从南一食堂跑到南二食堂，没有打上粥不说，差点儿连饭也没有打上。
生活中的沮丧，实在是由一些小事凑成的。有的甚至不明不白。就在这时，我听见隔壁同学说，有人跳了楼。
大伙儿纷纷跑到楼道里问：“在哪儿，哪个系的？”

阿宁手稿：《生命之轻和瓦罐之重》

短篇小说《冷美人沈雪》刊发在《河北文学》1990 年第 12 期，同样收入《校园里有一对情人》中。外文系女大学生沈雪“长得太漂亮，集中了父母亲的全部优点。男孩子们都挖空心思追求她”①。长得太漂亮的沈雪，精神是痛苦的、孤独的，她小的时候，父母整天吵架，她吃安眠药自杀阻止父母离婚，却没能挽留父亲离开家庭的决心。死过一次的沈雪来到大学，父母已经离婚并分别再婚，“她发现那个破碎的家庭，已经组合成两个幸福和谐的新家。只有她自己，被远远的抛置在一切之外”②。无家可归的她已经熄灭了对家庭美好生活的渴望，带着父母亲婚姻的阴影，沈雪无法进行一次成功的恋爱，无法拥有真挚的友情，和世界的对立似乎成了她生命存在的唯一证明。父亲曾跟她说：“生活和活着不一样，生活有意义，有希望，有价值，活着却只是熬日子。”③ 熬日子的沈雪又一次想到了死，但她发现第一次自杀是为了挽留父母，这一次死给谁看呢？死

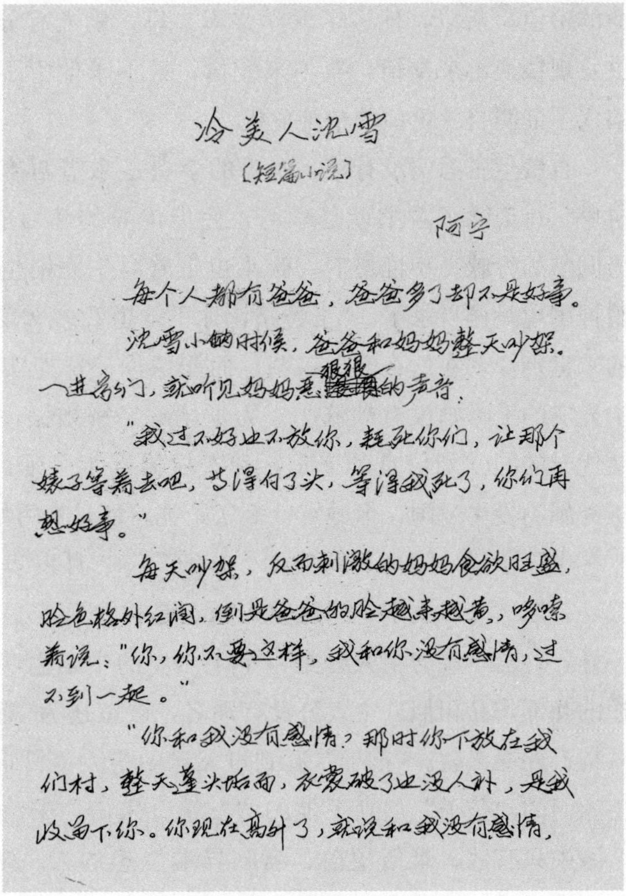
冷美人沈雪
〔短篇小说〕
阿宁
每个人都有爸爸，爸爸多了却不是好事。
沈雪小的时候，爸爸和妈妈整天吵架。一进家门，就听见妈妈恶狠狠的声音：
“我过不好也不放你，拖死你们，让那个婊子等着去吧，等得白了头，等得我死了，你们再想好事。”
每天吵架，反而刺激的妈妈食欲旺盛，脸色格外红润，倒是爸爸的脸越来越黄，哆嗦着说：“你，你不要这样，我和你没有感情，过不到一起。”
“你和我没有感情？那时你下放在我们村，整天蓬头垢面，衣裳破了也没人补，是我收留下你。你现在高升了，就说和我没有感情，

阿宁手稿：《冷美人沈雪》

① 阿宁：《校园里有一对情人》，百花文艺出版社 1996 年版，第 164 页。
② 阿宁：《校园里有一对情人》，百花文艺出版社 1996 年版，第 178 页。
③ 阿宁：《校园里有一对情人》，百花文艺出版社 1996 年版，第 160 页。

亡也变得无法证明价值，沈雪无路可走了。

中篇小说《自费生》刊发在《小说》1995 年第 2 期，后选入《中篇小说选刊》1995 年第 5 期，同年获河北省作协金牛奖。小说的两位主人公都是自费生——张小虫和王秀娟。自费生张小虫很有钱。“张小虫走进大学校园时，腰里揣着两万块钱。别人上大学，都带着书，背着行李用具，口袋里还装着正式的录取通知书。这些他全没带。”[①] 张小虫认为钱可以证明生命的价值，所以，他进了大学并不自卑，别人有分，他有钱。后来，张小虫发现钱换不来友情，换不来爱情，换不来他听不懂的所有课程。张小虫陷入了证明自身价值的精神危机。

自费生王秀娟没有钱，四千的学费是东借西凑的。没有钱的王秀娟很自卑，每天除了看书就是学习，凭借优异的学习成绩获得了老师的喜欢、男同学的青睐。小说最后，张小虫带着对王秀娟生活的羡慕和无法化解的精神困境跳楼自杀了。“王秀娟，你不知道我多么羡慕你的家庭，我希望我的来世别像现在这么空空荡荡，而能像你一样充实。”[②] 然而，在张小虫眼中充实的王秀娟没有烦恼吗？为了化解经济拮据，王秀娟不得不拒绝了成绩优异的同学刘信良的追求，和农村男青年牛爱国订婚获取经济的支持。王秀娟不爱牛爱国，但她有什么法子呢，那是王秀娟无法化解的痛苦人生。

中篇小说《阳光下的独步》1997 年 12 月发表在《青年文学》头条位置，该期《青年文学》的封面人物正是作家阿宁。和前边的校园文学不大一样，这篇小说的主人公是一个十六岁的中学生，但作品的整体情绪和前边的几部作品相似。主人公没有姓名，被叙述为“孩子”，他的家庭，父母吵架，外遇出轨。“孩子”看到过父亲的情人，目睹过母亲和情人幽会。逃出家门的“孩子”遇到了他的“友情”宋涛。宋涛被许多学校开除，是一个眼中只有钱、庸俗堕落、满脑异端思想的人。宋涛的偶像是麻原彰晃，他所谓带着“孩子”“干大事”就是杀掉社会的“弱者”。宋涛小小年纪，女友无数，在他的教唆下，“孩子”看了黄色录像，因为性好奇与冲动，和苏霞发生了关系。至此，这个十六岁的“孩子”内心已是伤痕累累。父母

---

① 阿宁：《校园里有一对情人》，百花文艺出版社 1996 年版，第 77 页。

② 阿宁：《校园里有一对情人》，百花文艺出版社 1996 年版，第 119 页。

不和、交友不良、性的冲动与恐惧共同汇聚在这个十六岁少年的身上，让这个少年陷入深深的痛苦中。因宋涛和人吵架“孩子”没有出手被宋涛指责懦弱，“孩子”的精神崩溃了。为了证明自己，“孩子”选择与他人同归于尽。“他没有选择幸福的能力，却有能力把生活掷给他的种种不幸回掷回去。他从小在这个校园长大，目睹父亲的失败、母亲的痛苦，现在这一切终于要有一个结局了。他一定要找到那个男的，带着这个比他大几岁的大学生，飞升到他们的天国去。”

介绍完故事梗概，我们可以总结出来，1990 年代阿宁校园小说的主题之一是一群在精神危机中寻找生命价值的大（中）学生。阿宁运用现代主义的叙事技巧，细致地表现了他们在个人与家庭、个人与社会、个人与集体、个人与自我意识之间的挣扎求索，呈现出孤独、痛苦、迷茫的悲凉之境，死亡往往成为诱惑与最后的归宿。我们该如何评价阿宁反复书写的这种内在精神世界？

首先，我们回到上文阿宁对现代主义文学的偏爱。这种偏爱不免使阿宁所塑造的人物在内在世界的精神气质上，受现代主义文学主人公的影响，表现出相似性。现代主义文学是一个复杂的文学现象，每个流派都有自己的思想艺术特色，研究者们都在尝试概括现代主义文学的基本特征。高伟光在《“前”现代主义、现代主义与后现代主义文学》中，提到自我意识、孤独感和失落感，认为现代主义文学往往表现出自我对外在世界、对人的存在意义的悲观与失望。克里

阿宁被选为《青年文学》封面人物

斯托弗·巴特勒在《牛津通识读本：现代主义》第三章中专门论述了现代主义的主人公。他引用美国罗格斯大学教授查尔斯·拉塞尔的话，认为“就主题而言，现代主义小说呈现的人物始终要面临一种混乱的、或许是无意义的环境，就像海明威、伍尔夫、穆齐尔和贝克特的人物那样；他们无路可退，唯有个人英雄主义、无情的感受，或濒危的意识”①。

其次，我们认为阿宁的校园小说的内在精神世界，也受到1990年代中国文学思潮的影响。朱栋霖在《中国现代文学史1917—2012》中阐述了影响这一时期中国文学的几个因素，其中提到人的观念的变化和存在主义思潮的影响。人的观念的变化使得“对人的神圣性的解构、对人的形而下欲望和人性之恶的挖掘，就成了一个重要的母题，也因此，主体的破碎，人的精神品格的降低、生物性本能的放大就成了这阶段中国文学最基本的对于人的阐释”②。在这一点上，阿宁校园小说侧重表现主体的破碎。就存在主义而言，“揭示人的内心的体验、感受、矛盾和对自我的反思构成了存在主义美学的核心思想……对于人的存在命题的探询与思考，构成了新时期文学中新的人文精神内涵”③。我们上文分析的阿宁的几部作品，都注重对人的存在意义的追问，对人的宿命的解剖，作品弥漫着孤独的意蕴、痛苦的情感。

再次，阿宁校园小说的内在精神世界是阿宁个人生存境遇的一面镜子。这种生存境遇，我们把它划分为河北大学作家班前与河北大学作家班后。

进入河北大学作家班前，阿宁经历了一段人生的低谷，这些我们在前文已做了一些介绍。在遭受失恋的打击后，阿宁又面临着留在张家口/离开张家口、事业/婚姻的人生抉择。脾气不佳的母亲，面对这样的阿宁，很难给予宽慰与温暖，反而给了许多的埋怨与指责。已经成年的阿宁，难以隐忍之时，和母亲剑拔弩张地大吵一架。吵架后的阿宁，心情更是糟糕到谷

---

① ［英］克里斯托弗·巴特勒著，朱邦芊译：《牛津通识读本：现代主义》，译林出版社2018年版，第78页。

② 朱栋霖等主编：《中国现代文学史1917—2012》下册（第2版），北京大学出版社2014年版，第263页。

③ 朱栋霖等主编：《中国现代文学史1917—2012》下册（第2版），北京大学出版社2014年版，第264页。

底，只想离家出走，但他又无处可去。那时阿宁家屋后有一条浅浅的小河，蹚过小河，是宽阔的张北草原，草原上有一条马路，那里成为阿宁宣泄情绪的唯一去处。夜晚走在空无一人的草原马路上，孤独、寂寞、渺小等诸般情绪弥漫在胸膛，死亡不止一次冲入他的脑海。由此，作品中那些孤独失意以死亡对抗生命的人物形象也就不难理解了，他们是阿宁个人心理意识的投射。

进入河北大学作家班后，阿宁找到了人生的方向，但他似乎颇有些“局外人”的色彩。因大龄入学后时间的紧迫感时时包裹着阿宁，除去学习阿宁无暇顾及其他。

许来渠在《阿宁印象记》中记录了当时的阿宁：“他酷爱读书学习，整天手不离书本。星期日早饭后，他常常左肩上背个大挎包，鼓鼓囊囊的，里边全是书本，右手提个暖水瓶，钻到图书馆三楼阅览室内，一天也不下楼……他本人从来不注意穿着打扮，好像衣服、饮食、友谊、爱情、以后的工作出路等等，这类事儿，他都不在意，唯独喜欢读书。”

这样的阿宁颇像一个校园生活的“局外人”，但他不是真的局外人，他只是为了宝贵的学习机会暂时摒弃了很多形而下的需求。就其个人心理来说，孤独感依然萦绕心间，同时对于校园的精神骚动他是敏锐深思的。阿宁就读期间，目睹了一次学生跳楼轻生事件，轻生学生的尸体被床单覆盖起来，唯独一只手不经意间暴露在床单外，那只惨白的手触动了阿宁的心，引发了阿宁对手的主人的想象思考，加之当时高校时有学生轻生自杀事件，让阿宁不禁思考大学生这个群体的生存状态。这时，阿宁的“局外人”姿态，为他将校园生活作为审美对象提供了一种旁观者的理性、冷静视角，于是他的笔下出现了刘伟、沈雪、张小虫等一系列精神失衡不惜赴死的大学生形象。

最后，阿宁的这种反复的精神书写难免造成叙事的同质化。1997 年 9 月 13 日，河北师范大学教授陈超在《保定晚报》对话《文论报》编审封秋昌，在《阿宁的方式及局限》中指出：“阿宁的近期小说写出了复杂的意向，但也有某些小说还有较明显的毛病，就是在整体运思上仍受挟于单向度操作，缺乏意义的复杂变奏……阿宁要警惕‘单向度’的周期性强迫重复。”

保定晚报

●文坛风云●

对话：阿宁的方式及局限

对话者：封秋昌（《文论报》编审）陈超（河北师大教授）

封：你在"阿宁作品讨论会"上的发言很精彩，我原想让你写篇文章，而你提议我们用对话的方式，来共同探讨一下阿宁的小说。据我所知，阿宁写小说已有十几年了，迄今作品数量已有一百多万字，散见于全国各级报刊和选刊。直到今年3月，他的第一个小说集《校园里有一对情人》才由百花文艺出版社出版。这个小说集能被入选"21世纪文学之星丛书"，也证明了阿宁的确是一位有实力、有潜力、有特色、有希望的青年作家。特别是他近一二年来的作品，随着中篇小说《校园里有一对情人》(《北京文学》)、《坚硬的柔软》(《十月》1997年第1期)等作品的发表，让我们看到了趋于成熟、作品有独特审美价值的阿宁。其中，《坚硬的柔软》尤为引人注目，《小说选刊》与《新华文摘》都转载了这部中篇，在文坛和社会上产生了较大反响。这个中篇堪称阿宁的代表性作品。

陈：阿宁的写作近年来的确势头看好。我觉得他比较顺利地完成了由"青春期写作"向"中年写作"的转换。这么说并不是年龄概念。"青春期写作"的动力是激情或阅读后的"仿写"，是要对"众人"讲话；"中年写作"的动力则是心智和经验，是个体生命受到震动后的自言自语，有一种无言的本真感。拿他早期的《生命之轻与瓦罐之重》和《坚硬的柔软》、《校园里有一对情人》比，就显豁地体现了不同的创造力型态。前者是凄楚而明亮的，后者则在忧虑和某种畸变的反讽之间达成了平衡。在素材上，过去的阿宁是有"选择"的，意向比较单一，现在则较多地涉入了对欲望、尴尬、沉沦等因素互否性的揭示。比如许宾、孙成文、朱丽娟等形象，都具有较内在的复杂性、含混性。当然作家的立场主要是在诘问、讥嘲。

封：的确，阿宁已从"仿写"的阶段步入了真正有所发现、有所创造的阶段了，即是说，他已可以达到不受"他者"的左右或影响，而能用自己的眼睛去看世态人心，用心灵去体味人生，从而看出了生活本身的复杂与沉重，[illegible]人物的内心深处了。

从题材上说，阿宁的作品可分两大类。即农村题材和知识分子题材（以校园小说为主）。有人认为阿宁的农村题材小说比他的知识分子小说写得更好。这种看法有一定道理，比如《杨三的故事》、《妻子自己能回家》的确写得很精彩。但从总体上看，如果把阿宁的农村题材小说放在全国范围进行纵向和横向的比较，如与高晓声、张炜、贾平凹、路遥、陈忠实、何申、刘醒龙等人相比，阿宁作品的新颖程度和深广度及其不可取代性究竟是什么呢？这话似乎还不好说。而他的校园小说，却有鲜明的特色和不可取代性。首先，阿宁的校园小说带有鲜明的时代特色，写出了市场经济条件下校园生活的新特点、新趋势，这就是校园生活的社会化和知识分子世俗化的趋势。如今的校园，知识分子不再那么清高、那么书生气十足了，他们不再满足于把自己拘囿在书斋之中，在种种诱惑面前，开始注重对实际利益的追求。以前的校园小说多为激情和诗意化的抒写，注重对理想与未来的展示、讴歌，而阿宁的校园小说更具现实的真实感，更多的是写小人物生存境况的艰难与精神苦痛，展示他们自身的复杂性、含混性。

陈：可以说，阿宁写出了"新儒林"中一群整日烦扰、烦忧、烦躁的人物，揭示了知识分子族群内部发生的噬心纠葛，并且写出了他们"不得不如此"的心理依据。在世俗功利和精神价值产生剧烈冲突的90年代，知识分子（特别是阿宁笔下的人文学科知识分子）对自己的"身份"产生了疑问。于是他们要"抓住"切实可靠的名头，以证明自己还有"价值"，便在诸如"评职称"、"提干"等机会面前表现得过分[illegible]。阿宁则加深和扩大了这些"问题"，他不想给出一个廉价的"结论"。这在他塑造的许宾、孙成文、朱丽娟等人物身上得到体现。

封：阿宁笔下的上述一些人物，从年龄、所处地位来看，似同属一类，但从精神层面来分析，许宾与孙成文、朱丽娟、黄小娟、吴用等是有区别的。区别就在于，在理想与现实的矛盾中，许宾所看重、所追求的是现实的利益和需要，而且是坚定不移的，这就是他内在的"坚硬"，而所谓"柔软"，只是他为了达到目的所采取的一种以守为攻的策略和手段，而且他采取"柔软"态度，是出于一种无奈状态下的理性选择。而孙成文、朱丽娟、黄小娟、吴用等人，则是徘徊于现实与理想之间，在他们的潜意识中，有改变现状、追求新生活的渴望，并且非常强烈。只不过，在日常生活中，这种渴望受到了压抑而已。所以，一旦有了重新选择的机遇，便迅速地行动起来，其所作所为，又常常连他们自己都始料未及。这就是他们本想维持家庭的"和睦"却又情不自禁地与情人幽会、偷情的内在原因。

陈：的确，"性"和婚姻是阿宁小说另一个重要材料。在此，他一方面探询了夫妇双方行为世界和内心世界的分裂，另一方面，也揭示了生理和灵魂意义上完整的"人"是什么。或许阿宁要表达一个悖论，人向"深渊"飘落时是眩晕而美好的，但它会将你引向更可怕的深处，那儿可是硬梆梆要报销你的。我们所置身其中的生存环境，不是感情障碍的时代，而是文化障碍的时代。在此，阿宁正视了生命欲望的逻辑对道德禁忌的暂时超越，将"婚姻"柔软的暴政之卑琐性揭示出来。但他的态度是无可奈何的。或许这正是阿宁的小说值得玩味和有价值的所在，即他不去以代言人的姿势处理"堂皇叙事"材料，他将80年代小说的"风云史"转变为"个人小型叙事"。

封：从"写作"的角度看，阿宁有自己的特点。比如同是对现实的关注与抒写，其视点与叙述策略与何申、谈歌、关仁山[illegible]某种小人物的奇观，将"个人隐私公开化"来看，他比较接近所谓"晚生代"作家，但内质上又不可相提并论；阿宁注重凸现现实的真实感，而又不无夸张和放大，又和"新写实"强调生活的"原生态"有一定差距；他会心于传统写法，又不完全属于传统。总之，很难把阿宁简单地划归到哪一类作家的圈子中去。阿宁就是阿宁，他有自己的特点。但阿宁小说的局限性和不足也是有的，对此，不知您有什么看法。

陈：从语言上说，阿宁只用基本词汇写作，他书写的单位是句群，而很少在单句、词素上有出色表现。他的语型和语感介于口语和书面语之间，长处是能造成侃侃陈述、不夸张、不雕饰的效果，但相应的缺陷是缺乏更大的活力、内敛性和跨体叙述的吸收、转化功能——完成意识和潜意识的深层对话。

应该说，阿宁的近期小说写出了复杂的意向，但也有某些小说还有较明显的毛病，就是在整体运思上仍受挟于单向度操作，缺乏意义的复杂变奏。有些小说素材本来为意义的变奏提供了很好的基础，惜乎在致命处心力不逮，对某些人物的处理失之单向度、简单化，如《妻子自己能回家》和《自费生》中张小虫之死就是显例。总之，阿宁要警惕"单向度"的周期性强迫重复，对中国小说家而言，警惕非此即彼的"二元对立"模式，尤为值得注意。何况正在走向成熟的阿宁呢。

封：你说的有一定道理。今天我们的对话很愉快，激发出了我们在讨论会上未曾想到的意思，在某些方面也造成了互补效果。这种形式，今后我们或许可以再搞。限于时间，今天就到此为止吧。

陈超对话封秋昌

我们对上文故事梗概做一总结就会发现其叙事元素的共性以及叙事向度的单向化：主人公多是解决了物质的匮乏但有无法化解的精神痛苦，父母失和、家庭氛围冰冷、寡淡的人际交往堵死了主人公被救赎的可能性，自杀死亡成为最终归宿。所以阿宁觉察到了市场经济转型期大学生群体的精神危机，但他还没有在此层面洞察到人类生存的复杂性——人生往往不是在生与死之间必然选择一方，而是在生与死之间拉扯与挣扎。从这一点来讲，我们认为《生命之轻与瓦罐之重》在几部作品中更具深度，而就内蕴的丰富性来说，《阳光下的独步》更胜一筹。

虽然几部作品存在一些共性，但阿宁的故事依然是好看的，这得益于阿宁自觉的文体意识。阿宁是一个很注重小说文体实验的作家，我们从河北师范大学教授郭宝亮《知识分子的反省与自审——访阿宁》的对话中，看到阿宁的表述："小说离不开技术，任何艺术都离不开技术，搞美术的要对着石膏像苦练素描，演员要冬练三九，夏练三伏，最后呈现给观众的是精美的艺术。"

知识分子的反省与自审
——访阿宁　□郭宝亮

郭宝亮访阿宁

阿宁所说的技术，可能包含诸多方面，叙事技巧应在其中，这样我们就回到有关现代主义文学的叙事技巧的探讨。彼得·盖伊在《现代主义：从波德莱尔到贝克特之后》中说："现代主义小说的独创性与其说在于发现精神活动的范畴，不如说在于对这一范畴的重新界定；其目的在于通过实验性的技巧进行更深入的挖掘。"① 此时偏爱现代主义文学的阿宁，自然会受其影响，不断革新叙事技巧实现小说文体的

① ［美］彼得·盖伊著，骆守怡、杜冬译：《现代主义：从波德莱尔到贝克特之后》，译林出版社 2017 年版，第 126 页。

突破。

正如我们很难圈定现代主义文学涵盖的流派及其艺术特征一样，我们也很难厘定现代主义文学的叙事技巧。彼得·盖伊在《现代主义：从波德莱尔到贝克特之后》中还说："现代主义小说打破了判定文学作品的公认标准——前后连贯、时间顺序、完整结局，当然还有含蓄——转而关注内心世界，令人震撼。"① 我们在盖伊的话中获得启发，现代主义的叙事技巧意在打破传统小说的叙事方式和结构方法，阿宁表现精神世界的几部校园小说恰是如此。

《蓝屋》以单元为单位交替叙事，整篇小说按照阿拉伯数字做了排列，共分 10 个叙事单元，张宏占据了 1、2、4、6、7、8、9 叙事单元，梁阳占据了 3、5、10 叙事单元。由此造成的叙事效果就是以"我"和张宏的关系为主要叙事线索，梁阳往往是不合时宜地闯入，给"我"的内心造成愧疚不安，造成张宏或明或暗的挑衅，由此引发矛盾冲突，打断了主要叙事的情节线索，改变了平铺直叙的叙事节奏。梁阳离开究竟去做什么，小说最后没有给出答案，成为一个悬疑式结局。

《生命之轻与瓦罐之重》可以称为镶嵌叙事，"我"的同学刘伟的故事构成主叙事，"我"自己的故事构成次叙事。小说以第一人称"我"为叙事视角，完成叙事的转换，"我"一会儿以第一人称见证人视角叙述刘伟的故事，一会儿以第一人称主人公视角叙述自己的故事，由此打乱了叙事时间的完整性。

《冷美人沈雪》和《阳光下的独步》，两部作品的主人公更加孤独，作者主要运用内心独白呈现人物的内在世界。相比来说，《阳光下的独步》叙事技巧更加出色，尤其是意识流手法的运用，使小说在时间建构等方面更显示出现代主义特征，也使得作品意蕴更丰富。我们从意识流角度侧重分析一下《阳光下的独步》。

谈到意识流小说的时间建构，我们先简单介绍一下柏格森的时间理论："柏格森把人们常识所公认的时间观念称为'空间时间'，把它看作各个时

① ［美］彼得·盖伊著，骆守怡、杜冬译：《现代主义：从波德莱尔到贝克特之后》，译林出版社 2017 年版，第 122 页。

刻依次延伸的、表现宽度的数量概念。他认为'心理时间'才是'纯粹的时间''真正的时间'，它是各个时刻互相渗透的、表现强度的质量概念。他认为，我们越是进入意识的深处，'空间时间'的概念就越不适用。"①

柏格森的"心理时间"理论，对意识流小说家产生了很大影响，"传统小说的叙述往往按照客观的时间顺序。在意识流小说中，对于过去的回忆和对于未来的想象不断地穿插到人物当前的意识活动中来，过去、现在、将来三种时刻交叉、重叠、渗透"②。

我们可以从整体和局部两个方面分析感受《阳光下的独步》这部作品时间的交叉重叠。从整体来说，开篇第六自然段是解读小说文本时间的一个关键点："后来孩子在监狱里，经常想起这些美人蕉，和那只在花影中朝他回身叫了一声的黄色大猫。"③ 这几句话颇似马尔克斯《百年孤独》的开篇："许多年以后面对行刑队，奥雷连诺上校准会想起他父亲带他见识冰块儿的那个遥远的下午。"④ 学界认为这样一种叙述从文本时间来说涵盖了过去、现在、未来三个时间维度。由此看出，阿宁在《阳光下的独步》中，文本时间是站在未来对过去事件的回溯，所以小说整个故事不仅仅是将结局放在开端这么简单，它其实在当下的讲述中包含了过去和未来两个时间点。从局部来看，小说在人物意识的流动中，经常改变了时间的方向，我们以小说第二部分几处为例做一下分析。第二部分开头，"孩子"出于对父亲情人的好奇，偷偷到这个女人的单元门口跟踪窥望。小说的重点不在于叙述跟踪的过程与结果，而是叙述在这个过程中，"孩子"先想象父亲的头如何埋在女人的胸前，又想到了母亲，再想到了苏霞，然后又转到与母亲关系的回忆中。在这次跟踪事件中，读者感受的是事件与时间的跳跃，因为它已经脱离了跟踪的时间线索。第二部分结尾处，"孩子"一个人在商业街闲逛，感受城市带给他的眩晕与孤单，脑海里回想着女孩子坐在宋涛的腿上，又忽然想起了父亲的情人，转而到了那个女人的楼前，在女人消失的背影中

---

① 瞿世镜：《意识流小说家伍尔夫》，上海译文出版社 2015 年版，第 148 页。

② 瞿世镜：《意识流小说家伍尔夫》，上海译文出版社 2015 年版，第 131 页。

③ 阿宁：《阳光下的独步》，《青年文学》1997 年第 12 期。

④ ［哥伦比亚］加西亚·马尔克斯著，范晔译：《百年孤独》，南海出版公司 2011 年版，第 1 页。

回味女人的手势与回眸，继续舔舐自己的孤单。分析到这里我们会发现，在叙述时间的跳跃中，第二部分由偷看父亲情人开始，到偷看父亲情人结束，反而构成了一个呼应与闭环，只是在这个闭环中间的事件基本和女人无关。

意识流小说的时间建构都是从人物主观角度来叙述的，表现出主观性的特征。《阳光下的独步》采用的是“孩子”这个第三人称意义上的叙述视角，表面看来是客观的全知全能，但“后来孩子在监狱里，经常想起这些美人蕉，和那只在花影中朝他回身叫了一声的黄色大猫”① 这几句话，暴露了隐藏在叙述者背后的主观视角，所以小说中大段大段的心理描写不是来自叙述者，而是孩子的内心独白，是孩子内心的意识流动，是一种沉思冥想的无声叙述。但小说叙述语言规范完整清晰严谨，可能令读者怀疑文本的内心独白是否是孩子的意识流动。在这一点上，《阳光下的独步》是伍尔夫式的意识流。

瞿世镜在《意识流小说家伍尔夫》中，比较了乔伊斯和伍尔夫两位大师意识流使用的差异，其中一点就是两位作家内心独白的使用大不相同，概括起来就是乔伊斯更多使用第一人称的直接的内心独白，用自言自语的不出声的方式让人物的意识直接呈现在读者面前，包括潜意识层次，作者完全退居幕后；而伍尔夫惯常使用间接的内心独白，不用第一人称而用第三人称，作者对人物的思想感受不做评价，但人物的意识流动已经经过作者的审美处理，受作者暗中控制的意识基本不含潜意识层次。所以乔伊斯的小说语言可能是残缺不全的、颠三倒四的，甚至三十多页没有标点符号的，而伍尔夫的小说语言是清晰的、合乎语法规范的。

除去内心独白是伍尔夫式的意识流，《阳光下的独步》的修辞手法也与伍尔夫有相似性。因为人类复杂的心理活动往往捉摸不定、只可意会不可言传，柏格森说：“我们研究纯粹情绪性的心理状态时……我们就‘先天地’知道：除非通过某种象征的表示，我们几乎无法数出它们。”② “诗人托·斯·艾略特提出，要通过‘客观对应物’的象征暗示，来表现思想情绪。伍尔夫受到他的影响……通过各种比喻、意象、联想，甚至结构来达

① 阿宁：《阳光下的独步》，《青年文学》1997年第12期。
② 瞿世镜：《意识流小说家伍尔夫》，上海译文出版社2015年版，第144页。

到象征暗示的效果。”[1] 如伍尔夫把海风比喻为探头探脑的幽灵来表达主观的感觉印象。我们具体来看一看阿宁《阳光下的独步》中的修辞与主观情绪的表达。

《阳光下的独步》开篇就写道：“一只猫从花丛中跳出来。孩子看见它回过身瞪着仇恨的眼睛。花坪里的花开得郁闷而茂盛，孩子能看出花心中的不快……那是些穿着红裙子的美人，它们下垂的叶子有种哭泣的意味，它们一棵挨着一棵地生长着，仍然显得很孤单。”[2]

这里的拟人、比喻等修辞手法，一下子让我们感受到了孩子怨恨、痛苦、孤独的内在情绪。

“这是一个新兴城市。新兴城市就像一个正在发育的少年，以令人惊叹的速度生长着……孩子在这样的大街上走着，显得神情恍惚……他想起昨天晚上，他突然发现自己鼻子下面，长出了毛茸茸的胡须，这胡须让他自豪、欣喜，他似乎是朝着大人的方向又接近了一步。”[3] 这里孩子由新兴城市联想到自己，表达孩子极度渴望长大的焦急情绪。

“天在短暂的明亮之后，突然黑暗了，一只手把他从云中拽了下来，使他坠向大地，坠向深渊。”[4] 这里运用意象，尤其是“云”和“深渊”的对比，表达孩子在和苏霞发生关系后，从极度的快乐迅速堕入极度的绝望中的复杂心情。

在时间的转换、间接的内心独白和修辞等技巧的加持下，《阳光下的独步》在孩子意识的流动中，显现出一些耐人寻味的东西。如在孩子和父母的关系中，孩子的心理状态是这样的：“记忆中的婴儿时期，他总是和母亲睡在一起。那时父亲在北京进修……后来父亲回来了，他就睡在父亲和母亲中间。无意中，他总是和母亲的距离更近些。他们争吵时，母亲带着他到另一间屋睡，他感到母亲和他更亲密了。”[5] “他感到那是个热烘烘的女人……她的乳房比母亲要饱满得多，他想象着父亲的头埋在这样一对大乳

① 瞿世镜：《意识流小说家伍尔夫》，上海译文出版社 2015 年版，第 144 页。
② 阿宁：《阳光下的独步》，《青年文学》1997 年第 12 期。
③ 阿宁：《阳光下的独步》，《青年文学》1997 年第 12 期。
④ 阿宁：《阳光下的独步》，《青年文学》1997 年第 12 期。
⑤ 阿宁：《阳光下的独步》，《青年文学》1997 年第 12 期。

房里时的感觉，并且在一瞬间，把这个形象偷换成了自己。”① “恋母”，与母亲关系亲近，“弑父”，想替代父亲的欲望，从弗洛伊德人格发展理论来说属于俄狄浦斯情节。虽然作品发表前，《收获》的责任编辑钟红明与阿宁通信谈及宋涛的个性有些单薄、“孩子”父母的描写有些落套，但就“孩子”及其心理世界而言，《阳光下的独步》在校园题材里意蕴更显丰富。

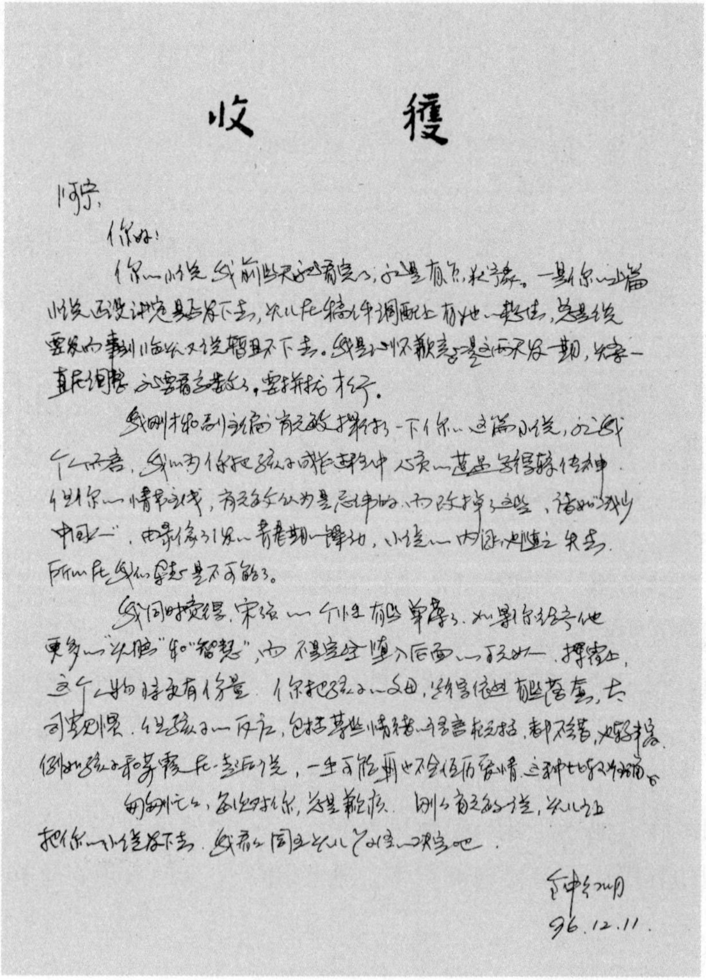
收穫

阿宁：

你好！

你的小说我前些天就看完了，可是有点[illegible]。一是你的上篇小说还没[illegible]是否发下去，[illegible]稿件调配上有些[illegible]，[illegible]要发的事到临头又说暂且不下去。我[illegible]一期，[illegible]一直[illegible]，[illegible]要看[illegible]，要[illegible]才行。

我刚才和副主编商量[illegible]一下你的这篇小说，[illegible]个人意见，我以为你把孩子成长过程中心灵的萌[illegible]写得较传神，但你的情节交代，有[illegible]，而[illegible]掉了这些，[illegible]中国人[illegible]，由[illegible]青春期的躁动，小说的内[illegible]出来。所以[illegible]是不可能了。

我同时觉得，宋涛的个性有些单薄了。如果你给予他更多的“头脑”和“智慧”，而不是完全堕入后面的[illegible]，这个人物[illegible]有份量。你把孩子的父母，[illegible]有些落套，太司空见惯。但孩子的一方面，包括某些情绪的语言[illegible]，都不错，[illegible]例如孩子和[illegible]，一生可能再也不会经历[illegible]情。这种[illegible]。

匆匆忙忙，给你写信，总是歉疚。[illegible]，[illegible]把你的小说发下去。[illegible]吧。

钟红明
96.12.11.

钟红明写给阿宁的信

① 阿宁：《阳光下的独步》，《青年文学》1997年第12期。

第三节　官场题材的登场

乡村官场——《麦子自己能回家》

阿宁开作者会时，认识了在某县委宣传部工作的朋友，两人聊天时，朋友说到自己所在县每年麦收时，给家在农村的干部放七天假帮家里收麦子。朋友跟阿宁说他放了七天假喝了六天酒，最后一天，他爹跟他急了："你他妈天天喝酒，那麦子自己能回家呀!"阿宁正是据此写了短篇小说《麦子自己能回家》。小说发表在《当代人》1994 年第 10 期，被 1995 年第 1 期《小说月报》选载，收入小说集《校园里有一对情人》。阿宁笑谈朋友送了他一个小说，但读过作品后我们就会知道，朋友提供的是素材，阿宁给予了作品深度与灵魂。经过阿宁的改造，这个素材升级为一篇乡村官场小说，或许可以说是嬉笑怒骂间的乡村官场现形记。

小说开始于夏天的麦收时节，在县劳动人事局人事科上班的主人公"我"——臭子，放假回家帮助家里人麦收。"我"的爹娘都是老实巴交的庄稼人，小说通过"我"回来和爹娘聊天，交代了村里的村长和支书有关情况以及"我"家和他们的过节。村长是个独眼，在村里集资搞建设赔了，村民恨他却没有办法。村长有个独生女儿秀兰，"我"高中的时候和秀兰搞对象，村长瞧不起"我"家，捡起一根树枝子把"我"和秀兰打散了。而秀兰和乡经委主任的儿子约会，独眼村长却假装没有看见。支书叫刘麻子，他家以前是地主，但被他爹抽败了家。土改时，刘麻子把买他家地的人斗了个遍，后来因为"我爹"耿直地说了刘家是漏划地主，刘麻子和"我"家结了仇，处处为难"我"家，"我"家前后左右都批了新的宅基地，唯独"我"家的申请一直没批。回家第二天，"我爹"带着"我"下地，路上遇到了独眼村长，村长生拉硬拽我们到他家坐坐。不一会儿村长的女人摆上了酒菜，喝酒的时候，村长夸"我"从小就聪明，一看就不是一般孩子。喝到高兴时，村长跟"我"论起了哥俩，最后亲自把喝多的"我"送回了家。下午，"我"和村长去五叔家喝酒。一连好几天，二叔、二叔的儿子、二叔的亲家、堂叔伯家轮番请酒，原来村里传出"我"要回这个乡当书记了。“我娘”看着我们喝酒，麦子还在地里黄着，心里干着急。第七天，“我”发誓和爹娘收麦子，谁请也不去了，不成想刘麻子等在路边把“我”截到了他家，“我”家多年没有申请到的宅基地顺理成章地解决了，新宅基地挨着刘麻子家，成了刘麻子的邻居。“我”喝得酩酊大醉，娘埋怨“我”放了七天假麦子还在地里。然而第二天，“我娘”发现“我”家的麦子都拉到了场里，原来是村里派了八个壮劳力给“我”家连夜割了麦子。

《麦子自己能回家》同样表现了作者善于写人并不断向人性深入开掘的特点。我们将小说归入官场题材，出于两方面原因。一方面是因为阿宁生动地刻画出了乡村干部这些官场最底层的芝麻官的性格特征。作品以“我”家为叙述焦点，通过文本内容的介绍看出，正是在对待“我”家前后态度的对比中，阿宁写出了独眼村长的趋炎附势、见风使舵，村支书刘麻子的投机钻营、以权谋私。另一方面是因为阿宁通过各种关系的勾勒揭露了底层乡村权力运作的机制，写出了底层的权力图景与人情图景，这是这篇小说更为深刻的地方。

“我爹说：‘那个独眼还当着村长……他不当谁当，村里人恨他也是白恨。’”①

“我又问村支书现在是谁。我爹说还是以前的刘麻子。”②

通过“我”和“我爹”的对话可以看出，独眼村长和刘麻子支书长期掌握着村子的权力命脉，这正是《麦子自己能回家》令人匪夷所思之处。村长不能带领大家致富，村支书不能全心全意为人民服务，能让他们手中的权力运行的秘密是什么？我们认为，解开秘密的密码是几个人物形象以及他们所表征的阶层意志。

第一个人物是副乡长，他代表的是上一级机关的权力意志。副乡长的出场是带着严肃的任务——检查工作，却走入了一个“腐败的场合”。

“折腾到了下午两点多钟，正说不喝了，偏偏乡里的一个副乡长来检查工作，刘麻子让他老婆又去商店里提回一瓶‘刘伶头曲’和三瓶啤酒，先

---

① 阿宁：《校园里有一对情人》，百花文艺出版社 1996 年版，第 62 页。
② 阿宁：《校园里有一对情人》，百花文艺出版社 1996 年版，第 63 页。

给副乡长满了三杯。"① 因为谣传"我"要回乡当书记，善于钻营的刘麻子对"我"阿谀奉承并请"我"喝酒，并非乡土人情的普通人际交往，行为本身潜带着贪腐性质。副乡长本应制止这种现象与行为，或用检查工作终止这种行为，但他对此视若无睹，把工作放在一边，和我们推杯换盏，听我们讲黄色笑话，后来竟然丑态百出，跪在炕上向"我"劝酒敬酒，彻底将工作抛到了九霄云外。一部作品的魅力一方面在于作者写出来的，另一方面在于作者没有明写出来，需要读者在与文本的对话中想象出来的意义和内涵，这种意义和内涵甚至超越了作者的原有意图。阿宁此处写出了一个副乡长毫无原则、丑态百出的形象。我们更应看到副乡长代表的是上一层权力机关，所谓的检查工作形同虚设，权力意志毫无威慑，所以上一层权力机关是村子权力非正常运行的保护伞，它失去了本应具有的监督机能。

第二个是"我爹"和五叔，他们算作一个人物，共同代表的是底层乡村百姓的乡土意志。

村长瞧不上我家，刘麻子当了支书，撸了"我爹"的会计，所有好事都轮不到"我"家，面对权力的欺压，"我爹"的思想意志是：

"等咱们臭子长大了考上大学，也掌权。把村里的宅基地都管起来，到时候他们都来找咱们批。"②"公正个屁，有权不使，过期作废。"③"到什么时候也是干活的光干活，喝酒的光喝酒。你看人家刘麻子家，解放以前又抽又喝，抽败了家。等到了他这儿正好当了干部，还是天天吃喝。"④

"我爹"的行为意志是：

村长邀请回村的"我"喝酒，"我爹就一脸憨厚的赔着笑"。到了村长家，"我爹"说去收麦，村长留"我爹"喝酒，"我爹就坐在了炕边上"。

"我"放假第七天，家里麦子一棵还没收，支书请我们喝酒，"我"不想去，"我爹"说："强龙还不压地头蛇哩，刘麻子这么请咱们，你要是不给他这个脸面，他真横下心来跟你做对，你有啥办法？你在县里就是当再

---

① 阿宁：《校园里有一对情人》，百花文艺出版社 1996 年版，第 71 页。
② 阿宁：《校园里有一对情人》，百花文艺出版社 1996 年版，第 63 页。
③ 阿宁：《校园里有一对情人》，百花文艺出版社 1996 年版，第 63 页。
④ 阿宁：《校园里有一对情人》，百花文艺出版社 1996 年版，第 76 页。

大的官，也不能天天来村里守着爹娘，还是给他个面子的好。”① 酒局中间，“我娘”因为着急麦收气冲冲地找“我”和“我爹”，“我爹”怕得罪了他们，赶紧说：“咱们接着喝，哪能让她老娘们搅了咱们的好事。别说就是地里有麦子，就是有金子，也不能耽误了咱们喝酒。喝!”②

从村长家喝酒回来，路遇五叔，村长提议下午到五叔家喝酒，“我五叔有点儿激动起来。因为我爹的牵累，村干部和我们家的人都挺疏远，现在村长忽然说要去家里喝酒，这还不是天大的体面。我五叔忙不迭地回去准备”③。

可以看出，以“我爹”和五叔为代表的乡土意志缺乏团结与反抗，相对闭塞的自然经济状态让底层百姓各自为营，面对强权难以形成内部团结，更多的是隐忍与屈从；他们缺乏民主意识，面对强权，不会运用法律正确维权，受传统观念的影响，对礼俗、习惯的重视超过了法律；他们缺乏现代意识，存留了一些不健康观念，如当官掌权享乐理所应当，面对不良现象，不以为然，只梦想自己有朝一日翻身掌权。乡土意志的这些属性成了村子权力非正常运行的助推器，失去了本应具有的制约机制。

第三个人物是“我”。“我”代表的是走出村子的新型农民。“我”的身份是农民、大学生与公务人员的重叠，之所以将“我”称为新型农民，是因为“我”基本没有呈现大学生的文化结构与公务员的思想觉悟，骨子里保留着农民的思维观念。

“我站在县城的大街上，看见一个个魅力动人的少女少妇，从商店门前走过。她们高耸的乳房和丰腴的臀部让人忍不住浮想联翩。”④ 身为公务员的“我”，夏天以站在大街上看女人为乐，让人感到猥琐与肮脏。

“我听了心里直冷笑：宅基地算个屁。我要当官就当大的。至少是能管住刘麻子的官。就像县里的杨工作队那样。”⑤ 爹娘盼“我”考大学扬眉吐气，这段话暴露了“我”内心对爹娘代表的封建私有、享乐等腐朽观念的

① 阿宁：《校园里有一对情人》，百花文艺出版社 1996 年版，第 70 页。
② 阿宁：《校园里有一对情人》，百花文艺出版社 1996 年版，第 75 页。
③ 阿宁：《校园里有一对情人》，百花文艺出版社 1996 年版，第 67 页。
④ 阿宁：《校园里有一对情人》，百花文艺出版社 1996 年版，第 60 页。
⑤ 阿宁：《校园里有一对情人》，百花文艺出版社 1996 年版，第 64 页。

认同。

回到村中的“我”，对独眼村长和麻子支书的人性看得十分清晰，所以“我”半推半就地接受酒局的邀约，更多带有报复的心态看昔日仇人如何低头出丑。当“我”在贬损独眼和麻子获得他们喝酒赔罪后，复仇的快感让“我”丧失了立场，和村长称兄道弟，在支书家听黄色笑话，喝得烂醉如泥。

所以，作为知识分子和公务人员，“我”的思想中更多保留了农民的狭隘与局限，掩盖了大学生思想的理性光芒和公务人员的公正廉洁，遇到合适时机，便和底层权力同流合污；作为走出又回到乡村的“我”，失去了本应具有的对村子权力非正常运行的批判意志。

由此可见，与底层乡村权力交织在一起的是一幅乡村人情图，支撑底层乡村权力运行的是人情、风俗、固有观念，缺乏法律监控、惩罚机制与现代文化知识的批判力量等，它们共同构成了底层权力图景的怪相。

权力成为捞取好处的工具：“书记和村长的三亲四好却都跟着鸡犬升天了。”①

权力成为捞取美色的工具：“他（村长）在村里和好几个女人相好。”②

权力成为捞取钱财的工具：“那个独眼还当着村长，听说村里想开个大理石厂，跟人们集资……上回开养牛场赔了一堆，人们还跟他有意见呢。”③

权力成为捞取特权、威霸百姓的工具：“刘麻子铁着脸说：‘这话得看谁说，要让我说就能，麦子自个儿能回家。’”刘麻子还说：“我年年喝酒，还没有一年因为喝酒把麦剩在地里。喝！”④

所以，这篇小说阿宁虽没有正面描写乡村官场中各种关系的直接冲突与交锋，但通过两次大的酒局，让乡村人物悉数登场，制造文本的悬疑与裂缝，让读者在文本的裂缝中品味乡村官场权与情、权与色、权与金钱的勾连。阿宁用调侃又犀利的语言，使读者看到了一出与“有钱能使鬼推磨”同样荒诞的“有权能使麦子‘长脚走回家’”的闹剧。阿宁的这篇《麦子自己能回家》不仅可以称为官场小说，而且是一篇深刻的乡村官场小说。

---

① 阿宁：《校园里有一对情人》，百花文艺出版社 1996 年版，第 64 页。
② 阿宁：《校园里有一对情人》，百花文艺出版社 1996 年版，第 65 页。
③ 阿宁：《校园里有一对情人》，百花文艺出版社 1996 年版，第 62 页。
④ 阿宁：《校园里有一对情人》，百花文艺出版社 1996 年版，第 75 页。

城市官场《天平谣》

1997 年，花山文艺出版社编辑梁东方跟阿宁说，他们社长李世琦想约阿宁写一部长篇小说。经过多年中篇和短篇小说的历练，阿宁虽然当时并未打算写长篇，但他已经具备了长篇小说创作的功底。深思熟虑后，阿宁答应了花山文艺出版社的邀约，于是有了 1999 年阿宁的第一部长篇小说《天平谣》。

《天平谣》可以说缘于阿宁与中央电视台《焦点访谈》栏目的一次邂逅。接受了约稿邀请的阿宁正在踌躇写什么时，正巧看到《焦点访谈》专访最高人民检察院反贪局局长罗辑。侦破办理了诸多反贪大案的局长，接受记者采访时忽然流泪。罗辑的眼泪一下子触动了阿宁，他觉得反贪局局长的眼泪有内容，激发了他诉说这滴眼泪的文学欲望。说来更巧，阿宁当时居住的家属楼旁边就是保定地区检察院，阿宁原来并没有怎么关注过它的存在，但罗辑的眼泪让他一夜难眠。第二天阿宁便想到保定地区检察院采风调研，但检察院不让外人随意出入，后经保定市委宣传部某领导介绍，阿宁结识了保定地区检察院的领导，并采访了涞水、涿州、雄县等几个县的检察长。在占有大量文学材料的基础上，阿宁开始了创作。

《天平谣》以反腐为主题，以天平市国营化肥厂贪腐案件为叙事核心，展开了腐败与反腐败的较量。腐败分子林木森是天平市国营化肥厂的厂长，副厂长苏小红、会计郭宝池等是他的心腹。二十年前的林木森娶了自己的师傅即车间主任的女儿，在化肥厂站稳了脚跟。凭着二十多年的苦心经营，林木森以化肥厂为中心编织了一个盘根错节的贪腐关系网，连市委书记、市里的私营企业家都被他拉下了水。林木森在自己所谓的“王国”里贪污行贿、为所欲为，化肥厂亏损严重，他扬言即使厂子倒闭了，他们照样能活得不错。其实他挪用化肥厂的资金悄悄办了两个企业，梦想着化肥厂一垮，他就摇身一变成为私营企业家。然而，自以为关系网牢不可破的林木森，遇上了检察长刘玉彬。刘玉彬刚正不阿、谨慎、细致，他与副检察长迟明惠、科员干警老魏——魏则普、小吕等组成检察战线，从会计郭宝池入手，通过蹲点、暗访、追踪等形式，历经困难与考验，终于找到了林木森的犯罪证据。林木森动用上级关系给刘玉彬施压，利用昔日恋人腐蚀刘玉彬，抓住刘玉彬家人威胁刘玉彬……检察长刘玉彬在权与法、情与法、钱与法的矛盾斗争中，牢牢守住公正廉洁的阵地，最终与迟明惠、小吕等找到犯罪分子贪腐的缺口与证据，不仅将林木森一等人绳之以法，还将潜藏在林木森背后的私营企业家宋玉芳、宋世元，市委书记李洪等立案审查，但也付出了老魏劳累过世、刘玉彬妻子因惊吓精神失常等惨痛代价。

《天平谣》发表后，引起了社会各界的广泛关注。1999 年 9 月 8 日，花山文艺出版社和河北省人民检察院在北京联合举行《天平谣》座谈会，当时北京、河北的很多文学评论家以及检察系统的干警代表参加了会议。与会者对小说的题材建构、人物塑造、表现手法等给予了充分肯定，同时也指出了作品的不足。1999 年 9 月 14 日，《文艺报》刊登《河北又一部反腐倡廉力作——长篇小说〈天平谣〉引起关注》，专门报道了这次座谈会，其中还记录了一位普普通通的女检察官在读完小说感动之余，自己掏钱给检察院的每一位同事都买了一本《天平谣》的事情，可见《天平谣》的现实影响力。1999 年 11 月 16 日，《文艺报》又通过《理论与批评》专版再评《天平谣》，中国当代文学研究会理事、中国社会科学院文学研究所《文学评论》副主编曾镇南，中国报告文学学会常务理事、《人民日报》文艺部原副主任缪俊杰，河北师范大学教授郭宝亮，文艺评论家蔡葵以及阿宁自己，以“《天平

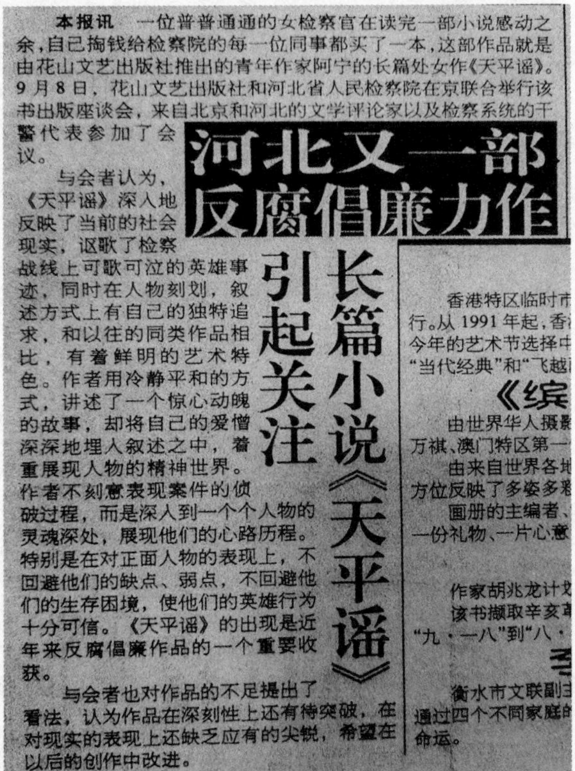

河北又一部反腐倡廉力作

长篇小说《天平谣》引起关注

本报讯　一位普普通通的女检察官在读完一部小说感动之余，自己掏钱给检察院的每一位同事都买了一本，这部作品就是由花山文艺出版社推出的青年作家阿宁的长篇处女作《天平谣》。9 月 8 日，花山文艺出版社和河北省人民检察院在京联合举行该书出版座谈会，来自北京和河北的文学评论家以及检察系统的干警代表参加了会议。

与会者认为，《天平谣》深入地反映了当前的社会现实，讴歌了检察战线上可歌可泣的英雄事迹，同时在人物刻划，叙述方式上有自己的独特追求，和以往的同类作品相比，有着鲜明的艺术特色。作者用冷静平和的方式，讲述了一个惊心动魄的故事，却将自己的爱憎深深地埋人叙述之中，着重展现人物的精神世界。作者不刻意表现案件的侦破过程，而是深入到一个个人物的灵魂深处，展现他们的心路历程。特别是在对正面人物的表现上，不回避他们的缺点、弱点，不回避他们的生存困境，使他们的英雄行为十分可信。《天平谣》的出现是近年来反腐倡廉作品的一个重要收获。

与会者也对作品的不足提出了看法，认为作品在深刻性上还有待突破，在对现实的表现上还缺乏应有的尖锐，希望在以后的创作中改进。

《文艺报》有关《天平谣》报讯

谣》五人谈”发表评论，我们看看这些评论的观点。

理论与批评

WENYI BAO 文艺报 11.16.（星期二） 3

心之忧矣，我歌且谣

□曾镇南

一点感想

□阿宁

《天平谣》：悠闲洒脱的吟唱

雄浑壮丽的正气之歌

□郭宝亮

荡气回肠《天平谣》

《天平谣》五人谈

《文艺报》全版评《天平谣》

曾镇南发表评论《心之忧矣，我歌且谣》，他认为阿宁的《天平谣》推进了反腐题材在革命现实主义领域的深化，在对文本稍作介绍后，重点分析了《天平谣》的现实主义艺术特质。第一“表现在作家对现实的各种关系的深刻的了解和精细而微妙的描绘上”。通过对刘玉彬及其周围人物的关系分析文本携带的时代社会的政治、经济、文化等信息，具体阐释了阿宁如何在典型环境中塑造典型人物，总结为：“阿宁的《天平谣》具有的现实主义内涵的丰饶性，就表现在这里：它写的是一个小城市的反腐败的案件，却概括了我们时代的普遍现象，把现实生活的来龙去脉、流速流量、沉潜之态和飞扬之势和盘托出。”第二“还表现在它对各种各样的人物性格的准确丰满的刻画和爱憎分明、是非清楚的审美评价上”。在这一点上，曾镇南尤其提到“《天平谣》在我们的文学画廊中，第一次塑造了刘玉彬、迟明惠、魏则普、小吕这样一群检察干警的平凡而又伟大的形象……这不能不说是阿宁对我们当代文学的一个小小的然而独特的贡献”。

缪俊杰发表评论《荡气回肠〈天平谣〉》，认为阿宁用“酣畅淋漓的笔触描写了天平市检察战线的公仆们英勇顽强，克己奉公的动人事迹”。缪俊杰将阿宁的《天平谣》放入贪腐与反贪腐、正义与邪恶斗争的人类历史长河中，认为阿宁在描写正义与邪恶两种力量的斗争中，敢于深入灵魂、直面人性，“把反腐和倡廉有机地结合起来，从正面给人们树立学习的榜样。因此，作品具有鼓舞力量，能够把人们的精神提到一个更高的境界”。

蔡葵发表评论《〈天平谣〉：悠闲洒脱的吟唱》，首先肯定《天平谣》揭示了社会关系的深层矛盾，显示了河北文坛现实主义的实绩；同样也肯定了阿宁塑造了一群忠于职守、严格执法的正面人物形象，不概念化、不单薄。蔡葵的评论观点新颖之处在于，他从题目的“谣”字入手，分析了《天平谣》的风格与基调：“作品标题称为天平‘谣’，就点明了作者是以客观平静的心态，悠闲洒脱的吟唱和诉说一个生活故事。这种叙述风格蕴含的精神是双重的：一方面对生活中司空见惯的问题不大惊小怪，见怪不怪；另一方面更重要的是显示了克服这些问题的信心和勇气。因而作品写得淋漓尽致，感人肺腑，独具韵味。”

郭宝亮发表评论《雄浑壮丽的正气之歌》，首先也认为《天平谣》成功地塑造了以刘玉彬为代表的检察官群像，“不拔高，不虚美，而是从实实在在的生活出发，揭示出他们复杂的内心世界”。其次评价了《天平谣》全知全能无限制叙述视角的叙事效果，以及与此相连的冷调情感问题，因为不刻意煽情而创造了“此时无声胜有声”审美表现力。最后，指出了《天平谣》在作品理性深度、腐败分子深层隐秘意识挖掘等方面的不足。

可以说，这几篇评论较全面地概括了《天平谣》的艺术特色、创新之处与艺术价值等。正是因为这些艺术价值使《天平谣》获河北省第八届文艺振兴奖、河北省第六届“五个一”工程奖、最高人民检察院精神文明建设“金鼎奖”二等奖。

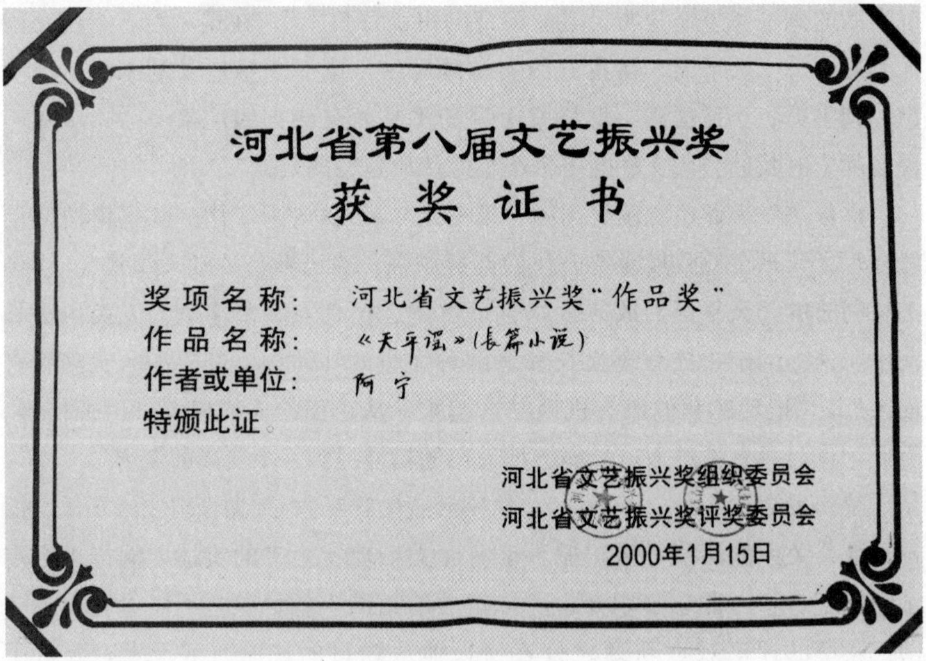
河北省第八届文艺振兴奖
获 奖 证 书

奖项名称：河北省文艺振兴奖“作品奖”
作品名称：《天平谣》（长篇小说）
作者或单位：阿宁
特颁此证。

河北省文艺振兴奖组织委员会
河北省文艺振兴奖评奖委员会
2000年1月15日

《天平谣》获文艺振兴奖

今天我们回望《天平谣》这部作品，结合对阿宁的访谈、笔者的授课实践以及当下语境，在上述几篇评论的基础上再做一些补充。

阿宁自己当年也在《文艺报》发表《一点感想》。他说：“在检察系统深入生活期间，干警们可歌可泣的生活感动了我，他们的一切都对我的世界观产生了影响……过去我总觉得自己活得委屈，现在才明白，生活中还有那么多只知道付出，却从来不懂得叫屈的人。”可以说，深入生活的这份感动奠定了阿宁塑造刘玉彬这样的正面形象的情感基础。时至今日，在我们的谈话中，阿宁回忆起来，对检察系统干警办案的艰难依然记忆犹新。相对于当年《文艺报》所谈，阿宁又谈到，因为办案艰难，所以很多检察长的性格没有想象中那么果断刚硬，这启发了阿宁写性格“软”的检察长和性格“硬”的腐败分子，由此恰恰可以说明司法制度的坚不可摧！

针对阿宁今日这番话，我们想谈一点，即《天平谣》和《坚硬的柔软》两个文本的互文性。两部作品，一个官场题材，一个校园题材。刘玉彬，反腐败上不是大刀阔斧式的，在他的上级穆副书记来看，是绵密的做事风格，在他的搭档副检察长迟明惠眼中，甚至是“窝囊的”。为了凸显刘玉彬的性格特征，阿宁连他的绑定都降级了，比如刘玉彬妻子程秀梅的人设，一个刚刚下岗、性格内向、手头拮据、和丈夫缺少共同语言的中年妇女，和《抉择》中李高成的妻子吴玉珍反贪局局长的身份对比降低了许多段位。许宾形象，我们前文谈了很多，稍加对比，就会发现两个形象性格的相似性，所以即使题材不同，同一时期的文本往往会表现出内在一致性，这种一致性和作者阿宁当时的现实追求和艺术追求密切相关。阿宁对米兰·昆德拉的迷恋、对柔软人格的迷恋，不经意间渗透在《天平谣》和《坚硬的柔软》中。曾镇南评价阿宁在当代文坛第一次塑造了检察干警的形象，这是阿宁的创新，而在书写检察干警作为反腐力量与腐败分子对抗时，反腐败一方优柔绵软低调，腐败分子反而果断强硬嚣张，这也是阿宁的一点创新之处，虽然读起来难免气闷，不够畅快淋漓，但这也许更符合人性的真实状态。

腐败分子的性格强硬嚣张，由此造成其性格和身份的反差张力，的确给读者带来比较新鲜的阅读接受效果。这就像金庸《连城诀》里塑造的血刀老祖。武侠小说常规操作，一般代表正义一方的人物形象大智大勇，但金庸偏偏把血刀老祖一个邪恶力量写得大智大勇，将正义一方杀得落花流水，这种反其道而行之的艺术创作意在突破程式化写作，所以血刀老祖不是好人，但他是一个光彩照人的艺术形象。阿宁塑造的林木森也是如此。我们在“保定作家群研究”授课以及“保定作家群文学馆参观研学”过程中，曾带领学生品读《天平谣》，林木森这一形象给学生留下深刻印象，学生较普遍认为林木森的性格饱满度甚至超过了刘玉彬。我们再次强调，不是从思想上认可林木森所代表的价值观，而是认可人物形象的艺术性。林木森性格的饱满来源于他性格的变化性与多面性。

就性格的变化性来说，主要体现在阿宁展现了林木森人物变质的过程。林木森开始不叫林木森而叫林志刚，林木森开始也不是化肥厂的厂长，他在化肥厂也经历过人生的低谷，被领导排挤打压，但他靠着“聪明”终于得到了厂长的位置。刚刚走上厂长位置的林木森，“全身心地投入到化肥厂，他整月整月不回家，把工厂当成自己的……企业放开自主经营后，化肥厂的效益曾经大幅度下降。现在林木森拳打脚踢折腾了一年，化肥厂的利润提高了……这一年，他被评为平县的先进工作者，优秀党员。第二年，又被评为容易市的先进工作者。第三年成了省劳模，优秀企业家”①。这时的林木森，不是腐败分子而是化肥厂的大功臣。阿宁塑造林木森以及包括市委书记李洪在内的人物时，并没有抹杀人物以往的功绩，他很注重表现腐败分子不能正确面对以往的功绩，导致迷失方向的必然性。为了增强人物塑造的可信性，阿宁为林木森的贪腐埋下了性格铺垫与伏笔，他让林木森出入省经委领导的家，让林木森感受权力的诱惑与好处，较好地处理了人物变质的因果关系，让林木森后来的腐败不具有突兀性。

就性格的多面性来说，围绕林木森性格一以贯之的强硬性与进攻性，阿宁通过他与周围环境的关系，展示了他性格的多个侧面。工作中的林木森，面对领导的打压，性格充满韧性而又卑劣，搜集领导的污点信息写匿名信，并和别人一起唾骂写匿名信的人；为了得到厂长的位置，他苦心经营寻找后台，但面对有可能提拔自己的李洪，又表现得掌握分寸、大方得体、不卑不亢，溜须拍马恰到好处；面对即将到手的位置，他欲擒故纵假意谦虚。生活中的林木森，面对妻子宋菊花，以居高临下的姿态鄙视宋菊花，没有欲望没有情感，尽情展示他的冷酷无情；面对情人苏小红，他欲望大于情感，肉体和利益是纽带，苏小红是他贪欲无穷的象征；面对女儿林佳丽，他成了世界上最温柔、最耐心的父亲，这也是林木森形象非常动人的一面，阿宁充分写出了“虎毒不食子”的既本能又社会的亲情。林木

---

① 阿宁：《天平谣》，花山文艺出版社 1999 年版，第 131 页。

森之所以不离婚忍受宋菊花，是为了林佳丽，甚至他对权力的欲望也始自对林佳丽的爱："你看看，简直是个小人精呵。林木森下定决心，要让女儿过上好日子。"① 他不能看女儿哭、看女儿受一点委屈，他就像这世间所有的父亲一样，为女儿谋划好了人生的一切，所以林佳丽最后甘愿堕落为夜总会的小姐，是对林木森的最大嘲讽。阿宁细致地描写了林木森颓丧失败的心态，因为林佳丽的打击，他万念俱灰，身体丧失了性能力。"他还是痛哭着。他已经不止是在哭自己的身体，而是倾泻着生活给予的悲痛。"②

通过我们的分析，就会比较清楚地认识到为什么林木森会给学生留下更深刻的印象。沿着对林木森的分析，我们还发现，当电视剧《人民的名义》播出后，有学生将林木森这一形象和《人民的名义》中祁同伟形象做对比，认为两个人物形象的塑造具有很大的相似性，都是敢作敢为的强硬派。林木森为了事业娶了不爱的宋菊花，因为她是车间主任的女儿，祁同伟为了前途娶了不爱的梁璐，因为她是政法委书记的女儿，无爱的婚姻导致林木森出轨苏小红、祁同伟出轨高小琴；二人都曾"建功立业"然后走向堕落。两部作品对他们陷入绝境后内在微妙心理的描写都具有相似性。《人民的名义》中，祁同伟的最后时刻是孤鹰岭对决，他可以选择枪杀侯亮平，但他故意将枪口抬高了一寸。他恨侯亮平，但更恨自己没有活成侯亮平的样子，他的恨中夹杂着佩服与羡慕！《天平谣》在监狱里等待审批的林木森："这时候最恨的不是刘玉彬，反而是李洪。经过一个又一个回合的较量后，他对刘玉彬反而产生了敬意。对自己营垒里的人，倒有深深的厌恶。"③ 作为两部作品反面形象的核心，他们在形象的艺术魅力上都盖过了主要人物形象。由林木森和祁同伟形象的对比，我们又展开了《天平谣》与《人民的名义》两部作品的对比。从人设建构、情节建构和权力模式建构方面，两部小说进一步表现出相似性。从人设来看，刘玉彬与侯亮平、林木森与祁同伟、苏小红与高小琴、赵克书记与沙瑞金书记，他们的人物性格不完全一样，但他们承担着大致相当的叙事功能。至于权力模式建构

① 阿宁：《天平谣》，花山文艺出版社 1999 年版，第 86 页。
② 阿宁：《天平谣》，花山文艺出版社 1999 年版，第 306 页。
③ 阿宁：《天平谣》，花山文艺出版社 1999 年版，第 359 页。

的共性，我们在后文分析《爱情病》《能耐》时一并再谈。我们这样对比的意义在于什么？作为反腐倡廉题材的作品，估计任何两部作品放置在一起，或多或少都会有一些叙事的共性，我们仅仅是为了论证《天平谣》堪称“阿宁版《人民的名义》”吗？显然，我们的对比不应止步于此，我们要从对比中引发一些思考。

《天平谣》发表于1999年。周梅森的《人民的名义》首次出版于2017年；同年3月，根据该小说改编的同名电视剧，在湖南卫视热播，全国大火，当年登上“2017猫片·胡润原创文学IP价值榜”第21名，至今仍在爱奇艺、搜狐、腾讯等各大平台在线播放，原著电子版同步各读书平台。而比《天平谣》早两年，作家张平1997年发表官场小说《抉择》，同样以反腐败和国企困境为叙事焦点，1998年获得茅盾文学奖，并于同年改编为同名电视剧，至今仍在爱奇艺在线播放，目前，微信读书等平台可以免费阅读该书电子版。那么同为官场反腐题材的《天平谣》呢？其出版之初，也引发了不少读者和评论者的关注，但相对于比它早的《抉择》和比它晚的《人民的名义》，微信读书平台没有它的身影，网络搜索只在百度百科有几句寥寥的简介，而且在我们授课之前，学生从来没有听说过小说《天平谣》，它几乎已经从读者的视野消失了。我们该如何理解文本命运的这种差异性？理解这种差异性，也许可以帮我们更清晰地认识《天平谣》文本自身以及文本之外的一些问题。

从文本自身来看，首先，作为官场题材的现实主义主流文学，《天平谣》的性描写过多甚至有些露骨，这限制了它在主流文化领域的传播与影响。有一年中宣部给中小学推荐20本正能量作品，《天平谣》开始入选，后来审查因性描写错失良机。谈及此事，阿宁认为这种描写和自己当时人性离不开性的理念有关，再就是受当时文学大潮性描写的影响。其次，和《抉择》《人民的名义》相比，《天平谣》在情节的矛盾冲突、广阔的社会生活描写、问题尖锐性的挖掘等方面显得逊色，它更侧重“向内转”，力求挖掘人物隐秘的心理与情感，这限制了它经由时代热点引发大众与大众文化讨论的关注度。

从文本之外来看，首先，《天平谣》的创作始于约稿的偶然，但它恰恰赶上了一个相似题材的热点，就在《天平谣》发表前后，周梅森的《人间正道》(1995 年)、《至高利益》(2000 年)、《绝对权力》(2002 年)，陆天明的《苍天在上》(1995 年)、《大雪无痕》(2000 年)、《省委书记》(2002 年)，张平的《抉择》(1997 年)、《天网》(1999 年) 相继出版，以阿宁的知名度，即使作品带有检察干警形象书写的创新性，也难以在众多同题材作品中脱颖而出。本来曾有制片方有意改编《天平谣》，但考虑到同题材太多而放弃了，《天平谣》错过了大众化的时间点。

其次，从作者个人意识来说，阿宁一直以来不大在意作品是否火爆。1997 年 8 月，《文学报》曾给阿宁做过一期电话采访，题目为《从“自言自语”到“大众话语”——记河北青年作家阿宁》，其中写道：“有人评论阿宁的小说可能难以造成轰动效应，阿宁对此并不在乎。他所追求的是文学本身，写自己想写的东西。他也曾坚拒自费出书，以此来坚守自己的精神阵地。”1997 年阿宁三十八岁，如今，二十多年过去了，即将退休的阿宁仍然热爱创作，对我们谈起创作的阿宁依然秉持着非市场化的创作理念，他愿意守着自己的文学净土踏实创作，并从中获得快乐。这种理念对于个体创作来说，能最大限度地保证文学创作的艺术性与纯洁性，这种文学坚守的精神是可贵的！但我们认为它也会让阿宁的思想具有保守性，这种保守性妨碍了阿宁和这个数字化、多媒体时代及时完成对接，他依然主要通过文学期刊完成作品的传播、流通。阿宁依然在传统文学生产机制内，这种机制对作家的生产创作会造成哪些局限？

北京大学教授邵燕君在《网络时代的文学引渡》一书中认为，中国文学生产机制自 21 世纪以来逐步形成传统机制与新型机制分制的格局。她所说的传统机制包括“新中国成立以来建立的、目前维持主流文坛运转的官方机制（如作协—文学期刊体制、专业—业余作家体制）……”①。针对传统机制中的作协—文学期刊体制，邵燕君专门分析了文学期刊在今天面临的困境，即“老龄化、圈子化、边缘化”，具体谈及文学期刊与读者亲密关系解体的危机：“在整个社会机构发生‘市场化’转型之后，文学期刊一直延续社会主义计划经济体制的办刊模式，以自我为中心，以作家为中心，读者被弃置一旁……文学期刊缺乏这样一个核心读者群，就会沦为自说自

① 邵燕君：《网络时代的文学引渡》，广西师范大学出版社 2015 年版，第 3 页。

话：作家写给编辑看，编辑办给批评家看，批评家说给研讨会听。”① 我们虽然不能以邵燕君一家观点定论文学机制的问题，但她的确道出了传统文学期刊当下的尴尬。

通过分析，我们可以看出阿宁多年秉持的创作理念让他的文学生产与市场化产生了疏离，其依托文学期刊的文学传播与消费方式进一步拉大了其作品与市场化的距离，就当下来说，等于拉开了与读者之间的距离，由此我们就能回答，为什么大学校园年轻的学生群体不是传统文学期刊的核心读者，甚至连边缘读者都不是，我们也就能理解为什么他们不仅不知道阿宁的《天平谣》，甚至阿宁近期的作品也不知道。当然，我们得出这样的结论并不是让阿宁放弃文学精神的坚守投身完全商品化的市场写作，我们希望的是像阿宁这样的作家，要思考如何在艺术与市场之间寻得一个最佳平衡点。按照马克思所说：“一条铁路，如果没有通车、不被磨损、不被消费，它只是可能性的铁路，不是现实的铁路。”② 同理，从文学接受角度来说，一部文本如果没有被读者阅读，它只能是潜在的文学作品，不是现实的文学作品。

县级官场小说《无根令》

1983 年，阿宁知道了第一个文学选刊——《中篇小说选刊》，认识了一个对他很重要的人——邓建永。邓建永是河北地质学院的老师，他的文学作品被选入了《中篇小说选刊》，成为张家口文学界的大新闻。经张家口地区文联薛万珍老师介绍，阿宁见到了邓建永。邓建永长得帅气还才华横溢，对阿宁亦兄亦友，开作者会时，邓建永约阿宁同住一屋，两人彻夜畅谈文学、畅谈梦想。阿宁至今回忆起来，对邓建永依然充满佩服与感谢。在那个《中篇小说选刊》一选成名的年代，邓建永是阿宁的偶像，《中篇小说选刊》是阿宁奋斗的目标，所以 1995 年，当中篇小说《自费生》被《中篇小说选刊》选用，阿宁的兴奋无以言表。而当 1999 年，阿宁摘得《中篇小说

---

① 邵燕君：《网络时代的文学引渡》，广西师范大学出版社 2015 年版，第 5—7 页。

② 马克思：《政治经济学批判·导言》，《马克思恩格斯选集》第 2 卷，人民出版社 1995 年版，第 9 页。

选刊》优秀中篇小说奖时，对他更是极大的鼓舞。获奖的这部作品就是《无根令》。

1999 年，阿宁在《人民文学》第 7 期发表中篇小说《无根令》，后被《小说月报》《中篇小说选刊》《新华文摘》《北京文学》等十几家刊物选载，获 1999 年度《人民文学》优秀中短篇小说奖、《小说月报》第九届百花奖中篇小说奖、1998—1999 年度《中篇小说选刊》优秀中篇小说奖。对阿宁来说，这是一部十分重要的作品。

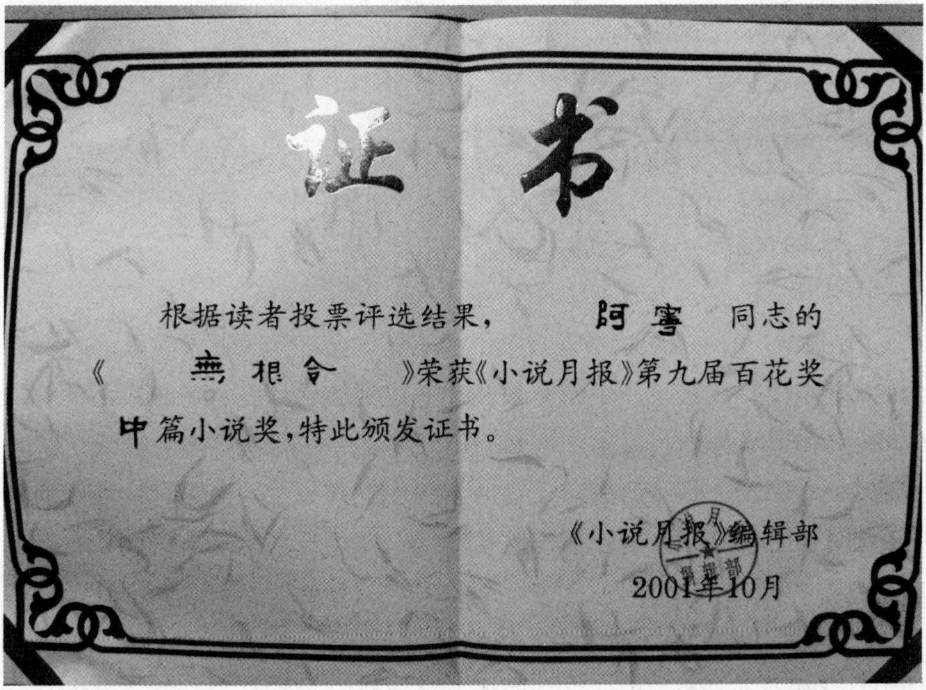

《无根令》获《小说月报》第九届百花奖中篇小说奖

《无根令》获《人民文学》

1999 年优秀中短篇小说奖

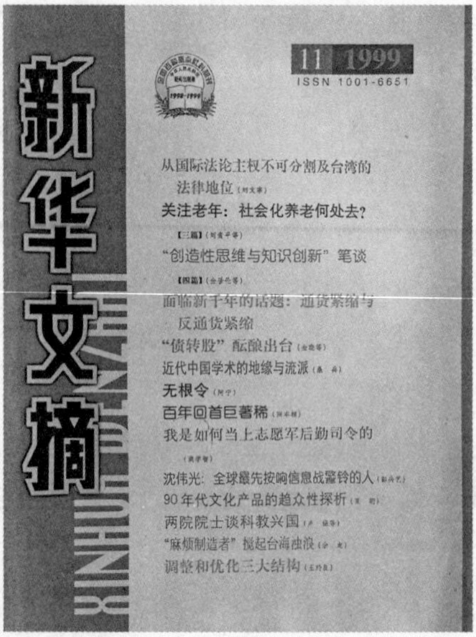

《新华文摘》刊载《无根令》

《无根令》的主人公李智是皮县县委书记，是一个上面没有人、没有靠山的无根县令。皮县是一个富裕大县，李智到达皮县三年，前两年各项工作顺利展开，各方面风生水起，然而第三年的一个傍晚，李智接到了一个电话，打电话的人是已退休的省交通厅副厅长陈爱兰，她同时也是省委副书记刘德江的爱人。陈爱兰推荐皮县富裕大户贡天华的儿子贡存义做小辛庄乡党委书记，李智本来可以做个顺水人情，改变他原来调整乡级干部的用人计划，因为接受陈爱兰的推荐就等于接受省委副书记的推荐，等于李智为自己找到了政治靠山，以后的晋升之路也会更加平坦。贡家是皮县有名的富裕大户，李智接受贡存义做乡党委书记，等于为自己找到了经济靠山，然而当他考察之后，发现贡存义能力一般、群众基础差、口碑差，人们提起贡家都讳莫如深。李智遇到了两难的困境：一面是陈爱兰又打来电话，有意无意地暗示，省委和地委对李智都很满意，说他在全省各县领导中还是年轻的，工作搞出实绩来，以后会有大作为；另一方面是人民群众沉默的抵抗，大家伙觉得小辛庄乡能发展到今天不容易，是大伙的心血，贡家在小辛庄乡势力很大，如果贡存义再当一把手，这个乡就成了一边倒的格局，大家伙显然不愿意看到这种情况。这是一个考验李智党性的时刻！他心上的砝码，一会儿放在这面，一会儿又放在那面。他需要为下面一个乡负责，也需要向上级领导交代。周围的情势也变得微妙复杂起来，曾经信赖的下属崔惠平不再坦诚。崔惠平是小辛庄乡现任党委书记，他本来因工作与贡家不睦，此时竟然表示自己愿意把位置让出，推荐贡存义。曾经交心的同僚赵亚雄改变了阵营。赵亚雄现任平坝县委书记，和李智曾经在常阳县搭班子干工作，和李智交情不一般，然而他竟然帮贡家拉拢李智，原因是他的女儿和贡家的儿子确立了恋爱关系。曾经不过问李智工作的妻子吹起了耳边风。妻子是市棉纺厂的工程师，因为人不在皮县，帮李智断了不少上门送礼的麻烦，然而贤惠的妻子忽然问起乡镇班子调整的事……无根的李智陷入了权力、金钱、人情编织的关系网中，一时之间，谣言四起，李智要高升了，李智要降职了，李智吃了领导的闭门羹了，李智和县妇联某人搞暧昧……小说的结尾出人意料，李智以一纸状告自己收受贡家贿赂提拔贡存义的谣言，击破了权力关系网，守住了廉洁的阵地。

《无根令》缘起于某县委书记被撤职，阿宁和这位县委书记并不熟，基于艺术的直觉与不平的义气，他想写一些关于县委书记的故事。因为不熟，这位县委书记第一次见阿宁时，没有和阿宁深谈，只是给了阿宁一本自己的诗集。阿宁回家后仔细品读，通过诗歌感悟县委书记的人生经历。第二次见面时，两人的话题主要围绕这位县委书记的诗歌，相谈甚欢。再后来，这位县委书记拉开话匣子，跟阿宁聊了许多自己为官从政的事情，阿宁听完的感受就是“为官不易”。为了进一步丰富创作的素材，阿宁后来又走访了保定周边七八个县委书记，包括在任的和退休的，进一步加深了“为官不易”的感受。阿宁认为这和我们认知里当官的做事都游刃有余、手到擒来是不一样的。我们介绍《无根令》的这段创作缘起、创作动机，意图不在于引导读者将小说中的故事与现实一一对照，而且也很难一一对照，因为阿宁创作过程中已经隐去了某县委书记等所有人的故事，他虚构了一个全新的故事，只是保留了“为官不易”的感受作为故事的内核。由此，我们就会发现阿宁在材料搜集的过程中，于有意无意之间已经确立了《无根令》的创作重心。

为了表现“为官不易”的创作重心，小说采用第三人称全知视角将故事娓娓道来，叙述者掌控叙事的节奏，制造困局，文本主人公和读者都在叙述者的困局内，小说直到最后一页才给出李智突围的办法。在这一过程中，为使困局更紧张抓心，阿宁在艺术表现上重在冲突情境的营造，将主人公置入复杂的进退维谷的情境之中，让周围人对李智形成一种包围之势，形势越艰难，李智最后的突围才越能彰显意义和价值。可以说阿宁以锐利的、现实的笔触描绘了现代官场微妙的人际关系，肯定与歌颂了李智守住立场、廉洁奉公的党性精神！而就更深层意义来看，让李智的党性精神更具光辉之处在于，他是一个“无根的县令”，从这里延伸，在诸多冲突情境中，小说潜藏着“无根”与“有跟”的冲突与斗争。

小说曾以主人公李智之口，表达了“无根”的人却在“县令”的位置，“有根”的人却不是“县令”，进而表达根不根的起不了多大作用。

因为“无根”，所以文本内的所有人都在为李智“寻根”。

崔惠平说：“我是替你担心。你想想，省委书记给你打了电话，点名要让贡存义当乡党委书记……李书记，你答应了他吧。你顶不住他们，这些人势力大得很……为了这么个人把这一切都毁了，不值得，人生能有几个黄金时期?”①

赵亚雄说：“我劝你是为你着想。既然命运给了你这个机会，为什么不利用好？不是谁都能搭上贡天华这层关系的。”②

爱人说：“我不是想要他的东西，是怕得罪他。李智你想，自从地委王书记调走后，你在上面还有什么人？皮县这么复杂，你上面没根子，下面再得罪了贡天华这样的人，上下一齐挤你，你在皮县还能呆得住吗?”③

因为“无根”，大户贡天华靠着“有根”公然叫嚣。

“我知道你是个清官，可你也别以为我是想收买你。实话跟你说，要是想收买，哪一级的领导我都能收买……李书记，你不可能在皮县呆一辈子吧？我早就替你想好了，这几年你能提上去，在地专级干部中还是年轻的，将来还有更大前程……我贡天华是个热心人，有什么需要我帮忙的，到时

① 阿宁：《无根令》，《人民文学》1999 年第 7 期。
② 阿宁：《无根令》，《人民文学》1999 年第 7 期。
③ 阿宁：《无根令》，《人民文学》1999 年第 7 期。

候你说话……不是我吹，咱们县经我手送出去的干部，少说也有七八个人。”①

县令是中国古代某些朝代对地方管理者的称谓，小说题目叫作“无根令”，而不叫“无根县委书记”“无根县长”等，是阿宁有意为之。阿宁将其简化置入题目中，带有隐喻的性质，小说即将结尾时，“李智手里拿着一本皮县县志，上面的名宦篇里记载着从元至清，皮县的五十多位县令”。

他想研究这些人在皮县的得失和他们的性格、命运。他发现，那些经常违拗上级的，大都没有好下场。所以小说在“无根”与“有根”的角逐中，就深层来说，深刻揭露了当代官场中依然存在的“朝里有人好当官”的陈腐观念与体制漏洞，当所有的人都将李智推向这个潜规则时，李智的逆向而行更加有价值。李智令行禁止、守住党性立场的过程，不惧“无根”的精神，是以无比的勇气向体制漏洞宣战。李智最终依然选择“无根”，表达了作者破除官场关系网、铲除裙带政治的美好愿望。在此意义上，《无根令》是一篇很有特色的官场小说。

同时，在“无根”与“有根”的角逐中，“无根”的在官，“有根”的在商，使得小说也反映出当代官场的新特征，即新兴资本对官场的影响，它往往通过腐败的方式僭越官场的规则，形成官场不稳定的诱惑因素，由此构成官场小说的反腐主题。但是阿宁《无根令》新兴资本的人设集中在以贡天华为代表的几个农民企业家身上，和乡土文化语境相结合的话，就有了某著名评论家给阿宁信中所言：《无根令》“有一种对大户政治的敏感”。我们认为《无根令》的重点不在此，阿宁的近作《老鱼的梦》则表现得更加淋漓尽致，我们后边再谈。

《无根令》出版后，河北大学李金善教授在 1999 年 12 月的《作品与争鸣》发表评论《现代清官的赞歌》。他在评论中肯定了《无根令》故事结构紧凑、矛盾集中、作者敏锐的眼光以及洞察力，同时也指出了小说的不足：“在对李智的描写上，我们似乎可以看到古代清官的影子，看到一个廉洁清正的好官形象。在古代，一般说来，清官的塑造是以官僚机构的弊端作为背景，二者常常是一种对立的关系。”李金善进而认为李智这一形象的塑造

---

① 阿宁：《无根令》，《人民文学》1999 年第 7 期。

不符合现代行政管理体系的现实，拆解了党员个体与群体和整个管理机构的依存关系，导致现实主义的失真与李智形象的“神”化，由于阿宁用作者代为叙说的叙述方式，也淡化了人物的形象感，使得人物形象不够鲜明和突出。

李金善教授的观点进一步引发我们的思考，阿宁在材料调研与整理过程中，“为官不易”的理念无形中居于主导地位，导致他在创作中难免会有一些“主题先行”的倾向。为了实现主题，过分关注情境的营造，而忽略了人物形象，使人物形象难免有一些平面化，这大概可以称为环境够典型，但人物不够典型。至于现实主义的失真，阿宁的《无根令》是官场虚构文学，不是官场纪实文学，有一些官场流程性的问题，不能用生活之真衡量艺术之真。

除此之外，还有一些关于《无根令》结局的评价颇有意味，我们结合原著稍微详细介绍一下结尾。

李智对管理方志的老魏说：“我找你就是这事。你立刻给省委刘副书记写封检举信，就反映我收了贡家二十万元现金，要提贡存义当乡党委书记……这不是害我，是帮我……写的时候用繁体字，多用些文言，但要把意思说清楚。最后不要署真名……记住，这事跟谁都不要说，也不要跟家里说。”①

“一周后，省委刘副书记打电话给李智，说：‘我这里收到一封信，说你收了贡天华的巨款，要提他儿子当乡党委书记。’李智说：‘刘书记，我向你保证，我们县从来没打算提贡存义当乡党委书记，不但我没有，别的常委也没有这想法。’”②

作为一部中篇小说，大概用了四百字解决了前文的困局和难题，让李智实现了突围，是不是有点虎头蛇尾？如何评价这一结局？2000 年 3 月 28 日，梁东方在《文艺报》发表《现实的智慧》，文中观点能带给读者信服与思考。梁东方认为：“让人拍案叫绝的奇妙结局很有欧·亨利的味道，作者的智慧和现实的严峻开了一个玩笑，让人们在轻松的笑声中暂时脱离并没

① 阿宁：《无根令》，《人民文学》1999 年第 7 期。
② 阿宁：《无根令》，《人民文学》1999 年第 7 期。

有消失的现实矛盾——因为那并不是一个放之四海皆准的准则，偶然性和不可重复性决定了这个结果的戏剧性特点。”

如果按照现实主义与社会学思维去考量这个结局，它的确精巧有余力度不足，好在阿宁在前文情节中给予了铺垫，文中多次写到李智被他人造谣：“从今年年初开始，各种各样的流言、猜测在县里盛传着。有人说他要调走了，有人说地委领导对他不满意了……”① 同时又写道：“李智点子多，他这个智，是智慧的智。”② 所以小说最后一招算是作为智者的“以彼之道还施彼身”，其理想主义色彩似在意料之外，又落在了文本的情理之中。正如当时的编辑给阿宁的信中所言，他“不是很满意，但似乎也只能如此”。

第四节　乡村题材小说的延续与创新

文学故乡的转移不意味着文学故乡的断裂。阿宁来到保定后，在新的文学领域开拓创新之时，没有放弃他熟悉的乡村生活，甚至有人认为，阿宁写得最好的仍然是乡村题材小说。反观阿宁这一时期的乡村题材小说，从地域来看，既有对张家口文学故土的持续关注，又有抵达保定新的文学地域后的新发现。从小说的情感基调来看，既有沉重与无奈，又有泼辣、调侃与温情。沉重、无奈延续的是乡村题材的老调，泼辣与调侃是乡村题材的变调，温情是乡村题材的新调，我们分别来看。

乡村题材的沉重老调：《梦游》与《独生眼睛》

短篇小说《梦游》和《独生眼睛》读来令人倍觉压抑，这种压抑既保留了 1980 年代作品中生命的无能为力感，同时加入了对戕害与压制个体生命的乡土文化滞后的反思与批判。

短篇小说《梦游》是阿宁到达保定后艺术探索的成果，发表在《河北文学》1989 年第 8 期，后被选入小说集《坚硬的柔软》。我们把它放在 1990 年代乡土小说的开端来分析，借此发现作家乡土创作的连续性。《梦游》写

---

① 阿宁：《无根令》，《人民文学》1999 年第 7 期。
② 阿宁：《无根令》，《人民文学》1999 年第 7 期。

完后，阿宁先拿给了铁凝，铁凝看后十分欣赏，问阿宁想把小说发表在哪个刊物，阿宁没有借铁凝的名头提出高要求，他觉得《河北文学》就行了，这是阿宁一贯的行事风格，低调善良。

《梦游》的女主人公秋兰，是一个漂亮的农村女孩子，因饥饿导致的对粮食的渴望，在放有粮食的小土屋里被村干部二伯强暴。事情发生后，二伯做主将秋兰嫁给了村里小户人家宋义。宋义是一个小眉小眼卑怯又凶狠的男人，他在新婚夜发现了骗局，但又不敢得罪二伯，便将满腔的怨恨都倾泻在秋兰身上。秋兰原指望宋义寻仇二伯，当她看到宋义在二伯面前像一只谦卑的耗子，彻底绝望了。在重重的压制之下，秋兰找到了释放自己的方式——梦游，她在梦里实现了自由，尽情复仇。她拿着枪在梦游中将二伯的脑袋敲了两个血窟窿。二伯没有死，秋兰的复仇失败了，她被二伯和宋义用铁链锁起来，梦游被剥夺了。

小说故事情节简单，决定了它的故事时间的限度。阿宁在小说的文本时间上精心设计，倒叙、插叙、修辞的妙用、意识的流动，使得小说的文本时间超越了故事时间的限度，变成一个耐人寻味的故事。小说在叙事语言与技巧的处理上，和同时期作品表现出很大的一致性，尤其意识流手法的运用，和《阳光下的独步》很相似。两部作品的主人公都属于内心压抑的人，所以小说大量的情节都是在人物的内心发生，属于由叙述者角度的内心独白，反映出阿宁同一时期的艺术追求在不同题材的渗透。当然，一致性不代表完全没有个性，《梦游》和《阳光下的独步》相比，在叙述语言的安排上，善于营造意境，用意境带动读者进入人物的情感世界。

“黑漆漆的深夜。村庄沉睡着，粗浊的呼吸从一条条土炕上浮起来，连同那热烘烘的体臭一起旋转上升。”① 这是秋兰梦游前的环境描写，阿宁将色彩、温度、味道混合在一起，描绘出一个污浊的、压抑的世界，与秋兰梦游前的沉重相互辉映。

“一声乌鸦的枭叫从她意识深处飞迸出来，嵌到晦暗的天幕上，星辰如鬼眼。”② 这是秋兰梦游中，走到被二伯强暴的小土屋前的情境，乌鸦、枭

① 阿宁：《坚硬的柔软》，花山文艺出版社 2001 年版，第 215 页。
② 阿宁：《坚硬的柔软》，花山文艺出版社 2001 年版，第 216 页。

叫、鬼眼，阴森的意象生成一个恐怖瘆人的意境，那是秋兰可怕过往经历的象征，令人战栗。

“她轻轻穿鞋下地，走到屋外，在神秘的拓引下，朝草滩走去，她的身体好像一下子溶化了，灵魂被美妙地释放出去，扩散到草原上，与滩里的万物和谐地融为一体。她能听见各种昆虫的亲切呼唤，还看见星辰轻盈地飞起来，一路鸣啭歌唱，在银铃样的歌声中，万物翩翩起舞……”① 美妙、和谐、亲切、轻盈、银铃、翩翩，诸多明亮的形容词，共同构成了一个物我两忘的恬淡之境，这是秋兰梦游中来到大自然的释放，是一种身体与精神的双重自由。

就故事内容与人物形象来说，秋兰和《谎言》中的雪梅姨表现出共性，作为被侮辱被损害的女孩子，她们的故事内核中包裹着男性文化对女性的禁锢与折磨。我们看一下《梦游》中的二伯和《谎言》中“我”的父亲，以及他们与女主人公发生联系的媒介。

二伯（村干部，长辈）—两袋粮食—秋兰

父亲（公社书记，长辈）—一条裤子—雪梅姨

两个简单的图示，通过对比做分析，二伯和父亲是在权力关系与长幼关系中占有话语权的人，两个人是男性文化中的父权身份代表。二伯以粮食为诱饵霸占了秋兰的身体，父亲给雪梅姨买裤子导致雪梅姨对父亲精神上的依恋。粮食与裤子作为连接的媒介，外在形式不同，内在本质属于人的最基本的生存需求。在这一点上，无论阿宁有意或无意，在两个文本中反映出物质匮乏年代，女性处在生存链条的底端，男性以物质为武器实现对女性的压迫与统治，这一点与莫言在《丰乳肥臀》中写男性通过粮食操控、践踏女性颇为相似，只是阿宁写得没有莫言那般惨烈与触目惊心。当然，在这两个图示的对比中，父亲与二伯还是有本质的区别：父亲的父权带着人性的温情，二伯的父权带着兽性的野蛮。但在对女主命运的处置上，他们又是一样的。

父亲—雪梅姨—大队支书

二伯—秋兰—宋义

① 阿宁：《坚硬的柔软》，花山文艺出版社 2001 年版，第 220 页。

父亲应该是像鸟儿爱惜羽毛一样爱惜自己的名声，匆匆做主将雪梅姨嫁给了大队支书。二伯带着无耻与虚伪以长辈的慈爱身份将秋兰甩给了宋义。雪梅姨无力反抗，秋兰不仅不能反抗，还要眼含“感激的泪水”。雪梅姨精神上带着父亲的印迹，秋兰身体上带着二伯的印迹，她们走入另一个男人的世界。这些印迹都是无法隐藏的，它们被发现后，大队支书和宋义表现出了惊人的相似，他们在对他们也是父权的男性那里，表现得怯懦、谦卑、猥琐，将狰狞留给了成为他们妻子的女性，表现出对女性身体的击打、伤害和精神上的侮辱、虐待，他们代表男性文化中的夫权。由此可发现，雪梅姨和秋兰，两个故事的内核，依然是书写作为底层乡村女性，她们无法主宰自己的命运，仍然处于父权与夫权的钳制中。文本深刻反映出在历经思想启蒙与洗礼的现代文化语境中，中国底层乡村思想启蒙的滞后，妇女的解放与自由形同虚设。这种滞后在《独生眼睛》中换了一副面孔出现，我们稍后再谈。

当我们过多去关注同一时期文本叙事的共性时，也不能忽略作家创新的努力。《梦游》和《谎言》中的两位女性，在父权与夫权双重男性的压制下，所做的选择各不相同。雪梅姨心中是爱，她以坚韧与顽强承担来自男性的压力，像一条隐忍的母亲河，散发出母性的伟大。秋兰心中是恨，她要报复与反抗，她要自由，但现实环境并没有给女性提供复仇的沃土，她在重压之下开始梦游。按照心理学家弗洛伊德的观点，梦属于人的无意识层次，是人在现实中不能实现的欲望的满足。

二伯问秋兰梦游为什么去小土屋，“秋兰低下头，没有说话”①。

二伯带着色欲说秋兰还忘不了小土屋，“一辈子也忘不了，除非我把你宰了！她咬着牙，想这么告诉他，嘴里却发不出声音”②。

宋义殴打秋兰，二伯调解说给秋兰做主，秋兰狠狠地瞪了二伯一眼，但最后“他（二伯）那不依不饶的眼神使她不得不屈服，只好委屈地说‘二伯，听见了！’说完，仇恨骤然增长，胸口憋得生疼”③。

---

① 阿宁：《坚硬的柔软》，花山文艺出版社 2001 年版，第 217 页。
② 阿宁：《坚硬的柔软》，花山文艺出版社 2001 年版，第 217 页。
③ 阿宁：《坚硬的柔软》，花山文艺出版社 2001 年版，第 222 页。

几段选文证明秋兰在清醒的状态时，要压抑内心所有的情绪，甚至还要表现出顺从。所以她只有在梦中才能释放，她在幻觉的梦中看到了父亲的火枪，她在梦中一次次演练射杀二伯，每一次梦醒看到二伯依然完好地活着，会加倍刺激她对梦游的渴望。同时在梦中，秋兰实现了自由。

"在朦胧的星光下，女人缓缓站立，两只手臂盘旋挥舞，发出一阵似歌似哭的声音，随着旋律的变幻，身体在黑暗中舒展开来，舞之蹈之，姿态凄美生动。"①

对于秋兰来说，梦游是欲望的满足，是个体的宣泄，她在梦中恢复了自信、恢复了青春，梦游成为她生命的支撑。当宋义在二伯的授意下监视秋兰破坏她的梦游时，秋兰恨透了宋义。她逃离宋义的监视回了娘家，这一次的梦中，父亲的枪不是幻觉，就悬在墙上，她摘了父亲的枪，找到大队部，她在梦中体味着开枪的快感，但枪其实已经锈了，只是空空的枪筒在二伯头上戳了两个血包。逃离夫权的监视向着父权发动进攻的秋兰失败了，父权和夫权联合起来绞杀了秋兰。

"沉重的铁链在身后拖着，发出流水一样的哗啦声，铁环把脚腕勒出一道红印，她顽强地挪动着，走到门外。哦，空气多么清凉！她畅快地呼吸了几口。铁链挂在什么东西上，她猝然从梦中醒来，感到脚腕勒得生疼。她用手慢慢地把铁链捧起来，好像不相信似的看着它。铁链冰凉冰凉。她坐在那里，使劲儿摔打着，铁链发出悲愤的声音。"②

这段文字，一方面我们看到父权和夫权利用铁链对秋兰身体的控制，另一方面伴随着身体的控制，秋兰的梦游也被扼杀，这是阿宁这部作品很触动人心的地方。按照心理学的理论，梦游属于人的精神结构的无意识层面，属于精神的深层，所以，在《梦游》中，阿宁把男性文化对女性的压制写到了很深刻的层面——这种压制不仅表现为物质与身体的强权，也表现为精神的强权，精神的强权不仅在于目光可视的女性意识表层，还包括无意识的精神深层，那是对女性灵魂的捆绑。阿宁写出了女性骨子里的不自由。

---

① 阿宁：《坚硬的柔软》，花山文艺出版社 2001 年版，第 217 页。
② 阿宁：《坚硬的柔软》，花山文艺出版社 2001 年版，第 228 页。

就文本的沉重基调与思想启蒙的滞后来说，《独生眼睛》和《梦游》一样触目惊心。

短篇小说《独生眼睛》发表于《十月》杂志 1997 年第 6 期，收入小说集《坚硬的柔软》。小说以第一人称见证人视角“我”呈现了一个黄昏时段，一位灰头灰脸的老人失去了双眼的故事。夺走老人双眼的是什么？是一个孩子。

小说的开篇，通过动作和语言描写，写出这是一个骄纵无比的孩子。

“孩子不肯坐下，他起来朝她手里正织的毛衣抓去，一把就把毛衣上的竹签子抽了下来。”①

“孩子脸上都是得意之色，那是恶作剧后的得意，他在老人怀里挣来挣去，笑嘻嘻地对老人说：‘操你妈，操你妈’。”②

“他的巴掌没有多少力气，不过尖利的指甲却把老汉的脸划破了。孩子发现了指甲的威力，就一下一下朝老汉脸上挠着。”③

按照正常的人伦逻辑，这是一个需要被管教、惩罚的孩子，但他毁了母亲的劳动成果（毛衣）、谩骂老人（爷爷）的行为，在母亲那里获得的是赞赏与自豪，在老人（爷爷）那里获得的是纵容与默许。原因是什么？就因为他是个男孩子。

老人希望有一个孙子，儿媳妇第一胎生了女儿，老人说：“让我死吧！我们家的香火断了。”④

儿子和儿媳妇希望有一个儿子，为了二胎指标，女人在村长面前袒着胸脯给孩子喂奶，儿子默许自己的女人和村长勾搭暧昧。

孩子如愿来到人间，老人给孩子起名“眼珠子”，儿子把名字改成了同一个意思的“眼睛”。

眼睛被视若珍宝，他在叙述者“我”的视角里，把爷爷的手指当玩具掰着玩儿，将爷爷痛苦的呻吟视作乐趣。他不吃饭吃点心，爷爷赊来的点心，不舍得吃一口，他却扔在地上喂鸡。百无聊赖的孩子，最后捡起母亲

① 阿宁：《坚硬的柔软》，花山文艺出版社 2001 年版，第 229 页。
② 阿宁：《坚硬的柔软》，花山文艺出版社 2001 年版，第 230 页。
③ 阿宁：《坚硬的柔软》，花山文艺出版社 2001 年版，第 230 页。
④ 阿宁：《坚硬的柔软》，花山文艺出版社 2001 年版，第 234 页。

织毛衣的竹签，扎爷爷的手扎爷爷的脸，最后带着恶作剧扎瞎了爷爷的眼睛。后来，"我"常常看到孩子拿着竹棍领着老人走在村里的大街上，老人却说他没有瞎，孙子就是他的眼睛。

我们前文提到，阿宁此一时期乡村题材的作品，在 1980 年代的无能为力感之上，渗入了对乡村文化落后一面的揭露与批判。《独生眼睛》和《梦游》相比，依然呈现出乡村思想启蒙的滞后，只是换了一张面孔，这张面孔是乡村文化中依然保留着的相当顽固的以重男轻女为核心的延续香火、传宗接代思想。为了香火，可以抛却道德与伦理，可以搭上尊严与身体。为了讨好作为香火的"眼睛"，爷爷牺牲了作为生理的眼睛，这是可怜可悲又可恨的。与"眼睛"的娇纵无比、任性妄为形成对比的，是年轻的媳妇第一胎生的女孩儿，只出现了一次，就是她出生了，此后在整部作品中再也没有出现，似乎她不存在，她成了一个失去出场资格和话语资格的人。阿宁创作时，不知道是否有意为之，还是写作的漏洞，而这往往是读者解读文本的密码，正如陈思和所言："我们在阅读文学作品的时候要学会寻找缝隙。文本不是笼统地讲故事，我们细读的时候要注意读出它的破绽，读出作家遗漏的或者错误的地方。"① 就《梦游》来说，那个出生后就被淹没遗忘了的女孩子，越发衬托出底层乡村重男轻女的思想陋习。

与重男轻女延续香火并行的，是《独生眼睛》中加入的苦难线索。老人自己的苦难："他受过很多苦，三岁时没了娘，七岁时随着爹逃荒来到这里。逃荒的路上他曾经两天没有吃上饭，饿得连路都走不动。后来碰上个好心人，让他吃了顿饱饭。"②

老人儿子的苦难："老人漠然地听着女人的威胁，忽然想起孩子父亲小时候，曾经偷过生产队一个地瓜，那时他一脚就把他踢了个跟头。现在想起这件事，心里还感到疼痛，如果孩子不是饿得厉害，是不会去偷的。他的孩子太苦了，小时候没享过福，大了也没过上好日子。"③

于是老人满心希望有一个孙子，让孙子代替儿子的位置。他对孙子反

① 陈思和：《名著新解》，广东人民出版社 2017 年版，第 13 页。
② 阿宁：《坚硬的柔软》，花山文艺出版社 2001 年版，第 232 页。
③ 阿宁：《坚硬的柔软》，花山文艺出版社 2001 年版，第 233 页。

复说：他再也不用受苦了。老人将自己和儿子多年的悲苦化作爱的欲望，倾泻在了孩子也就是孙子的身上。正因为这条苦难线索的存在，让小说不单纯是浅显地批判重男轻女思想，它为文本中爷爷对孙子的爱增添了复杂性与沉重感，这份爱里既有对香火的期许，也有对美好生活的无限期许。

乡村题材的变调：《鸡店》和《杨三的故事》

乡村生活中是不是只有雪梅姨和秋兰这样的不幸女性？乡村题材中是否潜藏着可以突围的女性？她们会是什么模样？阿宁在短篇小说《鸡店》中塑造了乡镇打工妹小红，向读者呈现了乡村中“出走的娜拉”。

《鸡店》原载《青年文学》1993 年第 7 期，后收入小说集《坚硬的柔软》。小说围绕“杨家老鸡店”展开。宝强和战文是夫妻，靠着战文父亲给的一锅老鸡汤，夫妻二人卖煮鸡。小红和她的二叔在鸡店打工。小红刚来时是个瘦瘦的小丫头，一年的时间长成了白净的大姑娘。宝强占有了小红，百般讨好小红，对战文恶声恶气，动辄打骂。战文忍气吞声，不敢跟宝强发作，她经常向邻居刘嫂子诉苦，向小红发泄她的怨恨与恶意，但往往换来又一顿打骂。鸡店里三个人的生活就这样周而复始地恶性循环。

通过文本介绍，我们知道作品有两个主要女性形象——战文和小红。两个女性其实都是不幸的，小说有两处关于鸡的描写，是两个女人命运的象征。

“战文跟着二叔走到外边，见二叔的自行车上前前后后都是鸡，两个车把一边吊着二十多个，那些鸡一律头朝下，抬着脖子往上看，鸡眼睛都鼓出来了，脸涨得血红血红的。战文觉得自己的头涨的厉害……她觉得自己也像鸡一样，被吊起来了。”①

“那只鸡飞到墙边，伏在地上喘息。它的脸上全是哀恸和疲惫，身子也渐渐地矮下去，脖子下边，血正一滴滴地往外流……那只鸡突然一跃飞上了墙头，她的心便随着那只鸡飞起来……一个不会说话的牲灵，还懂得往墙外跑，人怎么就不知道呢？人能比鸡还笨吗？鸡宁可死在外边，人却在

---

① 阿宁：《坚硬的柔软》，花山文艺出版社 2001 年版，第 308 页。

家里忍耐着，人怕丢了什么呢？”①

这些描写，让我们看到阿宁作为一个男性作家，对女性命运的深刻认知，他用鸡店象征女性的生存境遇，她们终将都是待宰杀的命运。战文和小红的形象互为表里，战文曾经是小红，小红的将来是战文。但是在这部作品中，阿宁没有僵守继续塑造苦难女性的老调，两个女性都有反抗意识，尤其是小红的出走，让女性的反抗走出了《梦游》的阴霾。

战文的反抗是本能的和传统的，她未能摆脱第二性的局限，即使宝强打骂她，不再爱她，她在心中依然依附宝强，家是她和宝强的统一阵营，为了这个阵营，她将斗争的矛头指向了小红，所以她给小红端饭时，把针放进馒头扎得小红满嘴流血。战文还意识不到，造成她不幸的不是小红，而是以宝强为代表的男性，所以她的斗争与反抗是蒙昧的。

与战文相反，小红对自己的命运有清醒的认识，当宝强以和战文离婚为说辞挽留小红时，小红说：“谢谢你这份儿心意，你以为给你当老婆是什么好事哩，顶多是又一个战文。”② 然后她拎着一大一小两个提包走出了鸡店。

我们之所以在乡村题材作品中重点介绍短篇小说《鸡店》，就是因为小红形象的塑造与出现，她让阿宁乡村题材的女性人物形象长廊里，出现了一个大胆泼辣的女性。

小红其实是一个不道德的形象，她介入了宝强和战文的婚姻，属于第三者形象，但读完小说，小红并不令人生厌。一方面是因为她以身体为武器对男性尊严进行挑战，另一方面是因为她的情感世界里具有对女性的姐妹情谊，这些都是十分可贵的女性意识。

小红被宝强占有了身体，但她并没有因此成为宝强可以控制的对象。相反，小红运用宝强对自己身体的迷恋，从不给宝强好脸色。宝强买来黄金戒指打算和小红发生关系。

小红说：“去去去，一嘴臭气，离我远点。”③

---

① 阿宁：《坚硬的柔软》，花山文艺出版社 2001 年版，第 309—311 页。
② 阿宁：《坚硬的柔软》，花山文艺出版社 2001 年版，第 313 页。
③ 阿宁：《坚硬的柔软》，花山文艺出版社 2001 年版，第 303 页。

宝强说："好你，连我的金戒指都戴了，就这么对待我。"①

小红一下子恼了："给你的破戒指，谁爱戴谁戴去！……想拿这个换老娘，你看错人了。"②

而宝强虽然占有了小红的身体，但他觉得自己很悲哀，因为他永远也不懂小红，甚至怕小红。小红最后毅然决然离开鸡店，从身体上彻底摆脱了宝强的占有。

女性身体是女性主义理论家一个非常重要的关注焦点，弗吉尼亚·伍尔夫《一间自己的屋子》中就表现出对女性身份被边缘化的思考——因为不具备男性的身体和身份，女性失去了言说与写作的资格。波伏瓦在《第二性》中说："男人把女人的身体看作受到一切限定它的东西的拖累：一种障碍，一个监牢。"③ 后来，埃莱娜·西苏沿着伍尔夫继续思考，提倡女性的"身体写作"。无论是女性身份的关注，还是女性的"身体写作"，她们都认为男权社会对女性的控制主要源于身体，女性身体作为一种工具，被男性掌控、禁锢，所以女性要获得自由与独立，必须解放自己的身体，书写自己身体，表达自己的身体。女性主义理论家的这些观点体现在文学作品中的话，可以表现为作家笔下的女性形象表现出对自己身体的认同，甚至用自己的身体去蔑视男权文化。比如铁凝《玫瑰门》中对竹西的身体书写以及司猗纹运用身体对公公的羞辱。

阿宁作为男性作家，在塑造小红这一形象时，不具备女性的生理性别，他不可能进行纯粹女性主义理论家意义上的身体写作，但我们可以看出阿宁具备社会性别意识，就像福楼拜写包法利夫人时说他自己就是包法利夫人，阿宁在《鸡店》中努力跨越自己的生理性别，站在小红的视角打量鸡的命运、打量女性的命运，这是极为可贵的。

我们再谈姐妹情谊，波伏娃在《第二性》中曾谈到女人没有办法汇聚在一起："资产阶级妇女与资产者而不是与无产阶级妇女联结起来；白种女人同白种男人而不是同黑种女人联结起来……将女人同她的压迫者联结起

---

① 阿宁：《坚硬的柔软》，花山文艺出版社 2001 年版，第 303 页。

② 阿宁：《坚硬的柔软》，花山文艺出版社 2001 年版，第 303 页。

③ [法] 波伏瓦著，郑克鲁译：《第二性》，上海译文出版社 2011 年版，第 8 页。

来的纽带，是任何别的纽带不可比拟的。”① 拒绝与男人合谋，就等于放弃了联合有可能给她带来的好处。《鸡店》中的小红，从利益获得角度来看，本可以和宝强联合起来对付战文，但小红没有，我们看一个场景。

宝强对战文拳打脚踢，小红喊：“别打了……你打她干什么？又没她的事。”②

“‘就是这个害人精干的！’说着又照腰上踢了一脚，战文的腰像母牛一样弓起来，又瘫下去，小红一步跨上前，照着宝强脸上就是一个耳光。”③

这就是战文在馒头里放针、扎得小红满嘴流血后的场景。面对殴打战文给自己出气的宝强，小红本可以和他一起，加入打骂战文的行列，但小红却打了宝强耳光，把同情给了战文，她甚至盼望战文能够反抗。

“鸡宁可死在外边，人却在家里忍耐着，人怕丢了什么呢？这么想着，她抬头看了看战文，见战文正仔细地褪着鸡毛，好像一点也没有在意墙外的那只鸡。小红突然气愤起来，她扔了手里的鸡，进了里屋。”④

小红对自己和战文的命运有清醒的认识，这段话写出了小红对战文“哀其不幸，怒其不争”的情感，当她不能拯救战文时，通过对战文的审视，完成了自我成长，离开了鸡店。由于篇幅的限制，大胆泼辣的小红，无论放入中国现代文学人物长廊，还是放入当代文学长廊，都很难构成一个独一无二的艺术典型。也由于篇幅的限制，小红远没有莫言《红高粱家族》中的九儿、陈忠实《白鹿原》中的田小娥等同时期类似形象的性格复杂性与历史深刻性，但小红的出现，终究给乡村题材的女性形象带来了亮色与希望。阿宁写出了一个乡村“出走的娜拉”，但出路在哪儿？读者在文本内还找不到答案。

《鸡店》中因为小红形象的出现，让阿宁乡村题材作品的女性形象出现了变调，《杨三的故事》则通过农民形象的塑造给读者一种艺术的新鲜与陌生。

短篇小说《杨三的故事》首发于 1996 年第 1 期的《当代人》杂志，被

① ［法］波伏瓦著，郑克鲁译：《第二性》，上海译文出版社 2011 年版，第 12—13 页。
② 阿宁：《坚硬的柔软》，花山文艺出版社 2001 年版，第 307 页。
③ 阿宁：《坚硬的柔软》，花山文艺出版社 2001 年版，第 307 页。
④ 阿宁：《坚硬的柔软》，花山文艺出版社 2001 年版，第 311 页。

多家刊物转载，后被收入阿宁的小说集《校园里有一对情人》，它的英译本刊发在美国俄亥俄州立大学主办的文学刊物上。

阿宁的同学给他讲，在他们老家定州村里，有一个人跟全村的人借钱，但是从来不还。阿宁据此创作了小说《杨三的故事》。

小说的主人公叫杨三，是一个懒汉。从县城做买卖回来的张万和，出于好心借了三千块钱给杨三，希望杨三用这些钱做点买卖，杨三满口应承和舅舅一起到山西用红薯换土豆，鞠躬说富了一定不忘张万和的恩情。张万和信奉的逻辑是：青天白日的，还有借了钱不还的？他恰恰遇到了借钱不还的杨三，于是张万和踏上了要账之路。杨三永远都说自己没有钱，他从来不承认自己不还钱，如果说他欠账不还，他就跟张万和急眼，自己可没有说不还钱。杨三的无赖成为推动小说发展的叙事动力。全书共写了七次要账，三次略写，四次详写，阿宁通过四次场景、细节和语言描写，活灵活现地为读者贡献了一个极度贫穷、邋遢、惫懒、无赖的农民形象。

场景描写让读者感受小说的环境，阿宁在开篇的几笔描写，做足了铺垫，杨三还未出场，但通过环境我们已经看到了杨三。

杨三家的院子："院子里到处都是鸡屎。"①

杨三家的牲畜："鸡却只有两三只，正围着打烂了的大缸底子，一口一口啄食。不远处躺着一个半大的猪娃，懒洋洋地看着鸡，显出一副不屑与之争食的神态。猪嘴上挂着块菜叶，却懒得去舔。"②

杨三的孩子："离猪不远是两个孩子，一个四五岁，另一个略大些。一只小板凳掀成四脚朝天，在凳腿上拴了两根麻绳，小的两手着地，当马拉车。大的嫌他用力不够，用柳条抽他的屁股。看见生人进来了，大的小的都停下来，用呆滞的目光朝门口看。"③

杨三的女人："他的女人坐在炕边，捉衣服大襟上的虱子。看见有外人进来，急忙把怀掩上。她忘了衣服早已经开了一个大洞，把她的肚皮露在外边……那个肚皮黑乎乎的，让他恶心。"④

---

① 阿宁：《校园里有一对情人》，百花文艺出版社 1996 年版，第 179 页。
② 阿宁：《校园里有一对情人》，百花文艺出版社 1996 年版，第 179 页。
③ 阿宁：《校园里有一对情人》，百花文艺出版社 1996 年版，第 179 页。
④ 阿宁：《校园里有一对情人》，百花文艺出版社 1996 年版，第 179 页。

围绕着杨三的物与人，那种肮脏、慵懒，都透射着杨三的性格特征，阿宁用简练的白描手法，为读者逼真地呈现了与杨三性格匹配的环境。我们在这部作品中再一次看到了阿宁的语言功力以及他现实主义创作手法的娴熟。1999 年 10 月 21 日，阿宁同学史克己在《文论报》曾发文评价阿宁："一些现代主义的表现手法，但也就是手法而已。在他后来几乎是接二连三的校园题材小说里，黑色幽默也好，结构的刻意营造也好，只不过是一件华丽的外衣；而那些鲜活无比的人物，以及他对生活的深度介入，才是作品的真正内核。至于他的农村题材小说，干脆连叙述手法都是白描到底了。"史克己认为现代主义只是阿宁作品的华丽外衣，似乎有失恰当，但他认为阿宁骨子里终究是现实主义的，这颇有几分道理，我们在阿宁很多作品的场面描写中，可以看到阿宁对生活进行现实主义逼真再现的功夫。所以《杨三的故事》虽然是短篇小说，但从开篇到结束，阿宁总是紧扣着现实主义的典型环境塑造典型人物。

场景构成环境烘托出人物的性格与形象，而细节与语言，更生动直接地点画人物的性格。在张万和与杨三的过招中，阿宁通过杨三家的一个茶缸子，把杨三的邋遢和无赖展露无遗。

茶缸子的登场，源于杨三让他的女人给张万和倒水："女人就慌慌地跳下地，从大躺柜上拿出一个茶缸子，张万和看见那缸子黑黢黢的，急忙说：'你别倒水，我不渴。'杨三明白他的意思，说：'张哥干净，看你那茶缸子，黑得跟猪食盆子似的，你就不会弄干净点儿。'女人撩起衣服大襟儿，把缸子擦了一遍。这一来，张万和更不敢喝了。"① 到下一次，杨三让她女人给张万和放上红糖，"他女人就把那个脏手在裤子上蹭了两下，从柜子里抓出一把糖来。那糖黑乎乎的，不知是哪一辈子买的"②。

茶缸子这个细节描写一箭双雕，一方面杨三和她的女人的确邋遢，当然另一方面，它更侧重表现杨三的无赖，所谓喝水也罢、弄干净缸子也罢、放糖也罢，其实杨三都是有预谋的，他要用自己的邋遢逼退张万和。他的目的果然实现了，张万和闻着怪味的红糖吓得赶紧走了。"两口子就笑，杨

---

① 阿宁：《校园里有一对情人》，百花文艺出版社 1996 年版，第 180 页。
② 阿宁：《校园里有一对情人》，百花文艺出版社 1996 年版，第 183 页。

三说：‘让你一把糖就把他吓跑了。’他女人说：‘……下回来了，还给他这么着。’”①

后来张万和再来时，杨三的女人果然故技重施，但为了要到钱，张万和忍着作呕硬着头皮喝了一口红糖水。这意味着茶缸子这招失效了，阿宁转而通过语言表现杨三的无赖。

“杨三说：‘你说我那天在阳坡上晒着太阳好好的，你非过去跟我说晒太阳不好，让我想办法脱贫。要不是你那么说，我能去跟别人贩红薯吗？能一下子赔那么多钱吗？能好好的欠了你的债吗？你挣你的大钱，管别人晒不晒太阳干啥？’张万和一听就跳起来：‘这么说我害了你不成。’杨三说：‘害没害你自己琢磨去吧！’”②

一番对话，杨三不仅是无赖，甚至是无耻了，为了不还钱，倒打一耙。阿宁此处写出了欠钱的是大爷、要账的是孙子的悲哀。当我们以为杨三的无赖已经达到顶点时，阿宁又抖出真相，逼迫张万和行动。

张万和遇到了杨三的舅舅，得知杨三根本没有去贩红薯，舅舅说起杨三惫懒的行为，让张万和又一次到杨三家要账。这次杨三让张万和随便拿家里东西，他看着张万和的无奈“一脸得意”。随后，他提出让他女人陪张万和睡一夜，张万和扭头就走，杨三“哈哈地笑着，那笑声中没有一点屈辱”。小说的最后，张万和无计可施，找到杨三的老父亲诉说苦处，但第二天一大早，杨三找到了张万和的家：“你凭什么找我爹？我告诉你，我爹要是出了事，我拿你是问……张万和，不是我提醒你，你那点儿见识还差得远呢！山不转水转，将来有一天，你小心落到我的手心里……三十年河东，三十年河西。给自个儿留点儿后路吧！”③

当杨三大摇大摆地离开张万和家，小说的情节彻底反转，结局令读者瞠目，欠钱的竟然如此豪横。至此，阿宁完成了一个穷、脏、懒、赖的农民形象的塑造。

评价这样一部作品，首先我们要抛却机械地用生活等于艺术的衡量方

---

① 阿宁：《校园里有一对情人》，百花文艺出版社 1996 年版，第 183 页。

② 阿宁：《校园里有一对情人》，百花文艺出版社 1996 年版，第 187 页。

③ 阿宁：《校园里有一对情人》，百花文艺出版社 1996 年版，第 195—196 页。

式和将作家的艺术塑造归为抹黑农民形象的不轨行为。阿宁塑造杨三这一形象时，其语言和笔法带着调侃、讽刺与无奈，含着“哀其贫穷、怒其不劳”的情感指向。其次，当我们从艺术角度分析杨三形象时，其性格又带有生活的真实感。中国底层乡村每个村子里似乎都有几个游手好闲的懒汉，他们因为懒而穷，不构成农民的主体，在村子里往往也是边缘化的存在，也较少被作为当代文学的观照对象。这也是我们前文所说，阿宁塑造的杨三这一形象带给我们陌生与新鲜，他选取底层乡村的边缘人为创作客体，是对我们思维中脸朝黄土背朝天的勤劳朴实农民形象的颠覆。最后，就底层乡村边缘人形象塑造来说，鲁迅的阿 Q 堪称鼻祖，如果追寻文学史的脉络，阿宁的杨三或可归入阿 Q 的形象序列。

乡村题材的新调：《凉瓶》等新笔记小说的艺术探索

至 1996 年，阿宁在保定学习、生活了近十年，但张北草原的风土人情，在他的脑海中并未褪色。这一年，阿宁在《天津文学》第 9 期发表短篇小说《凉瓶》；第二年，即 1997 年，在《长城》杂志第 3 期发表短篇小说《温故知新三题》；1998 年，又在《长城》杂志第 1 期发表短篇小说《灰凉村庄》。阿宁幼年住过的村落、走过的乡镇、见过的乡亲、听过的传闻，穿越时间的通道，跨过地域的界限，来到阿宁的笔下。张北草原的童年经验，以不同于以往作品的新鲜面貌呈现在读者面前，这种不同在于阿宁绕开了乡村题材的沉重、无奈等基调，代之以幽默、诙谐与温情，语言简洁纯净，较少修饰与雕琢，我们一起来看一下。

《凉瓶》取材于阿宁幼年的真实生活经历。阿宁的父亲本是干部，由于时代的原因，被派到张家口做采购员，阿宁跟随父亲住在张家口桥西区的防修第三客栈。防修第三客栈是个大院子，住客多半是来自各县的采购员，脾气秉性各不相同的采购员交织成一幅多彩的人情画卷，幼年的阿宁乐在其中。

小说首先从语言上就带给读者生动、明快和简洁传神感。生动在于阿宁经常运用张家口方言俗语，比如小说的题目“凉瓶”，本是灌水的大瓶子，在张家口是指那些无能、没有本事的人，形容为“那家伙，手提大凉瓶”，是一个侮辱人的词，但在当地说者和被说者都不在意，嘻嘻哈哈间成为人们相互打趣的词语，也反映出人们乐观豁达的生活态度。作品中的老郭就自称为“凉瓶”。明快在于小说有许多人与人之间的对话，这些对话形式简短、语义明确，没有拐弯抹角，带着坝上人的直接与爽朗。简洁传神在于语言侧重白描，三言两语见人物性格，如南方人欺负父亲时，“大老郭两只手始终插在裤兜里，一下一下地用肩膀撞那个南方人……后来南方人从身上掏出一把小刀……大老郭依然两只手插在裤兜里，朝他一步步逼过去”①。“两只手始终插在裤兜里”，一方面看出大老郭只是出于热心路见不平，并无意打架，更无意仗着周围都是北方人欺负南方人，所以他没有出手；另一方面也可以看出大老郭是个心理上自信勇敢的人，面对南方人的小刀，照样两手插兜。再如形容刘正求：“他这人特别能‘煽’，北京人叫‘侃’，张家口人叫‘煽’，比‘侃’又多了一层意思，就是没法相信。虽然不信，可人们还是愿意听他‘煽’。”② 一个“煽”字，就把一个能说会道，又有些小聪明、小狡猾的人物勾勒出来。

其次透过语言看内容，按小说构成要素分析，《凉瓶》重在记人，阿宁以回忆性的儿童视角记录了采购员和管业务的人的生活。热心仗义、聪明能干、潇洒的大老郭不仅帮助困窘的“我”和父亲，也帮其他采购员解围，在“我”眼中无所不能；幽默能“煽”的刘正求讲各种有意思又惊悚的故事，让“我”度过了许多有趣、恐惧又渴望的夜晚；美丽动人、酒量惊人的女采购员欧阳金凤，在“我”眼中是带着几分神秘、几分平凡的女中豪杰；管业务的“绿头”是个倔人，表面严厉，内心正直，看出父亲为人老实，对父亲另眼相看。以记人为主的《凉瓶》情节相对随意、不重故事性，三两小事往往只是凸显人物性格，不追求连贯性、完整性、冲突性，比如大老郭帮“我”和父亲逼退欺负我们的南方人、帮我们跟服务员换新被褥等几件事，并无关联。阿宁似乎随手拈来，想到哪儿写到哪儿，从大老郭到刘正求到欧阳金凤，随心念而行，不追求因果关联，人与人之间偶有矛盾，但并无本质性的冲突，三言两语即可化解。以儿童视角叙述为主时，偶尔插入当下成人视角的评论，进一步弱化了情节的完整性，却在评论中

---

① 阿宁：《凉瓶》，《天津文学》1996 年第 9 期。
② 阿宁：《凉瓶》，《天津文学》1996 年第 9 期。

生发了小说的哲理韵味，如：“这样来理解他唱的关于凉瓶的歌，就容易了。其实，这世上每一次得到都意味着某种失去，再能干的人也是在付出中生活。”“也许，人到了晚年临终时，不过是一只倒空了的瓶子。可这样的倾倒，不就是意义吗？”① 这样的评论照应了小说的题目，也通过对采购员生活态度的回望与肯定，说明人生的意义就是在得失之间努力前行。

和《凉瓶》相似，《温故知新》的题目含有回忆往事之义，含“风雪”“求学”“爱情”三题。“风雪”记录张家口冬天的寒冷，“求学”记录“我”的好朋友老尹在特殊年代的求学路，“爱情”记录老尹的同学高万和女同学胡丽萍之间一段特殊的感情。“三题”的共性就是记录坝上的风物人情。它们之间的关系是，“风雪”冻死了外地来张北的第一个大学生，引出后来坝上自己培养的大学生老尹，老尹报到时遇到和自己一样穷的同学高万，所以，它们之间的关系是松动的，不构成情节的因果。就每题内部来说，整体语言依然侧重白描，多用短句，节奏明快，富有韵律。如“那天她头不梳、脸不洗，手上沾着早晨喂猪时弄上的猪食。上身穿一个灰大襟的夹袄，下身穿着反裆裤，上面还有个挺大的补丁”②，简单几笔，描绘出一个贫困、劳碌的农村妇女的神态。也偶用“皮裤套棉裤，必定有缘故，不是棉裤太薄，就是皮裤没毛”这样的当地俗语，略带调侃，增添文本的生动性。

与《凉瓶》和《温故知新》相比较，短篇小说《灰凉村庄》将记录的焦点定位在坝上的村子波罗素。波罗素蒙古语的意思是灰凉的村子，所以同样是记录坝上的风物，同样保留了回忆性的儿童视角，也嵌入了成人视角的评价，同样多短句、节奏明快。不同的是这篇以母亲为主角的小说，语言多了修饰，描写多了细节，情节连贯性更强。小说记录母亲因为父亲工作调动，几次离开又返回波罗素的点点滴滴，勾连起时代的际遇与当地的风土人情。

在我们对三部短篇小说做完简要介绍与分析后，综合内容与形式，会发现三篇小说往往三言两语表现人物精神，二三事情凸显人物风貌，颇具中国笔记小说的文风。我们如何评价这种文风？它完全是对中国传统笔记

---

① 阿宁：《凉瓶》，《天津文学》1996 年第 9 期。

② 阿宁：《温故知新三题》，《长城》1997 年第 3 期。

小说的继承吗？它与中国当代文学的关系是什么？当我们思考这些问题时，1980 年代中期以后中国文坛新笔记小说的创作与批评理论进入我们的视野。

祝一勇在《论“新笔记小说”的艺术渊源》的开篇指出：“‘新笔记小说’指的是 80 年代中期出现的一批具有古代笔记体神韵的小说，如孙犁的《芸斋小说》，汪曾祺的《故里三陈》《桥边小说三篇》《故里杂里》，林斤澜的《矮凳桥小品》，李庆西的《人间笔记》，阿城的《遍地风流》，贾平凹的《商州初录》，何立伟的《小城无故事》，韩少功的《史遗三录》等均为佳作。这些小说体制短小，叙事简约，不重情节性、戏剧性，笔法散漫，然而常收意味无穷之效，深得‘意境’‘韵味’‘空白’中国传统美学之神髓。”①

李云侠在《1980 年代新笔记小说的兴起及其文学史意义》中提到新笔记小说的选文标准：“新笔记小说成为新笔记小说的独特之处，主要有：第一，故事情节淡化，即使有些故事性强，但只要整体上具有质朴自然、散淡不拘等意味，也要算是笔记小说；第二，写法上力求文字简约，以白描手法为主。第三，内蕴丰富，具有现代意识，包括作者新的人生体验和人格精神，现代悲剧意识和人格力量，现代哲学的思辨色彩等等。”②

何镇邦在《新时期文学形式的演变趋势》一文中对新笔记小说在艺术形式上的审美特征进行了概括：“篇幅短小，也不注意结构的缜密和完整；大多借题发挥，言近旨远、微言大义，具有诗化、散文化或哲理化的特点；语言简洁洗练、富于幽默感，或淡泊疏朗，或含蓄调侃，显得潇洒自如。”③

这些研究文献没有为我们提供新笔记小说的统一定义，它们大致从篇幅、结构、语言三个方面对新笔记小说的文体特征做总结，较普遍认为新笔记小说融合了传统与现代的双重文学经验，其包含的作家作品也比较宽泛，不仅有孙犁、汪曾祺这样明显带有中国笔记小说文风的作家，刘震云、

---

① 祝一勇：《论“新笔记小说”的艺术渊源》，《湖北职业技术学院学报》2007 年第 10 卷第 1 期。

② 李云侠：《1980 年代新笔记小说的兴起及其文学史意义》，华中师范大学硕士学位论文，2019 年 5 月。

③ 转引自李云侠《1980 年代新笔记小说的兴起及其文学史意义》，华中师范大学硕士学位论文，2019 年 5 月。

贾平凹等 40 多位作家的部分作品也都被纳入新笔记小说的范畴。所有这些为我们思考《凉瓶》等作品与中国当代文学的关系提供了依据，尤其是我们解析的《凉瓶》等作品的文风，与这些研究文献对新笔记小说的文体总结高度契合，虽然在时间上有些稍晚，但我们依然可以将《凉瓶》等作品放入中国新笔记小说的视域中，视为阿宁在这一领域的艺术探索，它们是阿宁运用新的文体对自己曾经熟悉的乡土的重塑，这是阿宁乡土题材的新调。

李云侠在《1980 年代新笔记小说的兴起及其文学史意义》中，比较深入地考察了新笔记小说的兴起与新时期的文学变革、中国古典文学传统之间的关系，以及新笔记小说对 1980 年代文学观念、文学形式建构的影响。其在新笔记小说对文化寻根的艺术重构中提出："作为新笔记小说中篇幅短小的乡土风俗题材类小说，在创作主题与思想上，既与古华等以'寓政治风云于风俗民情，借人物命运演时代变迁'为创作主题的小说不同，也与邓友梅、陆文夫、刘绍棠等借助曲折离奇的故事情节和复杂的人物经历表现一时一地的民俗风情或深层的民族文化心理的小说不同，篇幅短小、取材精微、或质朴或典雅的语言风格等文体特征，促使新笔记小说作者们在驾驭乡土风俗题材时往两个方面努力，一是向汪曾祺的诗化风俗小说靠拢，一是在乡土风俗的表层叙事中表达关于传统思想、文化及现代哲理意蕴的种种思考。"①

李云侠提到文化寻根的艺术重构，提到新笔记小说乡土题材两个方面的努力，阿宁乡土题材新笔记小说的重塑属于这种情况吗？笔者认为阿宁的重塑不属于文化寻根，因为从创作之初到 1990 年代，张家口坝上草原一直作为文学的根脉渗透在阿宁的创作中，他不是寻根，他是"文化守根"的艺术重塑，而且这种重塑也不单纯是诗化的文学风格。因为对作家孙犁的热爱，阿宁的乡土题材叙事早就有诗化的韵味，这在第二章中已有所论述。而且阿宁的新笔记小说在叙事中主要不是对传统文化、现代哲理的思考，他更侧重对烟火生活的书写与日常生活经验、感悟的表达，这也和孙犁的《芸斋小说》颇为相似。正是在这些烟火生活的书写中，阿宁的童年

---

① 李云侠：《1980 年代新笔记小说的兴起及其文学史意义》，华中师范大学硕士学位论文，2019 年 5 月。

和少年生活经验不再是《谎言》《大沟》等作品中的无能为力，也不再是《阳光下的独步》等校园小说中的阴郁，他试着用温情拥抱曾经张北草原的生活。笔者认为这是阿宁和自己的童年生活开始和解的信号，尤其是《灰凉村庄》中对母亲的书写，阿宁用平和的笔调再现了母亲的青春时代，那个青春的母亲不是强硬的、霸道的、暴躁的，而是爱美的、有朝气的、正直的、善良的。《凉瓶》《温故知新》《灰凉村庄》写作、发表的时候，阿宁已经成婚，夫妻伉俪情深，岳母对待阿宁如自己的儿子一般，那个曾经孤独徘徊在大草原的阿宁，找到了家庭的温暖与归属感。1996 年女儿的出生，更是让阿宁充满了喜悦与对生活的感激，干家务、看孩子，阿宁甘之若饴，他在锅碗瓢盆的碰撞声中与妻女的欢笑声中，与往日不快的生活冰释前嫌，童年和少年的生活经过时间与亲情的过滤，重塑幻化成新笔记小说的质朴、散淡、诗意、调侃、幽默的生活之美与艺术之美。我们认为这是阿宁的乡土题材与新笔记小说的自然碰撞，是阿宁在自己的文学时间里适时开出的文学之花，刚好与中国当代文坛持续的新笔记小说文学创作相遇，他既有新笔记小说的共性，又有自己的个性。

本章结语

有关 1990 年代的中国文学，朱栋霖在《中国现代文学史 1917—2012》中这样描述："90 年代小说寻求各种艺术样式、文学体裁、艺术手法的贯通融汇，体现出较自觉的文本意识……《故乡面和花朵》则使用了书信、电传、附录、歌谣等叙述手段……90 年代小说以极大的艺术包容性进行了卓有成效的文体实验和文体创造。"① 在 1990 年代这样一个大的文学语境中，阿宁在创作中持续探索、开拓。本章我们以校园题材、官场题材、乡村题材为划分，对阿宁部分作品做了简要评述，它们比较能够体现阿宁此一时期艺术创作的面貌与成就。当然，除去我们介绍的，阿宁在文学内容、文学形式、创作手法方面还有不少探索，如他的校园小说里，除去以学生、教师为创作对象外，《校园里的灰姑娘》是以校园里的工友为创作对象，

---

① 朱栋霖等主编：《中国现代文学史 1917—2012》下册（第 2 版），北京大学出版社 2014 年版，第 290 页。

《美国姑娘王丽莎》则以留学生为焦点；又如他的小说《遥望校园》以书信体结构小说，表达了贫穷的女高中生对大学的渴望；再如他的小说《暴风雪》吸纳海明威《老人与海》的创作手法，塑造了坝上草原的硬汉形象。总之，1990 年代，阿宁全面将生活化入作品之中，他在兼收并蓄中既向中国文坛贴近，又努力保持自己的创作节奏，短篇、中篇创作数量达到小高峰，长篇创作迈出坚定的第一步，为新世纪第一个十年的创作奠定了良好基础。

1990 年代作品概况

短篇小说《蓝屋》载《青年文学》1990 年第 1 期。

短篇小说《生命之轻与瓦罐之重》载《上海文学》1990 年第 4 期，收入《生命之轻与瓦罐之重》（北京师范大学出版社），获河北省作协 1987—1990 年度“创作新秀奖”。

短篇小说《寂园》载《荷花淀》1990 年第 2 期。

短篇小说《冷美人沈雪》载《河北文学》1990 年第 12 期。

短篇小说《美国姑娘王丽莎》载《青年文学》1991 年第 2 期，选载《小说月报》1991 年第 5 期，收入《一九九一短篇小说选》（人民文学出版社）、《青年佳作》（中国青年出版社）。

短篇小说《苹果为什么衰老》载《青年文学》1991 年第 2 期。

中篇小说《暴风雪》载《长城》1991 年第 5 期。

短篇小说《空白》载《河北文学》1991 年第 12 期。

短篇小说《培养培养你》载《洪流》1993 年第 1 期。

短篇小说《从城里到乡里》载《漳河水》1993 年第 3 期。

短篇小说《鸡店》载《青年文学》1993 年第 7 期，获河北省作协金牛奖。

短篇小说《还乡》载《莽原》1993 年第 6 期。

短篇小说《老狼》载《洪流》1993 年第 6 期。

短篇小说《不行》载《地火》1994 年第 1 期。

短篇小说《山坡上的稻草人》载《天津文学》1994 年第 5 期。

短篇小说《梦境》载《荷花淀》1994 年第 2 期。

短篇小说《麦子自己能回家》载《当代人》1994 年第 10 期，选载《小说月报》1998年第1期，收入《九十年代文学潮流大系——乡镇世态小说卷》《精彩小说68篇》。

中篇小说《寻仇梁都》载《青年文学》1994年第7期。

中篇小说《浑沌》载《当代人》1994年第7期。

中篇小说《自费生》载《小说》1995年第2期，选载《中篇小说选刊》1995年第5期，获河北省作协1995年金牛奖。

短篇小说《奔跑》载《上海文学》1995年第3期。

短篇小说《打台口》载《天津文学》1995年第3期。

短篇小说《清白》载《长江文艺》1995年第3期。

中篇小说《父亲的小楼》载《清明》1995年第4期。

中篇小说《遥望校园》载《青年文学》1995年第5期。

中篇小说《道路通向麦田》载《莽原》1995年第4期，选载《作品与争鸣》1996年第4期。

中篇小说《商海血影》载《广州文艺》1995年第12期。

短篇小说《离婚之路》载《上海文学》1995年第8期。

短篇小说《海燕与鼹鼠》载《上海文学》1995年第8期。

短篇小说《吃饭》载《小小说月报》1995年第8期。

短篇小说《和岳父做冰糖葫芦》载《四川文学》1995年第10期。

短篇小说《校园里的灰姑娘》载《女子文学》1995年第11期。

短篇小说《杨三的故事》载《当代人》1996年第1期，选载《小说月报》1996年第4期、《文摘报》1996年4月4日，收入《1996中国短篇小说精选》（长江文艺出版社），英译本载美国俄亥俄州立大学主办的文学刊物上。

短篇小说《返回海口的女人》载《长城》1996年第1期。

中篇小说《校园里有一对情人》载《北京文学》1996年第2期，选载《作品与争鸣》1996年第8期，收入《随意表白——中国当代情爱伦理作品书系》（今日中国出版社）、《谈情说爱的故事》（湖南文艺出版社）、《北京文学55年典藏·现实一种（中篇小说卷）》（同心出版社）。

中篇小说《冬季杀人》载《莽原》1996年第2期。

中篇小说《都市的石头》载《洪流》1996年第2期。

中篇小说《饲虎记》载《小说》1996 年第 3 期。

短篇小说《一百条毛巾》载《人民文学》1996 年第 5 期。

短篇小说《消息》载《青年文学》1996 年第 5 期。

短篇小说《猫事》载《北方文学》1996 年第 9 期。

短篇小说《凉瓶》载《天津文学》1996 年第 9 期。

短篇小说《水煮肉片》载《女子文学》1996 年第 10 期。

中篇小说《坚硬的柔软》载《十月》1997 年第 1 期，选载《小说选刊》1997 年第 5 期、《新华文摘》1997 年第 4 期、《中华文学选刊》1997 年第 2 期，改编、选载《连环画报》2001 年第 1 期，获河北省第七届文艺振兴奖、第六届十月文学奖，收入《致命的邂逅——中国当代情爱伦理作品书系》（青海人民出版社）、《1997 中国中篇小说精选》（长江文艺出版社）、《情之殇》（中国文联出版社）、《命运的故事》（湖南文艺出版社）、《野骡子——中国当代情爱伦理作品书系》（南海出版公司）、《情感分析小说》、《典藏时光：1978—2013〈十月〉杂志 35 年名篇集萃》（北京出版社）。

中篇小说《月色下的飞翔》载《收获》1997 年第 2 期，收入《性的迷惘——中国当代情爱伦理作品书系》（今日中国出版社）。

短篇小说《私人火焰》载《青春》1997 年第 4 期。

短篇小说《我认识的一个贪污犯》载《当代人》1997 年第 5 期。

短篇小说《温故知新三题》载《长城》1997 年第 3 期，选载《小说月报》1997 年第 9 期。

短篇小说《生日》载《收获》1997 年第 5 期。

短篇小说《独生眼睛》载《十月》1997 年第 6 期。

短篇小说《庄周的问题》载《当代人》1997 年第 10 期。

中篇小说《阳光下的独步》载《青年文学》1997 年第 12 期。

短篇小说《灰凉村庄》载《长城》1998 年第 1 期。

中篇小说《城市磨刀》载《春风》1998 年第 1 期。

中篇小说《幸福》载《中国作家》1998 年第 4 期。

中篇小说《丢失》载《钟山》1998 年第 5 期。

短篇小说《牵手》载《春风》1998 年第 6 期。

短篇小说《电工的季节》载《当代》1998 年第 4 期。

短篇小说《向阳三章》载《时代文学》1998 年第 5 期。

短篇小说《卖妻》载《百花洲》1998 年第 6 期。

中篇小说《太平不太平》载《北京文学》1998 年第 9 期。

短篇小说《蘑菇圈》载《山东文学》1999 年第 1 期。

中篇小说《乡徙》载《长城》1999 年第 1 期，选载《中篇小说选刊》1999 年第 2 期、《作品与争鸣》1999 年第 5 期，《福建日报》连载。

长篇小说《天平谣》载《啄木鸟》1999 年第 1 期、第 2 期，花山文艺出版社 1999 年 4 月出版；《楚天都市报》《深圳商报》《检察日报》《新晚报》《石家庄日报》《钱江晚报》《金陵晚报》《北京晚报》连载，《小说选刊·长篇增刊》1999 年第 2 期节选；获河北省第八届文艺振兴奖、河北省第六届“五个一工程”奖、最高人民检察院精神文明建设“金鼎奖”二等奖。

中篇小说《无根令》载《人民文学》1999 年第 7 期，选载《小说月报》1999 年第 9 期、《中篇小说选刊》1999 年第 5 期、《中华文学选刊》1999 年第 5 期、《作品与争鸣》1999 年第 12 期、《新华文摘》1999 年第 11 期、《北京文学》2000 年第 4 期，《武汉晨报》《生活早报》《保定晚报》《甘肃税务报》《南国早报》《齐鲁晚报》连载，收入《1999 中国中篇小说精选》、《光和影子——世纪末小说系列》（花山文艺出版社）、《1999 中国中篇小说精选》（长江文艺出版社），获 1999 年度《人民文学》优秀中短篇小说奖、1998—1999 年度《中篇小说选刊》优秀中篇小说奖、《小说月报》第九届百花奖优秀中篇小说奖。

短篇小说《忆向阳》载《羊城晚报》1999 年 3 月，选载《小说月报》1999 年第 6 期。

短篇小说《柳荫》载《当代人》1999 年第 5 期。

中篇小说《贫瘠时代》载《清明》1999 年第 5 期。

中篇小说《失序的季节》载《百花洲》1999 年第 6 期。

短篇小说《庙滩》载《广西文学》1999 年第 6 期。

短篇小说《我们为什么没有好球星》载《青年文学》1999 年第 10 期，选载《小说选刊》1999 年第 12 期、《中外书摘》2000 年第 2 期，收入《1999 中国短篇小说精选》。

第四章　成熟与稳健：新世纪第一个十年的创作

让我们以朱栋霖在《中国现代文学史 1915—2016》中的表述打开本章的“新世纪”之说：“进入 21 世纪，中国社会继 1980 年代开启以经济建设为中心的改革开放，确立建设中国特色社会主义的现代化这一目标之后，1990 年代掀起市场经济改革潮，到新世纪，社会主义市场经济体制初成，宣布迈进小康社会并确立在本世纪前 20 年实现全面建成小康社会的目标，综合国力日益增强，新媒体文化迅捷笼罩，中国加入世界贸易组织，东欧剧变和‘9·11’事件后世界加重了多元化和全球化趋势。中国文化和文学面临着世界的新格局，这样的时代现场被表述为‘新世纪、新阶段’。”①

对新世纪中国文学的观念与表现形态发生的变化，朱栋霖引用学者白烨的观点：“人们习惯于将 2000 年以来的中国文学分为三个板块：以传统的文学期刊为依托的传统型文学、以新兴的商业出版为依托的市场化文学（或大众文学）、以网络媒介为平台的新媒体文学（或网络文学）。”②

朱栋霖以化繁为简的方式，为新世纪百花齐放、百家争鸣的中国文学建立了阵营与坐标，每一个与时代同行的作家，都努力在新世纪里创造自己的闪亮坐标点，作家阿宁亦如此。在三足鼎立的板块里，阿宁依然坚守在“以传统的文学期刊为依托的传统型文学”中，但坚守不等于守旧，不

---

① 朱栋霖等主编：《中国现代文学史 1915—2016》下册（第 3 版），北京大学出版社 2018 年版，第 269 页。

② 朱栋霖等主编：《中国现代文学史 1915—2016》下册（第 3 版），北京大学出版社 2018 年版，第 269—270 页。

等于故步自封。伴随着《无根令》《天平谣》等作品的发表，阿宁逐渐成长为保定文联的创作主力，进一步扩大了他的社会影响力。1999年，阿宁被推选为省人大代表。担任代表期间，他得以接触农、工、商等各界优秀人士，认识的人多了，视野也越发开阔。2002年，阿宁被调入河北省作协，他来到了更高的平台。就个人生活来说，女儿的出生，使阿宁的心境也发生了改变，自豪感与责任感并重，同时内心越发柔软，对人与事越发有悲悯之情。阿宁边带孩子边写作，他经常骑车带着女儿漫走在保定的街头，既在生活的疲累中感受幸福，又不断观察街头形形色色的人群，体味人间百态。新世纪的第一个十年，工作和个人生活的变化，都在鼓舞着阿宁进行新的创作。他的底层书写和校园书写在原有底色上又增新彩，长篇小说的开疆拓土是体裁的进取，城市小说的新硎初试是题材的创新。让我们以中篇小说《灾星》《米粒儿的城市》《泪为谁流》《恨铁头》，长篇小说《爱情病》《城市季节》《能耐》《狠如羊》为主线，走进新世纪既熟悉又新鲜的阿宁。

第一节 底层生活的书写

在阿宁的创作意识里，他一直有对弱势人群和弱者的生存状态的关注。进入新世纪，沿着阿宁的这种关注，我们可以梳理出几部代表作：中篇小说《灾星》（《时代文学》，2005年）、《米粒儿的城市》（《北京文学》，2005年）、《泪为谁流》（《小说月报》，2005年）、《恨铁头》（《时代文学》，2009年），这几部作品把叙事的重点都放在了小人物喜怒哀乐的描写上。今天当我们站在时间之外回望阿宁这些作品时，把它们放入新世纪第一个十年的中国小说版图中，如何定位、解读这些作品？有关“底层文学”的论争与界定成为我们的理论武器。

按照邵燕君在《新世纪第一个十年小说研究》中的梳理，“‘底层文学’于2004年发轫，2005年进入热潮，2006年成为文坛‘主潮’，2007年与乡土文学汇合，2008年开始衰落”①。以邵燕君梳理的时间线索为参照，阿宁的几部中篇小说恰好可以缝合进“底层文学”的书写阵营中。当然，时间

① 邵燕君：《新世纪第一个十年小说研究》，北京大学出版社2016年版，第123页。

的重合不足以判定文学的归属，最终要落实到其与“底层文学”的概念、发生动因等问题的契合上。

在有关“底层文学”的概念之争中，我们撷取两位理论家的观点，一是李云雷，一是邵燕君。李云雷理解的“底层文学”是：“在内容上，它主要描写底层生活中的人与事；在形式上，它以现实主义为主，但并不排斥艺术上的创新与探索；在写作态度上，它是一种严肃认真的艺术创造，对现实持一种反思、批判的态度，对底层人民怀着深切的同情；在传统上，它主要继承了20世纪左翼文学与民主主义、自由主义文学的传统，但又融入了新的思想和新的创造。”① 邵燕君对底层文学的定义则带有理想化的色彩，她认为“‘底层’主要指失去原社会主义社会结构中‘主人翁’地位的工人和农民——这是一种经济和文化的双重失落——不仅包括下岗工人和被迫离开土地的农民，也包括虽然在岗但失去了工人文化的工人、虽然在乡但失去了乡土伦理的农民。‘底层文学’则特指2004年先后兴起的一种文学潮流，这些创作不但真切地反映‘底层’的苦难，而且关注造成这些苦难的制度性不公，具有控诉抗争的精神向度。它发展性地继承批判现实主义和左翼文学传统，并吸收新思想资源，努力形成面对时代命题、具有时代精神指向的‘新左翼文学’”②。

我们认为两位学者对“底层文学”的认识颇有相似之处，相互之间形成补充。李云雷概念中的“底层”在邵燕君的概念中被具体化，有了更明确的人群指向；邵燕君概念中“底层”的主题，在李云雷的概念中更加宽泛化，严肃地书写底层的人与事，不一定是灾难。如此，我们在两位学者“底层”的概念上，从表现主体和创作内容、形式和写作态度、对底层人民的同情三个方面进入对阿宁几个中篇的分析。

就表现主体和内容来说，“底层文学”的表现主体是工人和农民，写的是有关他们的生活与遭遇。阿宁的几个中篇中的人物既有农民，又有工人。《灾星》主人公是农村小伙子福亮，他幼时随母亲改嫁，被后爹虐待，母亲被后爹打死，后爹又娶了后娘，福亮活成了空气，成了无根的浮萍。成年

---

① 邵燕君：《新世纪第一个十年小说研究》，北京大学出版社2016年版，第125—126页。
② 邵燕君：《新世纪第一个十年小说研究》，北京大学出版社2016年版，第129页。

后，福亮在好心老师的帮助下，成了红菱家的倒插门女婿。福亮感恩红菱、喜欢红菱，为了让红菱过上好日子，他不断外出打工，经历了包工头的多次欺骗。就在他遇到好的包工头生活渐有起色时，恰逢“非典”疫情暴发，发烧生病的福亮，不懂得科学，东躲西藏，却因延误了最佳治疗时间而惨死。《米粒儿的城市》讲述了农村女孩米粒儿进城打工的故事。米粒儿以一颗淳朴、善良澄澈之心待人待物，先是到曹老师家做保姆，被男主人欺骗感情而辞职，后到发廊打工，遇到在困难时伸出援手的三哥，米粒儿感念三哥，却被三哥卖给柴行长，最终沦为柴行长的情妇而毁灭。《泪为谁流》的主人公是农村妇女杨桂花。杨桂花模样一般，在村里人看来有些呆滞，有些蠢笨，但她却有一项硬功夫——哭泣本领。靠着哭，杨桂花找到了男人，跟村长要到了二胎指标，后依靠专业哭丧发家致富。日子好过的杨桂花在生活中的苦痛越来越少，哭得质量越来越差，哭丧的生意被儿媳妇和村里其他年轻的媳妇抢走了。杨桂花找村长、找乡长到处奔走，企图找回自己的荣光，但时代变了，儿媳妇成立了新风俗丧葬公司，抢了杨桂花的风头，甩了杨桂花的儿子。无所事事的杨桂花做起了挂面生意，但挂面送出去了钱却收不回来，无计可施的杨桂花悲从中来。在杨桂花的哭声中，人们痛快地把钱给了杨桂花。杨桂花捏着脏乎乎的钱，在人们怜悯施舍的目光中，无法控制地大哭。正在哭着的杨桂花，被人告知老娘死了。小说的结尾，老娘的葬礼在丧葬公司的假意哀号中风风光光，唯有杨桂花没有流一滴眼泪。《恨铁头》的主人公是农机厂普通车间工人李铁头。李铁头在车间时为大家义务理发，是有名的劳模。退休后，大家不好意思让李铁头义务理发，于是他开了一家小理发馆，理发只收一元钱。想不到因为这个得罪了别的发廊，有人往他店门上抹大粪，有人夜里砸他的玻璃，有人把他撞到河里，有人在他回家路上打他，目的就是让他提价。李铁头虽然受了无数委屈，甚至冒着生命危险，但依然坚持收一元钱。小说的最后，因工商和税务执法，李铁头一时没有开门，但群众却自发地守护李铁头的理发店，在街上排起了长长的队伍，其中包括曾经打过李铁头的人。小说在李铁头感动的热泪中落下帷幕。

就形式和写作态度来说，李云雷和邵燕君都谈到“底层文学”的现实主义创作手法和对现实的批判精神。邵燕君更明确地指出：“‘底层文学’

发生的真正动因，与其说是有关‘底层思潮’的影响，不如说是现实主义文学精神的复苏。尤其在 2004 年发轫初期，那些具有震撼力的作品大都出于‘基层作家’或居于边缘的老作家之手，在‘主流文坛’的乡土文学作家们大都把乡土作为‘纯文学’的叙述容器的时候，他们本着朴素的直面现实的写作精神，道出民间的疾苦，控诉社会的不公，显示出曾在中国文学土壤中深深扎根的现实主义传统依然保持着顽强的生命力。”①

当我们把阿宁的几部中篇归入“底层文学”加以分析时，并不是单纯地把“底层文学”的理论标准作为镜子对照阿宁的作品。就现实主义与现实批判精神来说，阿宁的这几部中篇都具有立足现实、忠于现实，在环境描写与人物塑造中显示批判精神的特质。但我想这种特质不是阿宁对当时文坛的跟风之举。我们在前几章已经分析过阿宁别致现实主义的创作手法，并且就“底层文学”的创作来说，我们将《灾星》等几篇作为新世纪第一个十年的代表作，但阿宁对“底层”的书写，可以追溯到 1999 年 1 月发表于《长城》杂志的中篇小说《乡徙》。小说以国营纺织厂下岗女工黄秀芳为主人公，讲述了她被生活所迫，到乡镇棉纺厂打工的遭遇和经历，对国有大中型企业和乡镇企业的困境和隐患进行了透视和探究。文艺评论家封秋昌 1999 年 5 月在《作品与争鸣》上发表评论文章《〈乡徙〉：新的拓展与尝试》。封秋昌认为《乡徙》有新意：“一是《乡徙》跳出了《大厂》《分享艰难》等作品基于对现实困境的无奈认同而倡扬分享艰难的思路，在描述现状的同时，侧重于对造成困境的原因进行剖析和思索……二是在艺术构思上，以前的同类作品，或着重写国有大中型企业，或着重写乡镇企业。《乡徙》则通过黄秀芳这个国营大厂的下岗职工到乡镇小厂打工的经历，把城乡企业联系起来。”通过封秋昌的评论，我们可以看出，他把《乡徙》与“现实主义冲击波”的代表作《大厂》加以对比，从侧面反映了阿宁的《乡徙》带有现实主义的创作色彩。同时，封秋昌又指出了《乡徙》与“现实主义冲击波”的不同：《乡徙》的写作重点不在企业，而在人，这个人是下岗职工，是底层的小人物。1999 年，评论界还没有“底层文学”的思潮与论争，封秋昌自然不会将《乡徙》放入“底层文学”的阵营中，今天我

① 邵燕君：《新世纪第一个十年小说研究》，北京大学出版社 2016 年版，第 106 页。

们回望时，《乡徙》从现实主义的手法以及对现实困境的描写中，已经具备了“底层文学”的气质。就此而言，阿宁在新世纪写的《灾星》等几部作品，确非跟风“底层”思潮，而是沿着他自己的创作节奏完成的个体思考，这种个体思考又因作家的创作敏感与时代相连，带有对现实的关怀与批判。

《米粒儿的城市》讲的是一个农村女孩子进城打工的故事，塑造了米粒儿这个打工妹形象。这并不是一个新鲜的故事，由农村进城的打工叙事，从20世纪鲁迅《祝福》中的祥林嫂、老舍《骆驼祥子》中的祥子就已经拉开序幕，而其演化为高潮则伴随改革开放的时代进程。20世纪80年代以来，商品经济的发展、城市化进程的加快，在拉大城乡差距的时，也造就了城市对劳动力需求的急剧增加，随之，大量闲置农村劳动力涌入城市。在庞大的进城打工群体中，打工妹是其中一类。现实催动文艺的发生，文学、影视，纷纷加入打工妹形象的建构，甚至颇具大众影响力，比如1991年广州电视台就曾推出二十集电视连续剧《外来妹》，热极一时。纵观打工叙事，从文学到影视基本沿着现实主义的脉络，以发现问题、揭示生存状态等为目标。阿宁的《米粒儿的城市》与这样的文艺传统是一脉相承的，他以时间发展为线索描写了米粒儿的遭遇，小说有朴实的事件和逼真的细节，如米粒儿做保姆时任劳任怨的描写、米粒儿在发廊和同是打工妹的青青争风吃醋的描写，都极具现实性。按照邵燕君所说，“底层文学”源于现实主义精神的复苏，我想对于阿宁来说，则是源于他一直拥有的现实主义创作态度。而当我们把《米粒儿的城市》放入“底层文学”时，能够让它引起读者注目的，除去现实主义的精神，还有阿宁在叙事手法以及通过“米粒儿”的遭遇引发的思考与同情。

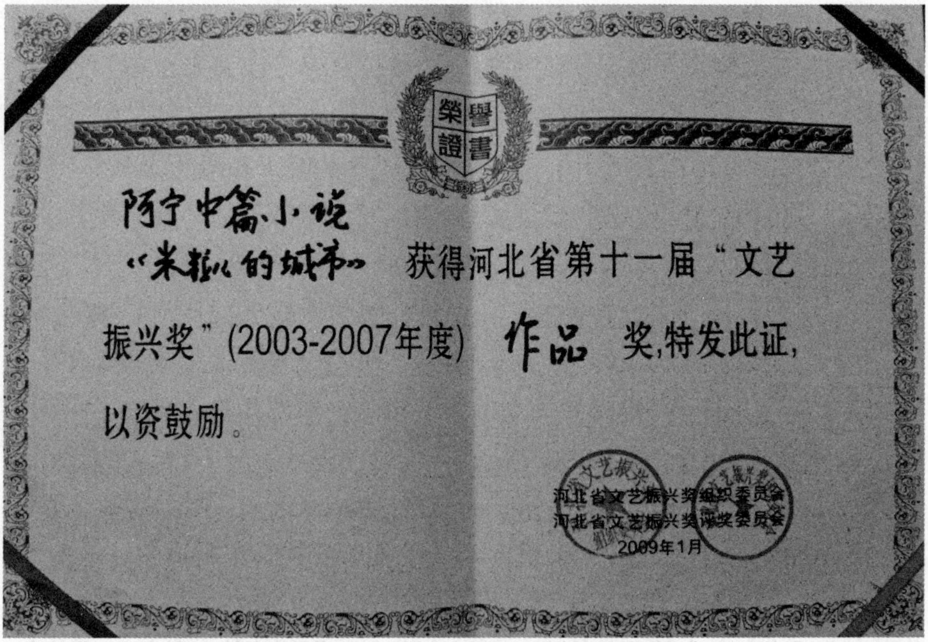

《米粒儿的城市》获河北省"文艺振兴奖"

2010年，研究者刘琳琳在《中国研究》发文《无声底层的集体舞——关于打工妹形象建构、身体转型及反抗的思考》，曾指出"主流话语中的打工妹通常被客体化为不是备受指责或避之不及的落后、低素质的外来者，就是需要同情的、天真的、无助的受害者"。阿宁创作《米粒儿的城市》从本质上而言，是以知识分子身份"代言"的作品。常常跻身《花城》等主流刊物的阿宁，将米粒儿客体化为天真无助受害者的创作类型。阿宁塑造这一受害者时，采用局部悬念的叙事技巧：当米粒儿在发廊和青青闹翻，一人走在大街上，因无处可去内心悲凉时，她在青青发廊认识的三哥，像偶像剧的霸道总裁一样收留了米粒儿，将米粒儿留在自己身边工作，将米粒儿带到自己像宫殿一样的住处。米粒儿变成了令人羡慕的、天下最幸福的女孩，她想以身相许回报三哥，但三哥拒绝了米粒儿，米粒儿在失落中更加爱慕崇拜三哥，她的脑海中涌现出无数爱情故事，把那些故事里的主人公都变成了自己。米粒儿心甘情愿地跟着三哥出入一些应酬场合，并认识了银行的柴行长。小说在尽情地涂抹三哥在米粒儿心中的美好时，却留下了悬念，三哥到底是谁？三哥为什么对米粒儿这样好？三哥果真是偶像剧中的霸道总裁吗？虽然读者都明白作为主流文学的三哥形象不会这样简单，但一时看不出端倪。伴随着这些疑问的是新的疑问，三哥开始经常出差，疏远米粒儿，有意的冷淡令米粒儿怀疑自己的工作是不是做得不好。米粒儿情绪低落，柴行长趁着三哥不在对米粒儿嘘寒问暖，导致米粒儿因思念三哥醉酒失身柴行长。米粒儿觉得亏欠三哥，再也没脸见三哥，她带着对三哥的愧疚做了柴行长的情妇。当读者也像米粒儿一样遗憾她和三哥的感情时，作者阿宁跳出原来的叙事节奏，用第三人称上帝视角曝光了三哥与柴行长的关系：三哥需要一大笔银行贷款，米粒儿是三哥为了得到贷款给柴行长物色的一个漂亮的小娘们儿，三哥用米粒儿的身体为自己得到了一个亿的贷款。悬念被揭开的时候，意味着一个善良、纯洁、天真的农村姑娘被践踏了。当读者已经明了事情的缘由而米粒儿还被蒙在鼓里时，读者既愤慨又焦急，谁来告诉米粒儿真相？知道真相的米粒儿该怎么办？阿宁制造了青青与米粒儿的偶遇，通过青青之口将某些信息传达给米粒儿。虽然不愿意面对真相，米粒儿还是找到了曹老师。这个她做保姆时的男主人，竟然也认识三哥，米粒儿用自己的身体从曹老师那儿换回了真相："她想起在发廊里第一次看见三哥的情景，三哥的眼睛使劲儿看了她一眼。她一直以为那是一见钟情的眼光，却想不到那是挑选货物的眼光。"① 米粒儿打算向三哥和柴行长复仇，她悄悄收集资料举报了他们，但三哥和柴行长靠关系摆平了事情。走投无路的米粒儿从老家带回了一包毒鼠强，小说戛然而止。

我们可以发现，阿宁在这部中篇中表现出了不凡的叙事技巧，人物与人物之间环环相扣，他把一个惯常的打工妹题材讲得一波三折。当然阿宁不是故意炫技，不是借用技巧炒冷饭，他带有"底层文学"面对现实的严肃性，即我们上文所提到的通过米粒儿的遭遇引发的思考。为了走近阿宁思考的时代共性与个体个性，我们翻阅了刘柯的《〈生活秀〉打工妹的生存确认和想象》、许心宏的《"打工妹"生存转向的文化隐疾与身份切问书写——以贾平凹〈极花〉为例》、刘传霞的《打工妹的社会身份与自我主体

① 阿宁：《米粒儿的城市》，河北教育出版社 2006 年版，第 50 页。

建构——评东紫的长篇小说〈好日子就要来了〉》以及刘琳琳的《无声底层的集体舞——关于打工妹形象建构、身体转型及反抗的思考》等文献。通过查阅发现，打工妹形象的塑造与建构，往往与城乡差距、性别困境、身份困境、村落衰败、农村婚配危机、子嗣绵延、乡村文化痼疾等时代问题相连，只是不同文艺作品在建构打工妹形象时，往往侧重点不同。《米粒儿的城市》通过米粒儿的哥哥与城市人收入的差距、城市的狗与农村的人的对比、三哥等几个男性对米粒儿的践踏与毁灭等情节或简单或详细的叙述，隐含着城乡差距、性别困境、身份困境等时代问题，这是阿宁与时代的共振。我们认为在这种共振中，阿宁更深的思考集中在打工妹米粒儿的身份困境上，这种身份困境不是之前学者关注的乡村人与城市人的身份错位问题，而是人与人的关系，被异化成了人与物的关系，被异化的就是打工妹米粒儿。在曹老师、三哥、柴行长一众城市男性的世界里，米粒儿是欲望的对象，他们把米粒儿置换成了与性、金钱相连的商品，正如牛玉秋在总序中所说："她（米粒儿）不知道市场经济、利益原则已经把一切——其中包括人、人的感情，甚者还有她的单纯——都变成了商品，可以标价出售的商品，可以用来交换利益的商品。"① 可以说，阿宁怀着悲悯与同情，在米粒儿的悲剧中，显示出对商品经济物欲化的思索与批判。

为更好地表达对米粒儿这样的底层人群的悲悯与同情，阿宁在构思方式上运用鲁迅意义上的悲剧，将人生有价值的东西毁灭给人看。为了突出这种悲剧气氛，阿宁在《米粒儿的城市》中着力突出米粒儿的天真、善良与纯洁。米粒儿是天真的，她读过老舍的《骆驼祥子》，老舍作品里面的曹先生是个好人，所以，当米粒儿听到表嫂让她到姓曹的人家当保姆，她立刻同意了，因为米粒儿认定姓曹的都错不了。这样的米粒儿不懂得现实人心的叵测，而用文学中得来的逻辑来衡量现实生活，尽管这样的天真似乎带着无知，但它让读者看到了一颗水晶一样不染尘埃的心灵。米粒儿是善良的，当她知道自己被利用时实施了报复计划，但结果反而牵累了其他人，所以"她打开电视，一边看着电视剧里的情节，一边暗暗流泪。她想自己

① 阿宁：《米粒儿的城市》，河北教育出版社 2006 年版，第 7 页。

太傻了，不但没有把事情办成，还害了一个小伙子”①。米粒儿被当作了工具，但她不愿意用无辜的人给她当作报复的工具。米粒儿是纯洁的，她到发廊打工，看不惯理发小姐对客人甜言蜜语、打情骂俏，听到人家告诉她，必须把客人哄高兴了才能挣到钱，米粒儿认为哄可以，但不能哄得出了格。虽然看到别的理发小姐比自己挣的钱多，当有人让她学按摩时，米粒儿依然推辞说她觉着理发还不熟呢，等练熟了再说吧。纯洁的米粒儿不愿意为了金钱而出卖自己的肉体。最终，随着米粒儿从老家带回一包毒鼠强，我们在米粒儿身上看到了有价值的东西被利用、被毁灭的过程，同情与悲悯达到了极强烈的程度。

当然，就现实主义精神指向来说，《米粒儿的城市》通过悲剧表达批判精神与悲悯之情时，不免有对底层道德的包容之嫌。米粒儿做保姆时与男主人曹老师暧昧不清、爱上有妇之夫三哥、做柴行长的情妇，所有这些行为都是不道德的，阿宁在小说开篇即提到这些，他也许想写出打工妹群体人性的复杂性，但小说最终用悲剧稀释了道德的非合理性。笔者认为，不能用善良遮盖道德的缺失，米粒儿这一形象，从道德角度应予以批判。

谈完《米粒儿的城市》，我们再看看《灾星》这部中篇。阿宁自认为《米粒儿的理想》是《米粒儿的城市》的姊妹篇，而我们读完之后，觉得《灾星》倒似《米粒儿的城市》的孪生篇：米粒儿是一个打工妹，福亮是一个由农村进城的打工仔。比起《米粒儿的城市》，《灾星》中福亮的遭遇更具有邵燕君所说的“底层文学”的苦难特征。作品以二伯、月饼、红菱、守满、孙元、来顺等人物命名章节，人物依次出场，表面关系并不紧密，甚至毫无关联，但所有人物以福亮为核心，构成多条线索交叉互动，有张有弛，各色人物、不同情感交融成以苦难为底色的典型环境。守满是福亮的继父，孙元是村里的村长，他们是农村父权制的代表，本来存在“官”与“民”的强弱对立，但在面对女性时，他们以不用联手的合力造成了福亮母亲的惨死，导致幼年福亮无父无母的第一重苦难。二伯和来顺都是工头，他们看中了福亮的力气，同是农民阶级的他们却在打工时变成剥削福亮的人，以各种理由克扣福亮工资，导致成年福亮陷入在贫困中挣扎的第

① 阿宁：《米粒儿的城市》，河北教育出版社2006年版，第53页。

二重苦难。阿宁将冷静克制的语调贯彻始终，福亮像一头无声的困兽，在自己的笼子里奔走。在双重苦难中，阿宁向读者呈现了最底层农民可能的生存处境：农村生活屈辱、艰辛、无望，外出打工也是饱受欺侮、尊严受挫，这苦难中同样包裹着城乡差距等“底层文学”的共同主题。这样的福亮太苦了，读者读起来也太苦了，阿宁基于对作品中人物的怜悯，也是基于对读者的怜悯，在福亮的苦难叙述中安排了两个充满母性的女性形象，调适读者与作品中人物的距离，用女性的温暖缓解男性世界的冷酷、打工世界的艰辛。红菱是福亮在村里的媳妇，她不嫌弃福亮的孤贫，用温暖的接纳给了福亮一个家。福亮成了倒插门女婿，处处得到红菱的维护。月饼是福亮在工地的情人，她给工地做饭，因为可怜又喜欢苦拼的福亮，用食物和工地宿舍给了福亮暂时的港湾。然而两个女性构筑的温暖最终无法抵御命运的冰冷，并且我们认为，阿宁在福亮的奋斗与追求、生存的困难与命运的尴尬中，不仅仅要呈现底层的苦难，更要通过冷静克制的语调，让读者在阅读的憋闷中，与他一道发出更深的叩问：福亮为什么不反抗？谁能拯救福亮这样的底层农民？

读者之所以能发出这种叩问，是因为阿宁在表现福亮的苦难时，虽然涉及城乡差距，如福亮给城里人装修厕所时，看到能洗屁股的豪华马桶的惊叹，但并没有将城乡的对立作为福亮苦难的根源。造成福亮屈辱人生境遇的并不是那些城里的有钱人，孙元、二伯、来顺，这些欺侮他的，本是和他一样同属农民阶级的劳动人民，但他们借着改革开放富起来以后，却转而以穷人乍富的姿态欺侮福亮。而福亮呢？“他的幸福生活是农家式的，阳光正在滋养着他的幸福。孩子的顽皮、妻子的呵斥，他自己坐在院子里看着这一切，嘴里品着自家种植的旱烟的滋味，这就是最幸福的时刻。”①为了过上这小农式的幸福生活，他以吃亏是福的心态隐忍着。所以，造成福亮不幸的不是城乡对立，不是阶级对立，而是来自阶级内部的等级观念。没有对立往往也就不能激发反抗意识，阿宁在《灾星》中逼真地呈现底层的苦难，他也渴望发出自己对底层的一种表达：那些被中国革命瓦解的等级观念，又成为支配农民的重要阶级意识，并可能成为造成新世纪农民不

① 阿宁：《米粒儿的城市》，河北教育出版社 2006 年版，第 106 页。

幸的重要原因。读者阅读时难免会生发出“哀其不幸、怒其不争”的感叹，同时，也能看到能拯救福亮们的只有福亮们自己，他们最大的苦难是源自自身的隐忍、懦弱和愚昧——隐忍、懦弱带来的是生活的苦楚，愚昧导致的则是生命的毁灭。

阿宁没有犹豫，将《灾星》苦难的残忍贯穿到底，他抓住了“非典”这一特殊语境，演绎愚昧带来的毁灭。2003 年“非典”疫情过后，阿宁张北的朋友给他讲起，老家一个外出打工的农民，“非典”时感染肺炎发烧，因听信谣言不懂科学，不敢去治疗而导致死亡。阿宁听完深受震动，新世纪农民的愚昧让他陷入沉思，这个事件让他再一次进入对弱者世界的构思。所以，与福亮的懦弱、隐忍并行的，更有触动了阿宁的新世纪农民的愚昧。小说借“非典”语境做足了气氛，福亮装修过厕所的小区被铁丝网围起来了，民工们传言里面的人得了怪病，福亮在恐慌中竟然发烧了，照顾福亮的月饼也发烧了，后爹杨守满接触福亮后也发烧了……福亮的呼吸越来越困难。读者跟县里的医生、干部一样着急，希望快点找到得了“非典”的福亮。福亮被找到了，但他还是死了，就在读者以为他死于“非典”时，结局忽然一个反转：“主治大夫一开始就怀疑不是‘非典’，因为跟福亮接触过的几个发烧病人都不是‘非典’……他们给福亮做的各种检查都支持这个结论。他们遗憾地说，这就是感冒啊，早一点治疗完全可以治好。”① 这是一个震撼人心的悲剧结局，因为读者都明白，福亮因为不懂国家政策，因为害怕就医花钱，因为害怕活着被人用大铁钩子钩住下巴送到火化场里，导致死亡的不是疾病而是愚昧。

沿着福亮的愚昧进一步来看，以悲剧为内涵的《灾星》显示的批判精神是鲁迅式的。笔者曾写过一篇拙文《阿宁作品〈灾星〉中的批判精神》，做过一些简要分析。首先，鲁迅塑造过一系列被愚昧毁灭的人物形象。《祝福》中愚昧的祥林嫂听信柳妈的话，用捐门槛拯救自我，四嫂的一声呵斥惊断了祥林嫂的愚梦，最终毁灭；《药》中愚昧的华老栓，将儿子生命的希望寄托在人血馒头上，最终花费多年积蓄买来蘸满革命者鲜血的馒头，却无法挽救儿子的性命，也无法解除他自己精神世界里的痛苦；《明天》里的

① 阿宁：《米粒儿的城市》，河北教育出版社 2006 年版，第 107 页。

单四嫂子愚昧地用仙药来挽救儿子的性命，最终失去了自己唯一的精神寄托与支柱。鲁迅最热烈、最深沉、最诚挚的感情，始终是倾注在农民群众身上的，他用渗出血泪的目光焦灼地注视着他们。阿宁在《灾星》中，同样把心中最深沉的情感赋予了福亮这个人物，像鲁迅一样哀其不幸、怒其不争。其次，作品表现出对他人痛苦无视和漠然的批判。鲁迅先生对国民的这一精神劣根性有相当清醒的认识，当然也进行了无情的批判。鲁迅写了众多的看客：《药》里聚在华家茶馆的一干人等，既是将夏瑜的牺牲当作谈资的看客，也是华家痛苦悲伤的看客；《祝福》里的祥林嫂，周围的人对她的痛苦都是漠然的，没有同情，他们去听祥林嫂讲述“阿毛被狼吃了”的故事，不是出于同情，而是猎奇心理，一旦听腻了就会厌恶、嘲笑祥林嫂；《孔乙己》中酒店里的酒客一次次嘲笑孔乙己，揭开他的屈辱与难堪。鲁迅在《娜拉走后怎样》中对这种精神疾病给予了讽刺式批判：“群众，——尤其是中国的，——永远是戏剧的看客。牺牲上场，如果显得慷慨，他们就看了悲壮剧；如果显得觳觫，他们就看了滑稽剧。北京的羊肉铺前常有几个人张着嘴看剥羊，仿佛颇愉快，人的牺牲能给与他们的益处，也不过如此。”① 时间过了近百年，当我们读完《灾星》，心中不免悲凉，因为依然有一些人在他人悲惨的人生路上充当看客，对他人的痛苦不闻不问，更可恨者就是雪上加霜，落井下石。福亮发烧以为自己得了“非典”时，在他从“非典”走向死亡的这条路上，周围的人大多都是看客：“工棚里的工友走了大半……有人感觉到他在发烧，悄悄搬到了别的屋子。后来其他的人也搬走了。他们走的时候没跟他说话，好像怕惊动了他似的。”② 村长孙元，面对虚弱的、不断咳嗽的福亮，吝啬地连一杯茶都没沏，只是得意地炫耀自己的财富。克扣过福亮工资的来顺，面对虚弱的昏过去的福亮，虽然给福亮找了落脚的地方，但却说：“咱们在一块儿呆一场，我不害你，你也不要害我。我给你把吃的喝的都预备好……要是有人发现了你，你不要说认识我，就说你是自己走到这儿的。”③ 足以看出这些人对福亮的痛苦

---

① 鲁迅：《鲁迅全集》（第一卷），人民文学出版社 2005 年版，第 170 页。
② 阿宁：《米粒儿的城市》，河北教育出版社 2006 年版，第 64 页。
③ 阿宁：《米粒儿的城市》，河北教育出版社 2006 年版，第 105 页。

与不幸都是漠然无视的。最后，对恃强凌弱者、摧残弱者行径的批判，鲁迅先生在他的《杂忆》中曾说：“我觉得中国人所蕴蓄的怨愤已经够多了，自然是受强者的蹂躏所致的。但他们却不很向强者反抗，而反在弱者身上发泄。”① 关于精神的这一疾病，鲁迅先生称之为卑怯的奴性。仅以阿Q为例足以见全体：阿Q遭到假洋鬼子的棒喝丝毫不敢反抗，但转而就对比自己弱小的小尼姑，极尽侮辱之能事。阿宁在《灾星》中对这一精神痼疾再次进行了书写与批判。福亮跟着包工头二伯，为了把工钱拿到手，拼命地干活，而他的工友们面对克扣工资的二伯敢怒不敢言，却转而在福亮睡觉时拿土坷垃砸他，吃饭时往他碗里扬沙子；福亮的后爹杨守满，“是个最没出息的人……他不仅怕孙元，连跟孙元走得近的都怕。孙元给他个好脸色，他就一副感激不尽的样子”②。在村长孙元面前唯唯诺诺的杨守满，回到家里对待自己善良弱小的妻子，却是粗暴的，非打即骂。鲁迅先生对于这种恃强凌弱者，是极其痛恨与憎恶的，他在《我之节烈观》中曾说：“要除去于人生毫无意义的苦痛。要除去制造并赏玩别人苦痛的昏迷和强暴。”③ 所以，鲁迅先生描写批判这类人的嘴脸时丝毫不留情面。同样，阿宁在《灾星》中尽情揭露了恃强凌弱者的恶劣人性，从言语到行为都进行了完整的刻画。我们在阿宁的刻画中感受到的是恃强凌弱者的可恶可恨，感受到的是阿宁对这类人的否定与批判。

通过以上分析，我们发现《米粒儿的城市》《灾星》两部中篇，都带有一点鲁迅的痕迹，这也许更能说明阿宁现实主义的精神指向。这两部中篇，用悲剧尽情宣泄着“底层”的苦难与忧伤。与此相反，《泪为谁而流》《恨铁头》则更偏于喜剧氛围表现“底层”的苦恼与欢乐。

《泪为谁流》写的同样是农村底层小人物。在改革开放的大潮中，人们都在探索发家致富路，农村妇女杨桂花的致富路出人意料——哭丧。哭丧其实是儒家的礼仪之一，出自周礼，是中国乃至东亚儒家文化圈丧葬习俗的一大特色，以哭的形式寄托对亲人去世的哀思，以唱的形式纪念长辈的

① 王富仁：《中国反封建思想革命的一面镜子：〈呐喊〉、〈彷徨〉综论》，北京师范大学出版社2000年版，第24页。

② 阿宁：《米粒儿的城市》，河北教育出版社2006年版，第95页。

③ 鲁迅：《鲁迅全集》（第一卷），人民文学出版社2005年版，第130页。

生平事迹。阿宁将哭丧仪式巧妙地嵌入市场经济的大潮中，以泪为谁而流的追问，写出了一场情感与商业的角逐大戏，同时在这场仪式中插入了农村的人情百态。

杨桂花最初的哭泣是与情感相连的。六七岁时哥哥抢了她的吃的，“她一边哭一边说着她娘这些年给她的委屈”①；初中时邻桌的男孩偷了她的语文作业本，“一生所有的悲哀、伤心之事，都排着队纷至沓来”②；背着麦秸在心上人面前摔倒时，“所有这些年所受的艰辛、感伤，一齐涌上心头”③；因为第一个孩子听力不好去跟村长要二胎指标时，“弄了个孩子还是聋子，你说，我们家以后日子可怎么过呀”④。

透过阿宁的语言描述，读者可以发现这时候的杨桂花是因情而起，为情而哭。而在村民的眼中，此时的杨桂花是一个有些呆滞、有些蠢笨的女人，人们对她丝毫不以为意，甚至是小看她一眼。

杨桂花哭泣性质的转折，阿宁写得颇为戏剧化。因为二胎准生证的事，村长故意疏远杨桂花，杨桂花转而接近村长的老娘，把老太太哄得挺高兴，村长态度有所转变。忽然老太太死了，杨桂花放声大哭。“她从心里感激这个老太太，她的悲痛是真诚的，老太太的死还使她有种不安全感，怕失去了以前的依靠。”⑤ 这一声哭可谓情与利参半。但她这一声哭，引起了村长的注意，村长担心老娘的葬礼办得不够隆重，于是认杨桂花做干妹妹，拉动葬礼的气氛。杨桂花不负村长所托，出殡时哭得撕心裂肺，带动周围人个个奋勇、人人争先。村长家的丧事变成了杨桂花的广告，杨桂花成了哭丧的标准。这场哭，也奠定了杨桂花与村长家的关系，奠定了杨桂花在村里的位置，村民对杨桂花刮目相看了。

成了哭丧标准的杨桂花，也成了村里最早懂得市场经济的人，给东西少了她就不愿意。随着村里王大户老娘的死，哭丧的报酬从送东西变成了送钱，杨桂花的哭泣彻底改变了性质，从此变成为钱而哭，为利而哭，一

① 阿宁：《米粒儿的城市》，河北教育出版社 2006 年版，第 109 页。
② 阿宁：《米粒儿的城市》，河北教育出版社 2006 年版，第 109 页。
③ 阿宁：《米粒儿的城市》，河北教育出版社 2006 年版，第 110 页。
④ 阿宁：《米粒儿的城市》，河北教育出版社 2006 年版，第 114 页。
⑤ 阿宁：《米粒儿的城市》，河北教育出版社 2006 年版，第 116 页。

发不可收拾。杨桂花成了哭丧的品牌效应，她哭得质量越来越差，反而价码越来越高，杨桂花的哭泣被市场化了。赚了钱的杨桂花，买电视买冰箱盖新房，变得趾高气扬。村民们对杨桂花的态度，由惊诧变为嫉妒再变为嘲笑，眼气杨桂花的村民能接受所有人致富，但不能接受杨桂花，因为在他们看来，哭算什么技术，根本不能算劳动致富。

被市场化了的杨桂花，要遵循市场的规则。儿媳妇加入哭丧行列，抢了杨桂花的市场，而乡领导把哭丧作为特色产业发展，随着新风俗丧葬公司的成立，那些曾经嘲笑杨桂花哭丧致富的村民，纷纷加入哭丧的队伍，年老无力、哭泣质量下降的杨桂花被挤出了市场。无可奈何的杨桂花改做挂面，她变成了一个靠劳动致富的人，但换来的却是村民们的避之不及、假意的阿谀、施舍的目光。杨桂花捏着手里脏乎乎的钱，感到被施舍的低贱，发出了尖利的哭声，这是一次纯粹的哭，不为任何理由，只为自己。小说的最后，杨桂花的老娘过世，与村长老娘的过世形成对比，彼时的杨桂花哭得撕心裂肺，此时的杨桂花却没有流一滴泪，原来真心的悲伤有时根本没有眼泪。

《泪为谁流》读来并不沉重，杨桂花的每一次哭泣，尤其是乡领导把哭丧作为特色产业加以扶持的做法，令读者啼笑皆非，使得哭丧仪式充满了滑稽感与荒诞感。在这种滑稽与荒诞中，小说中的底层百姓没有非善即恶的人性的卑污，最多是一些小富即安的猖狂、一些心理失衡嫉妒的流言蜚语。阿宁的语言带着调侃与夸张，表现了小农的喜怒哀乐，较明显地讽刺了底层农民的小农意识。就更深的层次来说，作品的意指更为严肃，启人思考。在这场情感与市场角逐的大戏中，当市场将情感利益化，市场经济瓦解、摧毁了真情实感，在情感的替代性、虚假性表达中，儒家的哭丧传统彻底丧失了仪式的孝道伦理，这是致富的合理途径吗？阿宁为读者留下了耐人寻味的思考空间。

与《泪为谁流》情感的市场化相反，《恨铁头》写的则是在市场经济中不为钱只为情的人。《恨铁头》发表于 2009 年，按时间来看当时“底层文学”的大潮已经褪去，但这个作品的创作时间其实很早，处在“底层文学”的主潮中。阿宁当时住在保定的小北门，小北门桥头的街边有一个理发的老头，一把椅子一把推子，理发一直只收一元钱。阿宁觉得收一元钱就像赔本赚吆喝，有时出于好奇便跟老头聊会儿天。老头告诉阿宁他原来在厂里学雷锋，学会了理发的手艺，现在退休无事可做，在街边理发不为赚钱，就图个乐子。赶上老头活儿不忙时，他就跟阿宁念叨自己厂里上班的情景、家里的琐碎杂事，阿宁听完很受感动，就想给他写一部小说。作品完成后，几经改稿，阿宁自己总是不大满意，按阿宁自己的说法，终究是对这种生活不熟悉。阿宁创作过程中遇到的问题，就“底层文学”创作来说，也不是个别现象，“‘底层文学’兴起以后，招致的非议之一即写作者的身份尴尬：远离或者从未有过当下底层生活经验（‘起于书斋止于书斋的不在场’）的作者能否仅凭道听途说、一腔热血就去为当下的‘底层’‘代言’”[①]？也许正是因为“代言”的隔离，阿宁这部小说虽是以工人为对象的“底层文学”，但它有“底层”无“生活”，主要写了一种性格，对人物的生活画面展现很少。主人公李铁头是一个很“倔”很“执拗”的人，做事有自己的原则、自己的道理，他将人情放在第一位，绝不因外部影响轻易改变自己的原则。当李铁头进入发廊一条街，他的人情伦理和市场经济原则发生了矛盾，别人为了钱，他为了情。

几个发廊的人联合到一起，让李铁头提价，发廊里的人说：“你也不能少得太离谱呀！”李铁头说：“不是我离谱，是你们定得高，理一个头发要十多块钱，工人上一个月班儿才挣多少？你们这么要，老百姓还能理得起发不？”发廊里的人说：“铁头，那是过去，现在市场经济了，谁挣得多谁是好样儿的。”李铁头说：“市场经济也不能光钻到钱眼儿里，你们要多少我不管，我不那么要。”[②]

秉持自己原则的李铁头，成了一个“卓然独立”的人。小说在人情伦理与市场经济契约伦理之间，安排了李铁头与其“对头”的多回合较量，最终李铁头的人性感动了周围所有人，意味着人情伦理战胜了市场经济原则。

《恨铁头》读起来充满“好人大获全胜”的快意，但这种快意不能掩盖小说在艺术上的漏洞。小说除去第一章介绍了李铁头的一些工人生活背景，

---

① 邵燕君：《新世纪第一个十年小说研究》，北京大学出版社 2016 年版，第 142 页。
② 阿宁：《恨铁头》，《时代文学》2009 年第 1 期。

后面几乎没有他日常生活的描写，因为没有生活、没有细节作为支撑，所以除去工人出身的身份逻辑，整个人物缺乏性格形成的内在逻辑，造成作品性格够典型但环境不够典型的艺术弊端，所以作品读来很感动，但缺乏逻辑的可信度。同时，小说以人情伦理与市场经济原则为矛盾塑造人物时，对两者关系的处理也存在瑕疵。

学者孙春晨在《"人情"伦理与市场经济秩序》一文中指出："'人情'伦理有其局限性，它不具有公共性特征，我们必须划清'人情'伦理的适用空间和范围。实际上，'人情'伦理拥有自己存在和发展的地盘，理想的'人情'伦理所推崇的是在私人交往领域不带功利色彩而且感情上彼此关怀和帮助的行为，'人情'伦理所期望的是充满'人情'味的温馨和谐的日常交往生活。但是，在我们的现实生活中，'人情'伦理所起的作用并没有我们期待的那么美好，由于受到来自个人或特殊团体的利益的强大冲击，使得'人情'伦理的功利色彩相当浓重。在中国发展市场经济的过程中，'人情'伦理的非公共性显然不能适应市场经济对公共生活伦理秩序的要求，而且由于'人情'伦理对公共生活的排除，使得社会的公共利益受到侵害。"①

接着孙春晨援引实例论述了"人情"伦理对市场经济秩序的侵蚀。我们摘引孙春晨的文字与观点，不是说小说不可以写"人情"伦理与市场经济秩序的矛盾，而是要写出二者各自的合理性与二者之间关系的复杂性。笔者认为阿宁的《恨铁头》简化了二者之间的关系，并有忽视市场经济秩序契约伦理的合理性、褒扬"人情"伦理贬抑市场经济秩序的倾向。所以，这部发于"底层"文学落潮期的作品，带着人格理想的光辉，但艺术上还不完美。

"底层文学"作为"新写实小说"落潮后文坛再度兴起的重要思潮，在其兴起的几年间，作品遍地开花。阿宁的几部作品放在其中，算不上最优秀的，但他结合自己曾经的农村生活经验，以及漫步在保定街头看到的人情百态，努力发出自己的文学声音。这声音中有他一以贯之的对弱势人群的关注，所以，在"底层文学"退潮后，阿宁仍然努力书写小人物的喜怒哀乐。

---

① 孙春晨：《"人情"伦理与市场经济秩序》，《道德与文明》1999 年第 1 期。

第二节　官场题材的延续

《天平谣》《无根令》等作品的发表，打开了阿宁的知名度，官场也成为他持续关注的题材领域，省人大代表的身份，也让他有了更深的认知。进入新世纪，阿宁创作了《爱情病》和《能耐》两部带有官场色彩的长篇小说。

《爱情病》源于阿宁听到的一个婚外恋故事。阿宁在东北的一个朋友，给他讲某领导婚外恋，着了第三者的道儿，女人开始对领导无欲无求，后来却欲壑难填，两人从最初山盟海誓到最终撕破脸皮，在女人肆无忌惮的大闹和毫无节制的要挟之下，该领导被逼得杀了女人后自杀。这个领导为官从政时本很清廉，最终这样的结局，让阿宁听完颇为感慨和惋惜，于是挥笔写下《爱情病》。小说中的平坝县委书记赵亚雄，这个在《无根令》中曾经出现的配角人物，成为这部长篇的主人公之一。小说围绕赵亚雄，一方面写了他突然遭遇漂亮的女下属徐竹心的爱情袭击。一直在爱情方面有遗憾和饥渴的赵亚雄，在徐竹心温柔贴心的围攻下，陷入爱情的漩涡。与爱情同时到来的另一方面，是上级正在提拔副市长，赵亚雄和县长徐成槐都在被考察人选之列。为了得到上级的肯定，赵亚雄明争暗斗，陷入了权力的漩涡。在赵亚雄身上，阿宁既写出了性与权力的双重欲望让原本正常的人性如何慢慢脱离常规变得扭曲的过程，又写出了性与权力发生矛盾时，人遭遇的精神威胁与压力。与赵亚雄形成鲜明对比的是徐成槐。作为县长，他身染重疾无暇看病，与时间赛跑，为县里的经济发展鞠躬尽瘁，最终殉职。

《能耐》的生活之源要更早一些。1980 年代中期，阿宁下乡体验生活，认识了一个乡村老师，老师跟阿宁说起自己曾经教过的一个女生。女生家里很穷，家长不愿意让一个女孩子一直念书，想让女生早点劳动缓解家里的经济压力，女生时时面临辍学的危险。老师觉得女生很聪明，将来会有出息，开始给家长做思想工作，后来干脆自己出钱资助女生。女生很争气，考上了重点高中，后来考上了大学。拿到高考录取通知书那天，女生专门找到老师，把自己脱得赤裸裸，想以身相许报答老师，老师严厉地批评了女生的不良想法，女生羞愧难当，转身跑了，从此以后再也没有来见过老师。老师讲完后，这件事作为一个激发点埋在了阿宁心里。二十年后，当阿宁结构《能耐》时，老师和女生以霍老师和祁淑琴的形象进入小说的世界。贫穷的祁淑琴靠着霍老师的一路帮助，走进了大学，经过大学校园的历练与城市生活的淘洗，怨恨、恐惧贫穷的祁淑琴，战胜了外在物质的贫困，收获了内心世界的丰盈，最终选择回到家乡从教，与霍老师一道成为乡村教育的守护人。与祁淑琴一道成长的还有女生陈珀。祁淑琴入学第一天丢了学费，作为市委书记女儿的陈珀，拿出自己的积蓄为祁淑琴交了学费，成为祁淑琴崇拜尊敬的学姐。然而，因为父亲陈占文被“双规”，陈珀遭到了巨大的打击。没有了可以依赖的市委书记父亲，曾经过着众星捧月生活的她，被大家敬而远之，曾经唾手可得的东西，也变得遥不可及。从认为父亲是被冤枉的到不得不面对父亲真是贪污犯的事实，陈珀的精神世界经历了一次次飓风，但她就像树的眼泪历经痛苦，蜕变为美丽的琥珀一样，朝着梦想勇敢前进，经过三年奋斗考取了研究生，成长为一个独立自强的个体。

通过简单的介绍我们会发现，《爱情病》和《能耐》两部长篇小说在艺术建构方面颇有一些相似之处。这些相似之处，一方面来自阿宁艺术创造的无意识共性，它们在《天平谣》等作品中已现端倪；另一方面来自官场小说叙事的共性。我们分析这些共性时，会综合阿宁这一题材的作品做一些总结。

第一方面的共性，可以归纳为官场是舞台，人性是主角。两部作品涉及官场反腐败，但它们又不是纯官场小说。上一章解读《天平谣》时我们对林木森的人性做过较详细分析，此处重点分析《爱情病》和《能耐》。

《爱情病》里，面对被提拔为副市长的机遇，赵亚雄与徐成槐的官场斗争成为一重要线索，但这条线索因徐成槐的一心为公、无心争权，矛盾斗争没有到白热化的激烈程度。而赵亚雄与徐竹心的婚外恋却写得蜿蜒曲折，从小心翼翼地试探到如胶似漆到反目成仇，构成完整的发生、发展、高潮、结局的情节线索，中间穿插赵亚雄老婆的愚钝、后知后觉和徐竹心丈夫的无能、厚颜无耻，为婚外恋线索提供合理的事理逻辑，通过配角的旁枝末节增添婚外恋线索的刺激性。两条线索加以对比，官场显得反而平淡，婚外恋更显跌宕，好在两条线索并不是简单的并列而行，它们以赵亚雄为焦点，交织在一起，官场是婚外恋的温床。“他忽然想到，自己在平坝干了这么多年，究竟得到了什么呢？……他想到自己一生享受得太少了。”① 赵亚雄在权力即将失效时，内心出现了波动，这种波动让他把权力变成了满足自己欲望的工具。他利用手中的权力，允许徐竹心越级向他汇报工作；他利用手中的权力，破格提拔徐竹心为方志办主任。他看着徐竹心的手，想起了老婆干枯裂纹的手，而与老同学黄丽莺的见面，更唤醒了他感情的饥渴，他用爱情自我欺骗，向美色展开了攻击。徐竹心以兄妹情为借口，打开了她与赵亚雄的关系链。“她喜欢赵亚雄的风度、气质，喜欢他身上流露出的那种权威感。权力往往和男性的魅力联在一起，她几乎不知不觉中就被他吸引了。”② “无论是他们第一次产生好感，还是后来的一次次同床共枕，她都没忘记他是县委书记，他手里有权。她爱他，这是真的，但是这爱不缺少实惠。”③ 这场爱情的内核其实是一场权力与美色的交易。在这场交易里，婚外恋是官场的现形剂和毁灭剂，官场上道貌岸然、一本正经的赵亚雄，在徐竹心的怀里说着最露骨的语言，露出其下流无耻的一面。为了更大限度地满足个人的色欲，他开始收受贿赂，以权谋私。当这段感情影响前途时，他想跟徐竹心一刀两断；当贪污的事情败露时，他想让徐竹心替他承担罪责，用甜言蜜语哄骗徐竹心，他把脸贴在徐竹心的手上：“我干到这一步不容易呵。竹心，我现在真真切切地明白，我对不起你，你就原谅我吧。你应该好好地活着，只要你不死，咱们以后还有好日子。我再也不离开你了。我天天跟你在一起。只要你离婚，我就娶你。凭良心说，我是真心爱你的，我那时所以要离开你，不就是头上这顶官帽子闹的吗？没了这顶破帽子，我还怕什么。只要你肯嫁给我，我就娶你。咱们好好把下半辈子过下来。”④ 在赵亚雄涕泪横流的表白里，我们看到的是无耻，我们看到了权力与美色勾结在一起的丑陋。赵亚雄利用权力，徐竹心看上了权力，在官场名利的角逐里，阿宁毫不留情地揭露了人性的脆弱、虚伪、

---

① 阿宁：《爱情病》，群众出版社 2002 年版，第 8 页。
② 阿宁：《爱情病》，群众出版社 2002 年版，第 17 页。
③ 阿宁：《爱情病》，群众出版社 2002 年版，第 322—323 页。
④ 阿宁：《爱情病》，群众出版社 2002 年版，第 415 页。

自私、贪婪与堕落。

与《爱情病》相反，《能耐》这部长篇更多让我们看到的是人性的善良、正直、坚韧、自尊、自立以及化茧成蝶的蜕变。《能耐》安排了官场和校园两个叙事空间，阿宁巧妙地设置了陈占文与陈珀的父女关系，让官场和校园两个本来并无交集的空间交织在一起。在官场叙事中，父亲陈占文的贪腐和赵亚雄颇为相似，两个中年男人被温柔的美色所诱惑，小陶就像徐竹心一样，用表面无欲无求的温柔，编织无边的情网捕获了陈占文，他们都以为遇到了爱情，实际被看中的是他们手中的权力。两个官场叙事的不同在于，《爱情病》侧重展现贪官贪腐的过程，《能耐》侧重展现贪官被"双规"后的自我反省。总体来说，《能耐》的官场叙事也是波澜不惊，解剖陈占文的悔恨以及由悔恨带来的人性的幡然悔悟更入木三分。最后陈占文被妻子保外就医，回到老家农村办养猪场。回归家庭、回归田园的他，将"法比天大"挂在屋中，完成了贪官人性的自我蜕变。与陈占文一起完成蜕变的还有女儿陈珀。陈珀的主要活动空间在校园，这本是一个社会关系相对简单的平静空间，因为父亲被双规，她平静的校园生活波澜横生——男朋友分手、导师变卦、同学疏远与议论……陈珀失去了靠山，只有贫穷的祁淑琴坚定地和她站在一道。陈珀在父亲被"双规"的阴影中焦虑、彷徨、消沉，最终以韧性和勇敢，战胜了生活的磨难，同时祁淑琴最终也战胜了对贫穷的恐惧，两个女生一直保持着正直的人性之美。

所以，《爱情病》和《能耐》两部作品都有官场色彩，但不同于一般的反腐倡廉官场小说，阿宁还是把重心放在更普遍的人性上——它突破底线时可能脆弱得不堪一击，它自我蜕变时可能坚韧得坚不可摧，两部作品向我们呈现了这样两种可能性。同时，阿宁通过对两部作品人性的描写，表达出欲望和目标之间的区别，吃苦耐劳终究是通向目标的正确途径，投机取巧是满足欲望走向毁灭的绝境。

第二个共性，是贪官或反面人物的成长模式，我们先摘引几段原文。

"他回过身来看了看，天平市在他眼中一片迷离。他二十二岁当公社民政助理，三十四岁当公社书记，四十岁当副县长，四十三岁当县长，直到四十八岁当了市委书记，一直没有离开过天平市。他是在天平市一步步干上来的。他想，我怎么会走到这一步。就是将来放出来，我还能在天平市呆着吗？”①

“他坐在长椅上回顾自己的一生，从在农村上学，到被保送上农机学校，从在交通局写材料，到调入市委宣传部。每一步都不容易……他在市委宣传部从当干事，到当科长，每一步都是自己熬出来的，他顶着巨大压力离开了那位农村姑娘，娶了个并不漂亮的城市老婆……从县长到县委书记，他是干出来的。他为这个县付出了心血……他不是个无情无义的人，每一步都要付出良心的代价，难道就这么轻易地栽了吗？”②

“陈占文十四岁当生产队会计，十五岁当生产队长，十八岁入党，二十岁当大队党支部书记……二十四岁陈占文分到团市委当干事，半年后市委组织部焦部长看中了他……焦部长让他到苍岩县，当县委副书记兼一个乡的党委书记……他从县委副书记兼乡党委书记到专职副书记，又到县长，一共用了五年时间，接着他在青满县当了七年书记又调到阳平市担任市委副书记。他是从副书记、市长、市委书记一步步提上来的，他熬到这一步不容易，难道他真要栽了吗？”③

第一段选文出自《天平谣》中对李洪的描写，第二段选文是《爱情病》中对赵亚雄的描写，第三段选文是《能耐》中对陈占文的描写。三段文字行文的共性主要表现在三个方面。

第一个共性，阿宁总是在力图展现人物变质的过程。不少腐败分子不是一开始就是坏人，他们往往是因为不能正确面对以往的功绩，被成绩冲昏了头脑，迷失了方向。阿宁没有抹杀他们以往的功绩，这样既让人物形象的塑造具有可信性，又增添了人性描写的复杂性。

第二个共性，阿宁塑造了贪腐分子或者反面人物形象的一些共性。这些共性可以大致归纳为：农村出身（往往家境贫寒，艰苦的成长环境造就强悍的性格），出人头地的强烈愿望（从农村走向城市），与城市姑娘草草结婚（带有功利性的婚姻，不幸的婚姻成为婚外恋的导火索，婚外恋成为贪腐的诱因之一）。出身、性格、婚姻的这些设定对人性的呈现起到了重要

① 阿宁：《天平谣》，花山文艺出版社 2000 年版，第 359—360 页。
② 阿宁：《爱情病》，群众出版社 2002 年版，第 410 页。
③ 阿宁：《能耐》，河北教育出版社 2008 年版，第 36—38 页。

作用，但它们对作家个体创作来说，往往造成叙事的单一性与同质化，所以细心的读者在阅读时，难免会有似曾相识的雷同感。好在两部长篇小说不是纯官场小说，《爱情病》中畸形恋爱心理的描写、《能耐》中蜕变心理的描写，让两部作品获得了很大的艺术张力，但这种叙事的同质化足以表明，作家在这一题材领域的艺术表现力已达到饱和的状态，恐再难创新。阿宁可能意识到了这一点，《能耐》之后没有再创作类似的作品。

第三个共性，源自官场小说的一种叙事模式，即三级权力模式。

王之成在《当代官场反腐小说叙事模式研究》中认为当代官场小说中描写的权力斗争、贪污腐败、钱权交易等现象，往往围绕在三级行政级别中，在长篇小说中通常是县—市—省三级，在一些中短篇反腐小说中则是乡镇—县—市三级，即作者在展开叙述时总会围绕一个中心，并借以辐射其他两个行政单位，从而形成一个稳定的三级权力关系网。2018 年，笔者的学生徐媛完成本科毕业论文《论阿宁官场小说的叙事模式》，其论文第一部分专门分析了阿宁的三级权力关系模式。

徐媛先以《天平谣》为文本基础分析了初级—中级—高级这种三级权力模式。她认为阿宁在《天平谣》中以刘玉彬为主体的检察院形成权力的初级，这一级的权力单位在反腐小说中往往级别最低，在办案过程中处处受到压制。以反对者李洪为中心的市委书记形成了权力的中级，由于权力级别高于主体权力级别，因而在治理腐败的过程中设下重重障碍，千般阻挠，使得反腐败的进程时常陷入僵局。而打破僵局则需更高级别的权力介入，这时容易市便以高级权力级别的身份出现主持大局，最终案件告破，反腐败取得胜利。这就形成了检察院—天平市市委—容易市市委三级权力网，这一权力模式以权力互相较量为开始，以反腐败的胜利为结局。

接着徐媛以《爱情病》为文本基础分析了领导—被领导—统筹的三级权力模式。这种模式主要体现在官员权力日常化主题中，原来的三级权力关系由权力机关转向了权力个人，文本故事也由腐败与反腐败的较量转为重点描写官员的宦海沉浮，所以这一权力模式往往具体到人，呈现出三类人：一是坚持党性原则的人，二是为追逐权力、金钱、美色而不择手段的人，三是纪检人员以及省领导。作家通过构建一个个人权力关系网来展现这一复杂的变化，这一关系网总体呈现出领导—被领导—统筹三级权力关系。处于领导地位的官员与被领导地位的官员之间往往存在权力纠葛，面对权力的诱惑，处于领导地位的官员处处破坏和施压，丧失底线，抛弃党性原则，腐化在权力的迷雾中；处于被领导地位的官员在痛苦挣扎中坚定信念、坚守立场，拒绝被腐化；处于比他们更高领导地位的人，掌握着话语的决定权，作为统筹方调和领导与被领导之间的关系。阿宁的《爱情病》和《天平谣》对比起来，没有初级—中级—高级的三级模式。赵亚雄和徐成槐同属于县级官员，但文本通过书记与县长、提拔与被提拔，拆分出他们之间的权力差别。赵亚雄作为县委书记是平坝县的一把手，徐成槐作为县长是二把手，加之徐成槐是赵亚雄提拔的，所以徐成槐经常感念赵亚雄的提携之恩，对赵亚雄的尊重已然成为习惯。这样他们在实质上已然形成了领导与被领导的关系，并无形之中达成了政治上的平衡。而一次权力晋升的机会打破了平坝县一贯的政治平衡，赵亚雄对这次提升副市长可谓是破釜沉舟、拼死一搏，他丧失党性原则通过市委孙副部长向上跑官，晋升无望后，又敲打暗示孙副主任、曹副县长等人搞砸组织考察。同时，他大搞政治阴谋，处处施压，阻止徐成槐当上副市长。而徐成槐面对权力时始终坚持党性原则，克己守法，对官场中的权力规则敬而远之。小说中考察两者的省委组织部起到最终的决定作用，算是统筹角色。作为统筹角色，它开始可能处于被蒙蔽的状态，但最终能够拨云见日，发现谁才是真正为百姓服务的一方。小说的最后赵亚雄被市纪委带走审查，徐成槐死于工作岗位，作为统筹角色的市委组织部选定另一个县的县长作为新补副市长。小说的结局其实是两败俱伤，在这一叙事模式中，权力话语并不是传统认知中正与邪、善与恶、好与坏、英雄与反英雄的二元对立叙事，善与恶已不能构成权力叙事的主要内容，官员面对权力规则的态度以及官员对权力规则的超越才是权力叙事所真正关注的焦点。我们在前文的分析中已经多次提到阿宁在反面人物的塑造上，没有非黑即白的二元对立，很难用善恶的某一方面定位反面人物，他更善于书写的是面对权力诱惑时的抉择，以及在抉择中的人物分化，由此拷问被权力扭曲的人性。

阿宁的几部官场小说从情节架构上来看延续了官场小说的权力叙事模式，但从权力斗争的深层来看，其三级权力关系网的内部表现是存在差异的。中篇小说《无根令》由乡镇—县—市构成初级—中级—高级的三级权力状态，但它的权力关系与《天平谣》不同，以贡天华为代表的村级势力构成初级权力，以李智为代表的县级领导构成中级，以地委书记为代表的市级领导构成高级权力。《天平谣》是以初级为核心辐射中级和高级，反腐败的刘玉彬处于初级权力层，高级通过制约中级、间接辅助初级权力的正常运行。但《无根令》中则是以中级为核心辐射初级和高级。作为正面人物的李智，不在初级权力层而在中级权力层，他处在中间同时遭受初级权力的威胁和高级权力的压制，没有像刘玉彬一样有高级权力作为支撑，于是，我们会发现《无根令》的结局没有《天平谣》那般明朗。同是三级权力模式，两个文本结局的差异，也许正是阿宁要引发读者思考的地方：权力的正常运行要完全依靠更高级权力的支撑？如果失去更高级权力的支撑，权力该如何制约与运行？如果有高级权力施压，官员又该如何坚守党性原则？甚至官员能否坚守住党性原则？阿宁透过作品引发了这些思考，但他并没有给出明确的答案，他还是把希望寄托于官员自身的克己守法、清廉自持，希望他们坚守儒家传统的修身精神，坚持党性原则，而没有真正从制度层面考虑如何约束权力。但从阿宁官场叙事话语的走向来看，总体还是“大团圆”的结局，正义最终能够战胜邪恶，清官最终能够挫败贪官，通过反腐的手段实现倡廉的目的。阿宁的文本在话语体系中树立起官方意识形态在读者心中的伟岸形象。这既彰显了作家的政治理想和期望，也通过文学达到了官方意识形态教化民众的效果，增强了民众对政府的信任。总之，在权力机关和权力个人两种权力模式中，虽然内在关系的表现不尽相同，但最终殊途同归，都表现出阿宁对官场天朗气清的美好愿景以及对权力笼罩下人物的生存状态和精神微变的关注。

通过以上三个方面，我们总结了阿宁官场题材小说在艺术建构方面的共性。我们想说明的是，这些共性往往是官场题材修辞表达的需要。我们无意借此抹杀阿宁官场题材小说的艺术创造，除去我们前文提及的人性刻画与表达的出色，阿宁在《能耐》中塑造了陈珀和祁淑琴两个光彩照人的女性形象，她们坚韧、独立、自强的人格特征，对作家阿宁来说，是对他自己以往女性形象的突破，甚至和他之后塑造的女性形象对比，也是独特的一类，值得之后进一步分析。

第三节 城市题材的尝试

“我这个最不会写城市的人，有了表现城市的冲动”①，这是作者阿宁在小说《城市季节》最后一章的标题，虽然我们不能把作为叙述者的作者和现实的作者等同起来，但叙述者可以帮我们观望作者的创作冲动。阿宁担任省人大代表期间，得以接触各界优秀人士，视野的开阔让他有了书写城市的欲望，于是有了小说《城市季节》。在《城市季节》前，阿宁的作品也有城市生活的描写，如《米粒儿的城市》中进城打工的米粒儿感受到的城市生活；《能耐》中的陈珀本身就是城市姑娘，祁淑琴进城读书通过打工侧面感受到城市生活；《恨铁头》中的李铁头，是城市的产业退休工人。但是这些作品中的城市生活往往只是人物生活的背景，不构成影响人物命运的典型环境，也难以构成叙事的主体。与这些作品相比，《城市季节》中的人物是土生土长的城市人，他们的命运跟随城市生活的变迁而起伏。可以说，这是阿宁第一次将创作的重心完全放在城市，是他文学创作的自我突破与创新。

阿宁曾经说，他写过工、商、学、官等各色题材和人物，他不断思考如何将这些元素融合在一起。到了《城市季节》，阿宁的思考有了落脚点。小说以城市家庭丛家为描写对象，以作为本市纺织一厂第一副厂长的父亲的死拉开大幕——父亲的死因对小说来说具有故事时间意义。纺织厂办三产，父亲动员车间主任赖玉宽担任三产开发公司的经理，赖玉宽不满父亲的调整对父亲破口大骂，本有旧疾的父亲气火攻心，吐血而亡。国营企业办三产，时间大约在 1977 年至 1984 年期间，这是故事的时间起点。伴随着父亲的死，失去依靠的丛林、丛森、丛红三兄妹开始了个体成长的过程。我们再看故事时间的终点，小说故事结束于丛林担任厂长大刀阔斧地对纺织厂进行改革。与现实时间相对照，1999 年 9 月，中共中央召开十五届四中全会，专门研究国有企业的改革和发展问题，加之第一章中“十几年前没有下岗这一说”的文本预叙表达，可以看出小说故事时间大约结束于

① 阿宁：《城市季节》，花山文艺出版社 2002 年版，第 330 页。

1990 年代末期。在这近 20 年的时间里，中国社会发生了翻天覆地的变化，伴随着改革开放，中国经济体制从计划经济转变成社会主义市场经济，经济取得了飞速发展，人民生活水平显著提高。《城市季节》中丛林、丛森、丛红三兄妹的故事，跨越了近 20 年的时间，阿宁将他们的个体命运与市场经济的转型发展、国有企业改革等时代因素结合在一起，不仅书写了他们从青春期到成年期的生理成长，更书写了他们在物质世界的浮浮沉沉，以及心理世界的磕磕绊绊的成长历程。作品在个体命运与时代大潮的相互纠缠中，依然呈现出阿宁真诚的现实主义文风。就叙事技巧而言，阿宁再次尝试运用多重视角进行叙事，并在自我突破中取得了不错的成效。

“视角是作品中对故事内容进行观察和讲述的角度，根据叙述者观察故事中情境的立场和聚焦点而区分。传统的叙事视角研究一般根据叙述人称来划分：第一人称叙述是叙述者作为故事中人物从内在角度讲故事的叙述方式，第三人称是叙述者以旁观者的口吻从外部讲故事的叙述方式……法国学者热奈特则用‘聚焦’这个概念来分析不同的叙述视角。他将聚焦分为‘零聚焦’‘内聚焦’和‘外聚焦’三种类型。”①

同一个故事，叙述视角不同，其叙事效果大相径庭，当叙述者采用几个不同人物的眼光来反复观察同一件事，也就是说多个人物分别站在自己的视角来叙述故事，使同一故事得到多次不同的呈现，这就形成了叙事学中的多重视角。

阿宁在小说《能耐》中第一次尝试运用多视角叙事，小说每一章以人物命名，如第一章，祁淑琴：村里人说，谁家要是考上个大学生，等于受了四年灾；第二章，倪瑞峰：我不喜欢你，已经告诉你了，你天天缠着我也没用；第四章，陈占文：总觉得省委这个会议有点儿奇怪，事先没有任何消息；第五章，陈珀：我要帮我爸爸，要给他申冤。《能耐》一共三十九章，都以这种方式命名，在我们看来，这种命名隐约表现出阿宁在多重叙事技巧上的努力，每一章的叙事重心不同，不同章节之间相互呼应，构成故事整体。但《能耐》就人称来说，采用的依然是第三人称叙事视角，还存在叙述者声音掌握作品中人物声音的现象，并且不同章节、不同人物之

① 童庆炳主编：《文学理论教程》（第 5 版），高等教育出版社 2015 年版，第 272 页。

间的故事连接还不够紧密，难以形成对同一事件的重复叙述。这些不足，到了小说《城市季节》，得到弥补与改观。

《城市季节》在命名方式上与《能耐》如出一辙，如第一章，丛林：如果没有刘玛丽，广播室是个枯燥的地方；第二章，丛森：我迟疑地走到跟前，见她脱得赤条条地躺在那里；第六章，丛红：我告诉他，一切都是我自愿的；第九章，作者：他说，你以为丛老板只是企业家吗？错了；第十七章，母亲：如果时光倒流，让我重新选择，我仍然会选择丛治励。全书一共十九章，我们列出的几章题目，涵盖了小说所有的叙事视角。

《城市季节》虽然在命名方式上与《能耐》极其相似，但就叙事视角而言，它真正实现了多重叙事视角；从人称而言，小说每一章以第一人称为视角，从聚焦而言，属于内聚焦，每个人物都存在视角的限制，只能叙述自己知道的事情。小说围绕亲情、爱情、事业等方面，让每个人物都站在“我”自己的角度来观察、讲述故事中其他人的言行举止以及抒发自身内心的感想。这种多重视角主要运用在兄妹三人的青春叙事中。

小说第一章、第三章、第五章、第十二章、第十四章、第十六章、第十八章，以丛林的第一人称内聚焦进行叙事。其中第一章、第三章、第五章构成丛林的青春单元。丛林首先经历了亲情的变故，父亲的死亡，让他痛苦而倦怠，第一次对死亡产生了恐惧和寒意，也因错过父亲的临终时刻而心怀内疚。父亲死后，丛林目睹了母亲的伤痛与家庭的窘境，他可怜母亲但又嫌恶母亲，因为在丛林眼中，母亲的情感永远偏向弟弟。在丛林看来，弟弟粗野、暴躁、没有痛苦、不会思考，过着浑浑噩噩的日子，还莫名其妙地爱上了长得并不漂亮的女生小耗子。然而当弟弟拿凿子捅人出事后，丛林依然陪着母亲到处给人赔礼道歉；当弟弟出狱被骗，到处欠债，母亲替弟弟还债陷入绝境时，丛林拿出自己最后的二百块钱给了母亲。其次，丛林经历了爱情的风暴。高中毕业进入厂广播室的丛林，被性感的同事刘玛丽吸引。刘玛丽是一个刚生完孩子的少妇，母性的奶香让丛林意乱情迷，他在道德与非道德的揪扯中无法自拔。刘玛丽的离开让丛林丧失了爱情的能力。忙完弟弟的事情后，丛林来到刘玛丽所在的城市，只说喜欢不说爱的刘玛丽让丛林明白，他与刘玛丽的肌肤相亲只是青春期爱情结束的一个仪式。告别刘玛丽的丛林，开始了新的情感经历。总体来看，这三章呈现的是一个忧郁、感伤、茫然、怯懦、彷徨的丛林，他喜欢文学，喜欢叶赛宁、托尔斯泰，尤其喜欢普希金，羡慕普希金动人的爱情和美丽的妻子，这样的丛林就像中国版的少年维特一样，温柔、敏感又多情。

小说第二章、第四章、第七章，以丛森第一人称内聚焦叙事。第二章属于丛森的青春单元，由此我们看到了一个只向读者袒露真实自我的丛森。原来哥哥看过的书他都看过，只是哥哥看书别人都知道，他看书没人知道。别人认为哥哥聪明，但他也不笨，他在别人眼里疯玩，但作业一次也没有落下，成绩不比哥哥低多少。哥哥以为他没心没肺，实际他心细如发，他因不能追上重点中学的学生而迷茫失望，正是在失望中，他喜欢上了不漂亮但成熟的小耗子。他同样在父亲弥留之际感受到了死亡的可怕。父亲死后，丛森对家越发厌倦，他渴望倾诉，也失去了追求小耗子的勇气。高中毕业后，丛森来到纺织厂车间工作，与小耗子再次重逢，让他对生活充满了勇气，他不知疲倦地准备与小耗子的婚房，他觉得自己把握的是实实在在的幸福。然而因为是否处女的猜疑，导致了他与小耗子的分裂。小耗子离开丛森跟一个鱼贩子同居了，丛森盛怒之下，用木工凿子捅了鱼贩子，最后入狱。与丛林描述的丛森不同，我们看到的丛森将很多事深藏内心，他知道母亲曾经偏向他，如今越来越偏向哥哥；他知道哥哥是单纯的人，哥哥的小伎俩瞒不过他，知道哥哥爱上了刘玛丽；他比哥哥丛林更了解妹妹丛红——丛红有一颗不安分的心，表面上与人嘻嘻哈哈，其实谁也看不起。

小说第六章、第八章、第十章，以丛红的第一人称内聚焦展开叙事。与丛林、丛森相比，丛红的青春叙事在章节上不够分明，分散在各个章节中。丛红没有提及父亲的死，只是说父亲死后，母亲埋葬了自己的青春。丛红几乎不含任何感情色彩地讲述了两个哥哥的爱情经历，她认为母亲一颗心全在哥哥们身上，她只有靠自己努力。面对母亲的眼泪，丛红没有怜悯只有厌烦，她逃离母亲，匆匆奔向那些“经理们”。丛红认为世上没有好男人，但她却只能依靠男人，她委身房地产公司的韩经理，靠着他的关系进电视台拉广告。丛红从心里怨恨母亲，她认为是母亲的不关心让她走上了依靠男人的路；她想念父亲，无形之中把韩经理想象成了父亲。母亲和大哥为钱发愁时，丛红没有伸出援手，她把钱存到了银行，她忘不了自己失身回家时，一家人都在呼呼大睡。丛红的心很冷，对家庭充满恨意，她为了挣钱，玩弄了自己的青春，年纪轻轻内心却满是沧桑，等她遇到小伙子桑青时，虽然爱，却没有爱的勇气。伴随着韩经理被抓，孤独的丛红离开了有母亲、哥哥的城市，独自去了南方。

多重视角叙事，并非阿宁独创。就国外而言，日本作家芥川龙之介的《竹林中》、美国作家福克纳的《喧哗与骚动》的多重叙事，已被多位研究者撰文分析；就国内而言，莫言 2001 年出版的《檀香刑》，多视角的描述所形成的叙事声音的多声部，也取得了广泛赞誉。这种多视角叙事的优势，首先因第一人称内聚焦叙述者作为故事中的人物，以强烈的情感色彩，很容易将读者带入故事之中，让读者有身临其境的感受。其次这种第一人称内聚焦叙事由于视角的限制，虽有叙述的主观性，但这种主观性为文本留下了叙述的空白与疑点。因此采用多重视角叙事可以扩大读者的阅读空间，极大调动读者的阅读和探索兴趣，让读者形成自己的认识和判断。

对于作家阿宁来说，经过《能耐》的初次尝试，到《城市季节》时，多视角叙事技巧已然成熟，让这部作品颇有现代感。兄妹三人的青春叙事，都经历了原生家庭的痛苦，都经历了感情的兵荒马乱。第一人称内聚焦叙述者诚实地袒露自己的心事与情感，极大地拉近了叙述者与读者的距离，但叙述者彼此之间却是旁观的。如父亲的死亡让丛林和丛森都感到害怕与惊恐，但他们彼此之间没有交流；如丛森和丛红都知道哥哥丛林喜欢刘玛丽，并为此而痛苦，但他们都装作不知的样子，没有询问没有安慰，由此拉远了叙述者之间的距离。对于文学接受来说，读者清晰地看到了兄妹三人由叙述的距离带来的情感的隔阂，跟隔阂相伴的还有兄妹彼此之间的误会，这在引起读者阅读焦虑的同时，也引发了读者的思考。《城市季节》由于距离导致的人物角色和情感的错位，是一个乱了序、乱了节奏的城市季节，它也许恰是现代城市的情感写照，每个人奔忙在自己的城市轨道里，无暇顾及他人，最终带来的是人际关系的疏离与悲凉。

同时，《城市季节》在多视角叙事的主观性里，为叙事留下了空白与盲点，如兄妹三人都在为他们的原生家庭而痛苦，尤其对母亲，他们有抱怨、嫌弃甚至怨恨，读者在他们的主观叙述里，感到母亲的形象黯然失色。然而小说的第十七章，忽然转成了母亲的视角，母亲在第一人称内聚焦中，以回忆的视角，回顾了她与父亲丛治励、市长费文礼之间的青春岁月以及恩怨纠葛。年轻的母亲得到两位男子的倾心爱慕，父亲丛治励不善言辞，费文礼机灵聪明，母亲更喜欢费文礼。但随着交往的加深，母亲发现费文礼为了个人前途不择手段，甚至出卖自己的好兄弟丛治励，母亲情感的天平逐渐倾斜到了父亲身上。父亲正直的人品感染着母亲，她义无反顾地和父亲在一起，共同面对生活的苦难。与此对照的，是费文礼在短暂的风光后，“文革”时期被划为右派，周围人都在落井下石，只有父亲选择沉默，用自己的方式告别与费文礼的友谊。后来，两家过起了井水不犯河水的日子，父母没有对孩子们提到过费文礼。父亲死后，已经成为市长的费文礼有意与母亲交往，被母亲拒绝了，在母亲的心中，丈夫丛治励永远活着，但这些母亲从没有说给孩子们。读者在以母亲为视角的这一章，重新认识了母亲的形象，她坚韧、独立、正直、不慕虚荣，生活给予的不幸，她都默默深藏心中，正是她的沉默造成了她与孩子们之间的隔阂，这种隔阂既是中国社会传统代际隔阂的反映，也是现代都市生活人与人疏离的反映。也正是在母亲的视角里，读者解开了丛林、丛森兄弟与费文礼关系的疑点。两兄弟在成长的路上，都感受到了费文礼看他们的别样眼神，感受到了他的格外关注，丛森甚至有着哥哥不是父亲亲生儿子的猜测。伴随着母亲视角的回忆，一切真相大白，这也显示出多视角叙事在拓展叙事内容容量方面的张力。

丛林、丛森、丛红和母亲的视角，以第一人称内聚焦姿态存在，按多视角叙事的惯常模式，一般会安排一个见证人视角，这一视角可以是零聚焦的姿态，对第一人称有限视角形成有效的补充，如《喧哗与骚动》里的黑人女佣迪尔西。阿宁的《城市季节》同样安排了一个见证人，即作品中的第九章、第十一章、第十五章和第十九章中的“我”。但《城市季节》中的“我”与《喧哗与骚动》中的迪尔西不同。首先，“我”不是零聚焦的姿态，即“我”不是丛家变故与兄妹成长的见证人，同时，当“我”走进丛家人的生活时，主要的聚焦对象是丛森。“我”以被邀请为丛老板写传记的身份出现，当“我”聚焦丛森时，“我”的视角在内聚焦和外聚焦之间转换。在“我”的好朋友小官员荣光的怂恿下，“我”难抵诱惑，陷入了享乐的生活中，在切身的体会中有对自我行为的怀疑、后悔与剖析。同时“我”

又是丛森的旁观者，“我”通过自己的观察、与丛森的交谈、他人的描述等多角度认识了丛森。为了客观地呈现丛森，“我”带有刻意的外聚焦的冷漠。在“我”的内聚焦和外聚焦的转换中，叙述了荣光为求晋升的卑微、丛森贿赂官员的隐秘以及丛森的嚣张、脆弱和黯然等情节。正是在这一视角下，阿宁不着痕迹地将官、商、农等阶层的关系状态融入作品之中，这是对作品内容的又一次扩充。

以上是从话语层面对《城市季节》的分析与解读。总体来看，阿宁在小说话语层面的努力有一定的叙事效果，小说在彼此隔阂的猜疑与空白中，具有一定的可读性，丛家三兄妹的青春叙事的躁动与多视角的喧哗恰好对接在一起。上文我们在对《城市季节》话语层面的分析虽不详细，但已将丛家三兄妹的青春故事和多视角话语包裹在一起。当告别青春叙事后，小说在话语层依然按照多视角进行，但这些视角之间存在的交叉与互补越发稀薄，就像成长的三兄妹在各自的成长轨道里渐行渐远。无论阿宁是否有意设计，这恰恰实现了小说话语层面与故事层面的和谐并行。所以，当我们分析兄妹三人接下来的成长时，重在从故事层面入手，解读人物形象的变化，并通过人物形象的变化看阿宁秉持的观念。

关于三兄妹的成长，阿宁将更多的笔触留给了丛林和丛森，他在塑造两兄弟形象时，主要沿着情感与事业的线索展开。

兄弟二人在青春叙事里，都经历了惊心动魄的爱情，他们对爱情的执着与热烈颇为相似，他们都有对爱情的迷恋，所以，他们能否正视与告别年少的爱情，是他们情感是否走向成熟的标志。哥哥丛林的成长更具突转性，他离开刘玛丽，转身成为丈夫与父亲，他走出了少年维特式的多愁善感，并且忠诚于自己的家庭与婚姻，即使再遇刘玛丽，有求于刘玛丽，他也能固守道德底线，没有逾规行为，他对妻子说他要好好爱她和孩子，让她们娘俩生活幸福。家庭最后成为丛林坚强的依靠与后盾。与哥哥相对照，弟弟丛森一直没有走出与小耗子的情感困境，他不缺少女人，只是缺少爱情，丛森的婚姻成了一场闹剧和儿戏。“十个小姐他都睡过，要不娶都不娶，娶了一个，另外九个就不干。本来他想把这难题交给他老妈，现在老太太不管这事儿了，难题就到了他身上……婚礼的前一天，十个小姐都在他的屋里，有的脸上挺平静，有的撅着嘴不高兴，还有的笑嘻嘻的。”① 他最后用抓阄的方式决定了自己的婚姻。

兄弟两人的事业追求也截然不同。丛林选择了子承父业。他的性格中依然有软弱的一面，但善解人意的妻子平息了丛林内心的焦虑，丛林走上了爸爸牺牲前的职务，即纺织一厂副厂长。“我爸爸活着时一心想把这个厂搞好。他死了，我觉得他就是那种死不瞑目的人。他二十多岁就进了这个厂，是建厂的第一批人。最后却是早逝的结果。我好好干，也算对他的一种补偿。再说这也不是光是为了我爸爸，也是为了厂里这些人。”② 丛林在国有企业的市场化转型期、在纺织厂内外交困的时刻，选择从纺织局回到纺织厂，这一选择，显示出丛林人格的神圣与高贵。纺织厂今非昔比，气死父亲的赖玉宽成了厂长，以他为首的纺织厂人际关系复杂，内部拉帮结派，外无销路，曾经盈利的国营大厂，处于亏损倒闭的状态。赖玉宽与销售部沆瀣一气，高价格高回扣，销售成本几乎完全吃掉了利润。丛林看到了纺织厂的弊端，他想搞产品创新，改革销售模式，但屡屡受到赖玉宽及其同党的孤立与排挤，他们甚至向上级诬告丛林。丛林虽然筋疲力尽，但依然努力挽救内外交困的纺织厂。帮他打破僵局的是与他再次相遇的刘玛丽。刘玛丽多年在外闯荡，走过南方很多服装厂，她给丛林提供了跑销售的信息和渠道，让丛林从美依制衣拿到了第一笔订单，随后形成了比较稳定的供货关系。丛林又开始跑温州市场，也设想纺织厂全厂的改革方案，然而，赖玉宽却到市里告了丛林和纺织局局长。丛林服从组织安排，离开纺织一厂，到纺织二厂做了厂长。二厂务实的领导班子让丛林得以施展自己的设想，下岗分流、技术改造、添新设备、上新项目、出售分厂，经过一年的改造，纺织二厂大为改观。赖玉宽贪污腐化被抓，丛林兼并一厂，两厂合并，纺织厂成为一个极富竞争力的企业，丛林完成了父亲的梦想，他也成长为像父亲一样正直的人。同时，他也理解了母亲，从内心感激母亲。

与哥哥丛林相比，弟弟丛森在事业方面也展现出其性格的果敢与狠辣。

---

① 阿宁：《城市季节》，花山文艺出版社 2002 年版，第 252 页。

② 阿宁：《城市季节》，花山文艺出版社 2002 年版，第 239 页。

他从广州倒卖服装发家，到门店不断扩大，到创建集餐饮、娱乐一体的美食城，丛森缔造了属于自己的商业王国。丛森的欲望在顺风顺水的商业路上不断膨胀，人性渐渐迷失，他变得精明、油滑、凶狠、无赖。阿宁在丛森的成长故事里，在话语层面运用的是我们上文提到的作者视角。这种设计也别有意味，成为成功人士的丛森已经不屑于自己发声，他退隐幕后，雇佣代言人为其发声。丛森陷入了金钱的漩涡，他用金钱原则处理一切关系，贿赂官员，霸占农民土地，用钱财为小官员荣光铺升官路，他甚至通过丛红贿赂哥哥低价购买纺织二厂的分厂。丛森长成了哥哥的反面，他抓阄的婚姻两年走到了尽头，他霸占农民土地建设的北方射击场赔了钱。丛森陷入困难时，哥哥丛林来了，曾经哥哥拒绝了他的钱、拒绝了他的各种馈赠，他们在成长路上彼此不服，井水不犯河水，这一次，兄弟两人举起酒杯，丛林告诉弟弟："你顺利的时候，都是你按市场规律办事，艰苦创业的时候，你不顺利的时候，都是你想结交权贵，弄虚作假的时候。你靠那样的办法，虽然一时占便宜，实际上却耽误了事业。"[①] 从来不服气哥哥的丛森，这一次没有反驳，他记住了哥哥的话，打算找回那个到广州进服装的丛森。

阿宁在对比中完成了对丛林、丛森两兄弟的叙事，小说从故事层面，融入了经济体制转型期的国有企业改革的波澜和下海经商大潮的涌动，同时努力展现人物在历史大潮中的成长与蜕变。阿宁在这部作品中，表现出较浓重的现实主义笔法，他努力在作品中呈现世界的真实，但他也没有放弃自己善于挖掘人性和人物内心世界的优势，努力呈现人物内在心理的真实。如此，我们在故事层面，就获得了两条评价这部作品的路径。

从呈现世界真实这个角度而言，阿宁涉及国企改革和下海经商，但处理得不太深入。就国有企业改革来说，阿宁通过丛林的故事写出了国有企业的弊病，如观念陈旧、贪污腐化等问题。阿宁在《天平谣》等作品中书写过这些问题，但到了《城市季节》中，他揭露的笔触远不及《天平谣》辛辣，将国有企业的主要问题聚集到厂长和几个职工身上，没有写出导致国有企业亏损背后的利益链条。丛林在国有企业的困境也停留在人际关系

---

① 阿宁：《城市季节》，花山文艺出版社 2002 年版，第 332 页。

层面，因为没有写出丛林到底触及了谁的利益，由此，也导致了后文扭转国有企业局面的简单化——丛林依靠刘玛丽的关系，跑几趟南方市场，找几个订单——这些挽救国有企业的描写过于单薄与理想化。同样，对丛林在纺织二厂的改革，也只写了寥寥十多页，小说只写二厂的人都对丛林很友好，使得改革过程出乎意料得顺畅。总之，小说总体未能表现出国有企业改革的沉重与复杂。就下海经商来说，阿宁算是第一次正式面对这种题材。小说描写丛森下海初期创业阶段，文字更为出色。丛森在朋友的带领下背着大包到广州进服装，他带着破釜沉舟的惶恐与勇气，在疲惫中获得了人生的第一次成功。丛森一直认为是自己幸运，但丛森的幸运，恰恰反映了中国市场经济发展初期，给人的发展与命运带来的机遇。小说接下来没有重点描写丛森在商海里的鏖战，转而以"作者"的视角，写为商的丛森与一众官员的交往。小说没有太多直接描写丛森贿赂官员的场面，只是透过丛森的狂妄与嚣张侧面揭示有权力支撑的有恃无恐。我们可以说，阿宁在这一题材上，将官商勾结、农商矛盾都加入了文本之中，但都没有给予正面的、详尽的描写，所以我们在文本中看到"城郊的几百名农民站到了推土机前，有老人，有孩子，有妇女。推土机在他们面前轰着油门，他们岿然不动"① 的描述，并没有看到太多直接斗争的激烈场面描写，所以《城市季节》在这一点是现实的，但不够"现场"，阿宁对这一题材的处理还是欠一点火候。

与处理世界真实的稍欠火候相比，阿宁在《城市季节》中依然表现出了对人物内心世界挖掘的功力，尤其是两兄弟陷入情网时各自的心理状态，令读者印象深刻。"粗粗一算，那件毛衣刘玛丽织了三个多月，我却用比她还多一倍的时间，在黑夜里重新织了一遍。她的一针一线饱含着情谊，我的一针一线却浸透了惶恐。"② 阿宁用具象化的修辞，把看不到摸不到的思念之情表现出来，让读者一下子捕捉到丛林的煎熬与忧心忡忡。"她是黑夜里的一团火光，朝着我心中的黑暗走来。我迎上去。这好像是我到纺织一

① 阿宁：《城市季节》，花山文艺出版社 2002 年版，第 166 页。
② 阿宁：《城市季节》，花山文艺出版社 2002 年版，第 17 页。

厂以来，久已盼望的时刻。过去我是个孩子，这一刻我长成了大人。”① 阿宁用比喻的修辞手法，写出了丛森对小耗子的迷恋，以及小耗子对他个体成长的重要性，正因如此，小耗子离开了，丛森的世界再也没有幸福。《城市季节》中两兄弟的性格都比较鲜明，哥哥柔中带韧，弟弟果敢刚猛，就人物的整体性、丰满度来说，哥哥丛林的形象更具有艺术感染力。这种感染力一方面源自我们上文提到的性格的突转，这种突转突破了读者的阅读预想。看小说的开端部分，丛林内向、敏感、忧郁，给人一种绵软之感，读者很难想象他能担大任，但仔细阅读就会发现，丛林虽然绵软，但并不自私冷酷，自有其坚韧，他把工资全部交给母亲，在家庭危难时刻，始终与母亲站在一起。当他作别自己的青春后，性格中的韧性凸显出来，并且阿宁在塑造他的韧性时，并没有放弃他性格中的绵软部分，保持了人物性格的一致性与可信性。他担任副厂长做人做事不卑不亢，有犹豫但不逃避，与人斗争虽不正面交锋，但却坚守立场。丛林形象感染力的另一方面源自他道德的自律和性格的正直。丛林苦恋已婚的刘玛丽，但他没有在这段不伦之恋里迷失自己，而是在痛苦中不断自省。与刘玛丽分别后，他来到刘玛丽的城市。刘玛丽和丈夫分居闹离婚，让看到希望的丛林和刘玛丽发生了关系，但他很快清醒了，意识到他要必须开始新的生活。与妻子结婚后，他内心逐渐接纳了妻子。几年后与刘玛丽重逢，丛林内心虽有波动，但他恪守道德的底线，刻意与刘玛丽保持距离，绝不背叛妻子和家庭。丛林一心想成长为爸爸那样的人，“老老实实做人，认认真真做事”，他最终的确成为丛治励那样的人。

丛林这一人物形象，保留了阿宁写人物的一些共性，即柔软，我们在他身上能够看到许宾、刘玉彬的影子，但丛林这一形象有相当大的突破与创新性，他道德的自律、人格的正直，在阿宁作品中很少见。阿宁作品中的不少人物往往在欲望面前突破道德的底线，我们在丛林身上看到了作者阿宁理想主义的光芒，尤其是在和丛森形象的对比中，我们从着墨程度就可以看出，阿宁的情感立场显然更倾向于丛林。我们如何通过阿宁的情感立场解读其价值表达及其人生信条？我们想通过《城市季节》与余华《兄

① 阿宁：《城市季节》，花山文艺出版社 2002 年版，第 27 页。

弟》的对比来谈谈。《兄弟》出版于2005年，比《城市季节》晚三年，小说塑造了宋钢和李光头一弱一强两兄弟，与丛林、丛森两兄弟的人设颇为相似，但与他们的命运结局不同：善良、温和、绵柔的宋钢人生屡屡受挫，被人戏弄，凄惨而死；油滑、无赖、狠辣的李光头却风生水起，赢得了诸多人的爱戴。邵燕君在《新世纪第一个十年小说研究》中谈道："《兄弟》似乎涉及很多'宏大主题'，像'时代与命运''苦难与欲望''道德与伦理'……然而，余华在充满自信又失控混乱的叙述背后，隐秘的主题其实只有一个，就是对强势的崇拜——在一个全社会公然以狼为图腾的时代，导致羊对狼的顶礼膜拜。宋钢和李光头兄弟二人与其说各自是善与恶的代表，不如说是强与弱的代表。他们之间的关系不是善恶对抗，而是强弱对比，其结果不是善恶有报，而是弱肉强食——这正是我们这个社会中广大'群众'（借用《兄弟》里常用的一个词）普遍认同的价值观念。"① 邵燕君接着强调，关键不在于"群众"认同哪种价值观念，关键在于作家站在哪里，他透过文字想传达给观众什么，这是区分"纯文学"和文化工业产品的根本界限。邵燕君认为余华在《兄弟》中放弃了先锋文学应具有的对价值观念的挑战，使得《兄弟》顺流而下，成为迎合大众口味的畅销书。以邵燕君对余华的批判为参照，我们恰可以找到阿宁在《城市季节》中的价值所在。阿宁与余华相反，他没有与当时"群众"的价值信条同流合污，他通过丛森的结局在质疑、挑战着市场经济时期存在的"一切向钱看""有钱能使鬼推磨"的价值观念，肯定了性格绵软与柔弱不一定是人生的失败，正直、踏实、节欲才是正确的为人之道的人生信条。正因这样的质疑与肯定，《城市季节》虽然存在处理时代宏大主题简单化的瑕疵，但作品对人性的挖掘及其闪烁的理想主义光芒，让它有资格站在"纯文学"的阵营中。

---

① 邵燕君：《新世纪第一个十年小说研究》，北京大学出版社2016年版，第50页。

第四节　校园题材的新变

阿宁体验生活

阿宁一直关注着校园题材，一次省教育厅某领导见到他说，可以写写中学教育，这一外在契机让阿宁的校园创作出现了新变。但阿宁并没有马上动笔，而是花费了大量精力搜集材料进行艺术构思，为此，他多次参加教育界的座谈会，深入中学与多名优秀班主任座谈。搜集材料的过程，让阿宁深受触动，他原来认为老师每年寒暑两个假期，是相对比较轻松的职业，但经过深入了解，他发现没有容易的职业，教师这个职业也很苦，尤其是中学教师，加班是常态化。更触动他的是，在这样的高强度工作状态下，很多老师依然无私忘我地奋斗。与老师们同样辛苦的，还有每天超负荷学习的孩子们。面对自己搜集的这些鲜活的材料，阿宁有了强烈的为他们书写的冲动，但他迟迟没有动笔。所有材料纷至沓来，阿宁一时找不到进入叙述的切口，直到有一天，有人给他讲了一个“狠如羊”的故事，一下子激发了阿宁的灵感，于是，他挥笔写下以高中教育为叙事主体的长篇小说《狠如羊》。小说围绕一所中学展开叙述。这是全市最好的中学，有最好的教学设施，最优秀最负责的校长、班主任、老师，最优良的生源。小主人公王立业就读于这所学校。王立业自幼丧父，是母亲陈冰溪的所有希望。在家长和老师眼中，王立业是一个乖巧听话的好孩子，成绩中上等。然而王立业并不快乐：母亲陈冰溪盼望他成为父亲那样的大学生，每天祥林嫂式地嘱咐；老师们盼望他考上最好的大学，每天布置如山的作业；同学们明争暗斗，没有交心的朋友，优等生黄宇佳跳楼自杀更是给了他致命一击。王立业渴望摆脱这窒息的环境，去看看蓝天白云。机缘之下，他和班里的差生戴军走到了一起，放学时坐上了与家相反的公交车。两人逃到郊外的玉米田里，听着鸟叫虫鸣，吃着带着泥土气息的玉米、萝卜，更不想返回校园。清晨从玉米田里醒来，两人为了躲避下地的农民，逃回市里，找到一处废弃的烂尾半截楼作为落脚处。离家出走的两个孩子，为了逃离学习，伪装绑架犯给家中打电话勒索钱财，只将真相告诉了女同学俞丽，引来俞丽的羡慕。与两个孩子离家出走行动并线而行的是母亲陈冰溪、班主任周老师的焦急寻找。接到假冒绑匪的孩子的电话，母亲陈冰溪不敢报警，而是找来情人李凡商量对策。李凡深爱陈冰溪，但他也看出了陈冰溪只是利用他，没有跟他结婚的打算。他安抚陈冰溪假意外出寻找时，恰恰发现了上街买东西的王立业和戴军，便尾随他们到了半截楼。想到这么多年陈冰溪的颐指气使，李凡带着报复的心态隐瞒了王立业的行踪，并将两个孩子制造的假绑架变成了真绑架。看着陈冰溪为了寻找孩子不断向他讨好，他心中充满报复的快感，并教唆陈冰溪挪用公款，他打算拿到钱以后隐姓埋名远走高飞，和过去失败、窝囊的生活彻底告别。但戴军的父亲戴老板选择了报警，警方很快发现了破绽。成为警方怀疑对象的李凡最后来到半截楼，巧遇俞丽来找王立业和戴军。情急之中，俞丽往高处跑去，王立业和戴军往楼下跑，李凡顺着脚印找到了俞丽。为了制止俞丽大喊，李凡掐住了俞丽的脖颈，导致俞丽死亡。王立业和戴军躲在暗处，李凡慌乱中无暇细找，跑出烂尾楼，开始了逃亡生活。王立业和戴军经过急救脱离危险，他们病室的旁边，恰恰是他们的班主任周老师，因劳累不治而死。回到校园的王立业陷入了迷茫，再也不能专注学习。拿到钱的李凡，因为杀人绑架无法心安，在悔恨中给陈冰溪电话道歉，警方根据定位将李凡抓捕归案。无心学习的王立业想见李凡，竟然盼望着李凡绑架他，告诉他人生可以走高考之外的另一条路。

《狠如羊》2009 年在《花城》连载，2010 年作为“花城原创”系列正式出版，小说问世后赢得读者普遍好评，尤其引发了中学教师的强烈共鸣，并于 2011 年入围茅盾文学奖。《狠如羊》在开篇前先记述了“花城原创”系列的缘起，是在网络等信息传播迅捷甚至泛滥的年代，在众声的喧嚣中，寻得一片文学的诗意绿地，所以它有明确的作品遴选原则：“第一，作者是文坛上崭露头角具有优良潜质的作家；第二，作品关注当下中国人的生存困境，有人文情怀，有理想主义倾向；第三，作品具备原创精神，鼓励艺术创新，鼓励天马行空的想象力，反对纯粹的技术主义。”① 阿宁的《狠如羊》无疑完全满足这些遴选原则，而这些遴选原则也为我们走进《狠如羊》提供了启示。

作为一部以高中生活为背景的小说，《狠如羊》将关注的目光投向高中教育的困境。小说通过人物、场景等元素展现了应试教育的畸形：“学校更严厉地抓教学，升学率必须全市第一，力争全省前三……学生每天在校学习时间不低于十个小时，加上在家里的学习时间，不低于十五个小时。”②正像戴军所说：“我们简直不是人……是机器，做作业的机器。没有思想、没有感情、没有快乐，只有作业。每周一小考，每月一大考。再加上期中考、期末考、临时考。天天都是作业，天天都是考试。”③ 作者阿宁一再用“苦”字形容这种状态，但我认为用“冷酷”或者“冰冷”更为贴切。“苦”字中含有情感温度，而我们在《狠如羊》中看到的是失去了情感和德行的人。优等生黄宇佳跳楼了，“竟然有十几个同学没动，他们一直在座位上坐着，争分夺秒地做着作业”④。班主任周老师其实对黄宇佳非常好，但周老

---

① 阿宁：《狠如羊·序言》，花城出版社 2010 年版，第 1 页。
② 阿宁：《狠如羊》，花城出版社 2010 年版，第 5 页。
③ 阿宁：《狠如羊》，花城出版社 2010 年版，第 42 页。
④ 阿宁：《狠如羊》，花城出版社 2010 年版，第 7—8 页。

师讲课时，黄宇佳在笔记本上写着“啰嗦、愚蠢、无聊、讨厌”。图书大厦遇到周老师时，王立业想和周老师打招呼，但黄宇佳拉住了他，说：“我不想和那个傻逼说话。”① 一起坐公交车时，王立业月票卡用完了，因为没有钱被司机数落一脸尴尬，好心的乘客为他付了钱，而黄宇佳竟然不看王立业装作若无其事。即便这样，王立业也可以原谅黄宇佳，原因就是黄宇佳学习太好了。周老师另一个优秀的毕业生、大学生柴晓彤把同宿舍的同学杀了，原因就是同宿舍的两个同学说悄悄话，他认为他们是在讨论自己。阿宁的文字触目惊心，逼迫读者做出思考，教育的本质和目的是什么？德国哲学家雅思贝尔斯曾说教育的本质是：一棵树摇动另一棵树，一朵云追逐另一朵云，一个灵魂唤醒另一个灵魂。然而，在《狠如羊》中，教育的目标就是追求高分数、高升学率。为此，家庭关系紧张、师生关系疏离、学生关系冷漠、高分数低德行、高分数无情感，更加悲哀的是，身处其中的人要么认为理所应当，要么被裹挟其中无法逃离。于是，阿宁设计了一场主人公的离家出走，他在质疑、批判与探索中彰显着人文情怀与理想的温度。

阿宁在叙述这种教育状态时，他的批判、质疑立场是非常鲜明的。

化学老师本意是鼓励孩子们好好学习，说他当年上中学时，上完学要打两捆猪草，却激起了同学们的一片羡慕声，他们多想放了学打猪草。李凡对王立业和戴军说，他小时候很苦，只能吃一风吹——就是把玉米面和榆树叶团在一起上锅蒸，蒸熟了小心放到嘴里，风一吹就散了，他俩无比艳羡吃一风吹的生活。王立业和戴军离家出走，王立业偷偷告诉俞丽他们躲在半截楼里，俞丽由衷地羡慕和佩服他们，觉得他们太帅了。小说通过这些讽刺性情节，间接批判教育对孩子们的压榨。更讽刺的是绑架情节。安排绑架并非为了情节的刺激，而是别有意味。被李凡绑架的王立业，不得吃喝，不得拉尿，得救时“裤子里都是干结的粪便，腿上好几个地方都已经溃烂，脚腕上被绳子勒出了血，脚已经肿成了青紫色”②，身上大大小小十几处伤痕。然而，回到学校后，面对着作业习题，他竟然希望被李凡

① 阿宁：《狠如羊》，花城出版社 2010 年版，第 45 页。
② 阿宁：《狠如羊》，花城出版社 2010 年版，第 188 页。

绑起来，他甚至羡慕被李凡掐死的俞丽，因为她再也不用学习了。阿宁的讽刺意味多么有力量！王立业宁愿选择绑架不选择学习，教育猛于绑架！从对家长、老师、学生的钳制来说，教育是更深的绑架！

阿宁在批判中把他人文的悲悯给予了笔下的这群孩子，同时他也在努力思考教育缺失了什么？人们又该如何突围？小说第 26 章，是很特殊的一章。《狠如羊》整部小说的基调是现实主义的，但 26 章阿宁安排了死魂灵的视角，他让死去的周老师的灵魂以上帝视角打量着人世间的家人和学生。这样的安排使整部作品显得突兀和荒诞，但它基本符合叙事的需要，死魂灵不仅意味着她跳出了人世间，更意味着她终于可以跳出禁锢她的教师职业，可以以局外人的姿态打量反思曾经和自己有关的一切。正是在死魂灵的视野中，周老师面对曾经最喜欢的学生柴晓彤发出："以前对他的教育缺少了什么。把全部教育都指向了高考，甚至德育教育也是如此。"[①] 阿宁通过周老师的反思，指出我们的教育缺少真正的德育教育，缺少素质教育，我们的德育教育和素质教育都被绑在了应试教育的战车上，黄宇佳自杀、柴晓彤杀人，问题的症结都在这里。那么如何突围呢？王立业、戴军、俞丽，是还没有被教育完全扼杀情感的孩子，王立业和戴军出走的原始目的就是想看看黄宇佳在作文里写的蓝天、白云、绿树、草地、鸡飞、狗跳……他们带着少年人的纯真以逃离的方式进行反抗，反抗之后怎么办？小说在李凡和王立业、戴军的对话中，表达了"人的本事有好多种，黄宇佳学习好，戴军的爸爸当企业家，都是本事，李叔叔这样也是本事""什么叫本事，本事就是经多见广""只有没出息的人才抱着书死啃，他们干不了别的，只会念书"[②] 这些想法。这些话是有道理的，但却是李凡为了引诱讨好两个孩子迎合他们说的，这种叙述带有消解叙述的色彩，让一个不合身份的人说出正确的话，消解了话的可信性。之所以出现这种情况，说明作者阿宁发现了教育的困境与问题，但他还不能给出问题的解决方案，最终王立业还是要回到校园。这种回归具有必然性，因为无论是作者阿宁，还是读者我们，要批判的是只追求分数忽略素质、德育的教育，而不是教育

---

① 阿宁：《狠如羊》，花城出版社 2010 年版，第 202 页。

② 阿宁：《狠如羊》，花城出版社 2010 年版，第 48—50 页。

本身。

阿宁的人文情怀，不仅表现在对教育与孩子们的关注，而且他通过教育也在关注着人的生命意义和价值的问题。小说中还有陈冰溪、李凡等家长形象，邝校长、周老师等教育者形象，如何解读这些人的性格？他们的性格有无共性？他们的生存状态体现阿宁怎样的创作意识和温度？我们认为小说题目《狠如羊》是走进这些问题的关键词。

“狠如羊”出自《史记·项羽本纪》：“猛如虎，很如羊，贪如狼，强不可使者，皆斩之。”① 其中，“很”同“恨”。这是一个充满张力感的词语，因为羊与狠是矛盾对立的。“羊”的象征意义应该是温顺、懦弱、隐忍以及对某种默认秩序的无条件遵守等。“狠”在《史记》中有固执、倔强之意。作者阿宁说，他小说中的意思和《史记》略有不同，如何解释“狠”？我们认为与其定位“狠”的具体象征意义，不如说它更象征着一个与“羊”的秩序相背离的过程，它是温柔与软弱中所暗藏的力量与韧性，这种力量潜伏在“羊”的肉体中，久被压抑，作为一种潜意识不被察觉，但在某种外在诱因的驱使下，会爆发出巨大的威力，颠覆“羊”的秩序，当然它也有可能不爆发，但不代表它不存在。无论爆发与否，它还是“羊”，而不是“狼”，这就是“狠如羊”的魅力所在，它将两种背离的力量聚于同一体中。这样定位“狠如羊”的含义并以此为基点来解读作品《狠如羊》，不同的读者依据自己的经验也会得出不同的结论。阿宁曾说，他更想通过这部作品写出人性，我们就以人为线索，将“狠如羊”的双重矛盾意义特征与作品人物的性格相连接，发现作品中人物性格既有“羊”的一面也有“狠”的一面。

首先看李凡，他与陈冰溪是同学，但“他在陈冰溪面前，永远挺不起腰……他是班里最差的学生，但是他爱上了陈冰溪。陈冰溪并不喜欢他，她喜欢的是王立业的爸爸”②。王宗昌死后，状况也没有任何改善，就像李凡对王立业所说的：“自从你爸爸死了……我觉得我有希望了。陈冰溪她不是东西，她不想嫁给我就别理我。你们家一有事她就给我打电话。公司里，社会上，一有了委屈她就跟我哭，她难过，我也跟她难过，她摆不平的事

---

① （汉）司马迁：《史记》，中华书局2006年版，第61页。

② 阿宁：《狠如羊》，花城出版社2010年版，第24页。

儿我都替她摆平……你妈她不是东西，她成心要着我玩儿……”[①] 事业上，李凡同样是失败的。李凡有技术，他想承包星光木器厂，被人当成了笑话。木器厂被别人承包后，李凡被调到保卫科成了看大门的，惨的是最后连大门都不让他看了，他下岗了。这就是李凡，他二十年的等待和隐忍充分显示出其性格中“羊”的顺从与懦弱以及那种对现存秩序的无为的忍受。但李凡绑架了王立业和戴军，他爆发了，他发着“狠”说出了自己的心里话：“我像什么？我就像一只羊，还不是在羊群里的羊……我是离了群的羊。羊是成群的动物，离了群就不行了……该考上大学的时候，我没考上大学，该做生意的时候，我没做成生意。我想跟你妈成群你妈看不起我。你们不知道，一只羊逼急了也得变，它们也会变成吃人的东西……”[②] 李凡的行为和语言表明他的性格具备“狠如羊”的双重意义特征。很多读者看到《狠如羊》时，都在思索“狠如羊”指的是谁？李凡在作品中卖的男性保健品叫“狠如羊”，并且由他之口表达出“狠如羊”的所指。“狠如羊”指李凡没有疑问，但我们认为李凡是最明显地体现了“狠如羊”性格特征的人物，作品中其他人物其实也以不同的方式践行着“狠如羊”的双重人性特征。

陈冰溪，对丈夫王宗昌的仰慕使她就像一只“羊”一样顺从。婚后丈夫公然出轨，但“陈冰溪每天痛苦不堪，就是跟他发不起脾气来。李凡爱往她跟前凑，她经常抢白他，见了王宗昌反而不敢大声说话。王宗昌一喊她，她就屁颠屁颠地跑过去……”[③]。王宗昌死后，陈冰溪悬挂起他的照片，“不管李凡对她多好，陈冰溪都只认定照片上的才是丈夫，李凡便什么也不是……她不能爱跟她平等的男人。如果丈夫不比她高大，她也要举起来，举到头顶上，然后再爱”[④]。表面看来陈冰溪的性格似乎只有“羊”的软弱和顺从，然而她别有一番“狠”劲，她在面对丈夫的漠视与不忠时，所表现出来的超常的忍耐既是她的顺从又是她性格中的“狠”。她没有像李凡那样直接爆发，所以她的性格中的“狠”更像一种病态的自虐。

主人公王立业，父亲早逝，像一只“羊”一样顺从母亲。在学校，他

---

① 阿宁：《狠如羊》，花城出版社 2010 年版，第 62 页。
② 阿宁：《狠如羊》，花城出版社 2010 年版，第 133 页。
③ 阿宁：《狠如羊》，花城出版社 2010 年版，第 108 页。
④ 阿宁：《狠如羊》，花城出版社 2010 年版，第 3 页。

也像一只“羊”一样遵从秩序，用学习来衡量自己和他人的行为，面对优秀生黄宇佳，他是仰视的。当然，我们在看到王立业“羊”的一面时，绝不能忽略其性格中潜伏的“狠”的因子。黄宇佳写了一篇背离学习的作文：“都说生活是美好的，是美好的吗？我们能看见蓝天吗？能看见白云吗？……不能，我们看见的都是习题……都知道烟尘是污染，这么多的习题是不是污染？”[①] 这篇作文引起轩然大波，班里的学生都批评黄宇佳，只有王立业执拗地不发表意见。后来，黄宇佳跳楼自杀了，但他却把那片“蓝天白云”留给了王立业，于是王立业把他性格中的“狠”充分展示出来，他和调皮生戴军出走了。王立业用他的“狠”背离了母亲和学校的原有秩序。作品中的其他人物，如周老师、邝校长等，分析起来也有这样的性格特征，所以，作品为我们塑造的是“狠如羊”的群像。我们该如何阐释这样一个群体的性格症候呢？

他们性格中同时具备“羊”与“狠”两种相反的意义特征，如果用心理学来衡量，可能认为他们存在性格分裂，但我们知道，人性格的每个侧面其实都是现实的折射。这正是关键，矛盾的性格特征不是说这群人存在性格缺陷，而是当他们与现实接触碰撞时，他们的人生在现实里发生了迷失，他们找不到证明和评价自我的价值标准。矛盾的性格只是浅层的表征，深层次剖析起来可以说，他们的世界发生了自我认同的焦虑。自我认同作为一个现代概念，其内涵各家表述不同，主要是对自我身份的确证。英国的吉登斯认为自我认同是个体依据个人的经历所反思的理解到的自我。加拿大学者查尔斯·泰勒从最简化的角度认为自我认同就是对“我是谁”这个问题的回答。笔者认为，对于个体的生存来说，自我认同应包含两个层面的重要内容：一是身份的确证，即我是谁的问题；二是价值，即主体自我对自己在社会中的某种地位、角色以及与他人关系的认同程度，这是一种自我意义感的追寻。这些问题看似简单，但一旦构成问题得不到解决时，就会在人心中引起焦虑与不安，产生自我认同的焦虑，表现在人物表面就是性格的多变。自我认同的实现过程，按照吉登斯的说法是一种主体内在的自省与反思，这有一定的合理性，但自我认同更是一个主体与客体相互

① 阿宁：《狠如羊》，花城出版社 2010 年版，第 5 页。

守望的过程，它的实现有赖于马克思所说的“人的本质力量的对象化”，即主体在创造、面对客体时，将自己的能力和特性投射体现在客体中，当主体起身反观客体时，发现了自身的投影，确证了自己的身份与价值，产生一种满足感，获得了自我认同。反之，当主体起身反观客体时，不能从客体身上看到自身的能力和特性，看不到自己价值的印迹，就会产生自我认同的焦虑。在此基础上就可以对《狠如羊》的人物性格特征做出合理阐释。这些人的性格更多是“羊”的一面，但当他们在客体身上看不到自身价值，转而寻求其他求证方式时，就会背离原有秩序，性格中就可能会显示出“狠”的一面来，这恰恰是他们自我认同焦虑的表现。李凡作为主体二十年守望陈冰溪这一客体，他想在这一“客体”中确证和实现自身。最初，陈冰溪年轻漂亮，李凡爱陈冰溪。当陈冰溪不再年轻漂亮时，李的守望与其说是爱，不如说是求证自身价值的一种方式。事业的失败使得李凡几乎将自身价值的全部赌注都压在陈冰溪身上，于是他像“羊”一样隐忍、顺从。当他最终没能从陈冰溪这一“客体”上看到自身价值时，他焦虑了，并最终爆发，绑架了王立业和戴军，他要证明自己是有能力、有价值引起陈的重视与关注的，这种要实现自我认同的焦虑与反抗投射在性格上就是“狠”的一面。而陈冰溪呢？她从来不想当李凡的客体，因为她作为主体来说，要实现自我认同，一定要找一个更优秀的参照物，所以，她才会把丈夫王宗昌抬得高高的，像“羊”一样顺从王宗昌。王宗昌死了，她的自我认同在此时其实产生了焦虑，于是她悬挂王宗昌的照片当神供奉，表现出一种病态自虐的“狠”劲。王立业、黄宇佳，包括周老师等，他们作为主体，面对的客体是学校和成绩，他们将生命中的全部时间和精力投放在这一客体上，表现出“羊”的隐忍、顺从。当他们对这一客体的合理性产生怀疑时，他们的世界也发生了自我认同的焦虑，黄宇佳自杀了，王立业出走了，温柔的周老师怒吼了……在这样的分析中，我们可以对人物“狠如羊”的性格特征做出合理的解释。上文我们提到自我认同是一个现代概念和论题，它是晚期现代性或后现代社会文化背景下人们的孤独感、虚无感、无归属感的集中体现，所以它是当代人面对的一个突出的人性困境。阿宁的《狠如羊》捕捉到了我们这个时代的气息，从人物性格这个侧面，用一个别有意味的书名，用朴实的文字向我们诉说着今天人们的困惑与无奈。这正体现了阿宁对普通人的人文关怀意识。放到阿宁的创作世界里，“狠如羊”与阿宁持续地对弱者生存状态的关注一脉相承。

本章结语

邵燕君在《新世纪第一个十年小说研究》中说：“进入新世纪以来，当代文学创作中长篇的分量明显加重。这一变化的外因是‘文学场’内部商业力量的上升，表现在文学生产机制内部是文学出版力量的持续走强和期刊发表力量的持续减弱，出版原则日益折射进发表原则。作为中短篇发表基地的文学期刊，一方面，由于自身的不景气，难以给作家带来足够的经济收入；另一方面，由于编辑力量的弱化，很少能策划和推动文学潮流，从而为作家提供集体亮相、获得文学史关注的象征资本。与此同时，文学期刊也必须参与文学市场的竞争，于是，著名作家的长篇新作成为期刊界和出版界共同争抢的‘重头戏’。”① 受中国文学生产机制的影响，同时也和阿宁多年创作积淀的更加稳健地驾驭文本的能力有关，新世纪的第一个十年，和他前边的创作相比，阿宁的中长篇小说数量增加，尤其是长篇小说的数量。本章我们重点对几部长篇小说做了分析，中篇分析较少，实际阿宁这一时期的中长篇小说都写得可圈可点。如小说《假牙》既是师生恋又是老少恋，题材颇为新颖，写出了老夫少妻进入柴米油盐的生活后，渐渐褪去神秘面纱后的失落、无奈、打碎牙齿咽肚里的强撑。再如小说《虚拟世界》，以精神病人为故事对象。这是阿宁自己非常喜欢的一部作品，小说写得很有现代感，精神病人在虚拟的世界里表达的是最真实的情感，正常人在现实世界里表达的可能是虚假的情感，小说在虚假与现实的拉扯中，表现了对现代人精神与情感的思考。再如小说《智慧女人》，阿宁在小说话语层面颇为用心，他将时兴的手机短信插入叙事中作为小说的重要线索，创作了跨文体的短信体小说。总之，阿宁在话语和故事两个层面，都在努力突破与创新，他在保持着自己的创作节奏，又恰好符合新世纪传统型写

① 邵燕君：《新世纪第一个十年小说研究》，北京大学出版社 2016 年版，第 22 页。

作的特征："一是回归现实的叙事精神，二是专注于对日常生活的审美观照。"① 只是，对于阿宁来说，不是"回归"，是一直保有的艺术自觉。

新世纪第一个十年作品概况

短篇小说《管师傅在 1999》载《啄木鸟》2000 年第 2 期。

短篇小说《戏外》载《青春》2000 年第 3 期。

短篇小说《和解》载《十月》2000 年第 2 期，选载《短篇小说》（选刊版）2000 年。

短篇小说《德富致富》载《当代人》2000 年第 5 期。

短篇小说《一种死法》载《芒种》2000 年第 5 期，选载《散文选刊》2001 年增刊。

短篇小说《等待牛市》载《青年文学》2000 年第 6 期，选载《传奇·传记文学选刊》2000 年第 11 期、《中外书摘》2000 年第 10 期，收入《罢官》（湖南文艺出版社）。

短篇小说《太平谣》载《钟山》2000 年第 5 期，选载《2000 年中国短篇小说精选》。

短篇小说《无意逃逸》载《莽原》2000 年第 6 期。

短篇小说《世情二题》载《青年文学》2005 年第 7 期。

短篇小说《担心》载《羊城晚报》（花地副刊）2005 年 7 月 10 日。

短篇小说《倒笔》载《作品》2005 年第 9 期。

短篇小说《卖花》载《羊城晚报》（花地副刊）2005 年 10 月 9 日，选载《青年博览》2006 年第 2 期。

短篇小说《黄三杀人》载《当代人》2005 年第 11 期。

短篇小说《刘一腿》载《长江文艺》2006 年第 2 期，选载《小说月报》2006 年第 4 期，收入《2006 年中国短篇小说精选》。

短篇小说《书法家》载《羊城晚报》。

短篇小说《向日葵》载《时代文学》2007 年第 2 期。

---

① 朱栋霖等主编：《中国现代文学史 1915—2016》下册（第 3 版），北京大学出版社 2018 年版，第 277 页。

中篇小说《另一种禽兽》载《十月》2000年第4期、《小说精选》2000年第12期，《深圳商报》《齐鲁晚报》《钱江晚报》连载，获河北省作协1999—2000年度优秀作品。

中篇小说《胆量》载《长城》2000年第5期，选载《小说月报》2000年第11期。

中篇小说《单位》载《中国作家》2000年第10期，获《中国作家》2000年小说佳作奖。

中篇小说《欲望的舞蹈》载《北京文学》2001年第3期，《齐鲁晚报》《深圳法制报》连载。

中篇小说《渴望》载《长城》2002年第2期。

中篇小说《灾星》载《时代文学》2005年第2期，选载《中篇小说选刊》2005年第3期，收入《中国乡土小说名作大系》第三十二卷（中原农民出版社）。

中篇小说《随波逐流》载《当代》2005年增刊（中篇小说专号）

中篇小说《米粒儿的城市》载《北京文学》2005年第8期，选载《小说月报》2005年增刊（中篇小说专号）、《小说选刊》2005年第10期、《2005年中国中篇小说精选》《2005中国情爱小说选》《北京文学2005—2006好看小说精选》，《福州晚报》《大连晚报》《济南时报》《妇女之友》、新浪网连载，获河北省作协2005年度十佳小说奖、“新世纪第三届《北京文学》奖”中篇小说奖、河北省第十一届文艺振兴奖。

中篇小说《寻找失去的舌头》载《莽原》2005年第4期，选载《北京文学·中篇小说月报》2005年第9期，收入《2005：文学中国》（花城出版社）。

中篇小说《泪为谁流》载《小说月报》2005年增刊（原创版），选载《中篇小说选刊》2005年第6期、《2005年小说月报原创精品集》，收入《中国乡土小说名作大系》第三十三卷（中原农民出版社）。

中篇小说《其实我本来不怕你》载《中国作家》2005年第10期。

中篇小说《学殇》载《花城》2006年第1期。

中篇小说《树的眼泪》载《中国作家》2006年第5期，选载《作家文摘》《楚天都市报》。

中篇小说《假牙》载《北京文学》2006 年第 8 期，选载《小说月报》2006 年第 9 期、《中篇小说选刊》2006 年第 5 期、《小说精选》2006 年、《济南时报》，收入《2006 年中国中篇小说精选》《小说月报第十二届百花奖入围作品集》、《2006—2007 中国文坛最佳人气作家榜》（文化艺术出版社）。

中篇小说《回味非典》载《百花洲》2006 年第 4 期。

中篇小说《虚拟世界》载《上海文学》2006 年第 11 期，选载《北京文学·中篇小说月报》2006 年第 12 期。

中篇小说《白对联》载《当代》2007 年第 2 期，选载《小说选刊》2007 年第 4 期，连载《现代快报》《鹤城晚报》，收入《2007 中国年度中篇小说》《2007 中国中篇小说经典》。

中篇小说《米粒儿的理想》载《中国作家》2007 年第 7 期。

中篇小说《智慧女人》载《百花洲》2007 年第 4 期，选载《中篇小说选刊》2007 年增刊第 2 辑、《山东商报》。

长篇小说《爱情病》载《啄木鸟》2002 年第 4、5、6 期，群众出版社 2002 年 4 月出版，《小说选刊·长篇增刊》2002 年下半年号节选，《杭州日报》《齐鲁晚报》连载。

长篇小说《城市季节》花山文艺出版社 2002 年 11 月出版。

长篇小说《能耐》河北教育出版社 2008 年 9 月出版。

长篇小说《狠如羊》载《花城》2009 年第 5 期，选载《当代·长篇小说选刊》2009 年第 6 期，花城出版社 2010 年 1 月出版，《保定晚报》、新浪、搜狐、网易、腾讯等二十几家媒体连载，2011 年入围茅盾文学奖。

第五章　从容与打磨：新世纪第二个十年以来的创作

阿宁（右）与著名画家铁扬先生在一起

2002 年，阿宁调入河北省作协，获得了与陈冲、陈映实、张峻等前辈作家交流学习的机会。随着交往的增加，阿宁眼界不断开阔，同时，他也感受到了压力，对自己的要求越来越高，对创作质量的关注远胜过对创作数量的计算。就在 2010 年前后，阿宁给自己放了一个短假，专门外出培训学习，这次学习的内容是编剧，算是阿宁的一次“触电”经历。就是在这次培训期间，阿宁创编了多部剧本，其中影响力较大的，一是根据中篇小说《无根令》改编的电视剧《县委书记》，在北京电视台黄金时段首播；一是根据毛泽东主席 1945 年在重庆谈判的历史事件改编的电视剧《中国1945》，在北京、重庆、天津等多家卫视黄金时段首播。两部电视剧都被多家电视台重播。伴随着大众文化的崛起，作家“触电”现象并不新鲜，关于作家“触电”是是非非的讨论也没有停止过，如 1998 年 3 月 20 日《大地周刊·文学观察》刊发《作家“触电”是是非非》，2012 年 4 月 13 日《南方日报》刊发《作家纷纷“触电”为哪般?》，2018 年 7 月 2 日《人民网》转载《羊城晚报》文章《作家纷纷“触电”挣快钱：文学影视二者不可兼得?》。同时也有研究者撰文发表看法，如《陕西作家“触电”现象研究》《浅析大众文化语境下当代作家的“触电”现象》《作家“触电”与产业意识影响》等。在这些作家“触电”是是非非的讨论中，专业作家的看法往往通俗易懂又说明问题，如刘震云比喻说：“影视作品像端到桌子上的一盘菜，它重视的是色香味，而文学重视的是厨房里的阶段，剥葱剥蒜，洗姜择菜……熟悉它们没有什么坏处，你可以熟悉另一种语言递进的方式。但这两者有差别，拍片子和写小说，就好比种西红柿和种西葫芦，两者没有高下之分，但种起来是非常不一样的。它们是流向不同的河。”① 刘震云态度比较谨慎，既看到了两者的区别，也看到熟悉两者的好处。作家何申认为，作家有必要利用影视这种新的传媒，把自己对生活最真切、生动的感受和触动呈献给大众。“触电”的经历给他带来了观察和思考方式的变化。以前写小说，许多极细微之处都可以一笔带过，而写影视剧，来不得半点含糊，你必须把来龙去脉、场景细节都“看”到、“听”到，要“如见其人，如闻其声”，为导演拍摄和演员表演提供依据。这促进了作家更进一步深入生活，增加体验生活的深度。写作是青灯枝笔的个人创作，影视剧则是导演、演员、编剧、舞美、灯光等群体合作的创造。艺术的因素增多了，困难加大了，创造的可能性也增加了。② 对于阿宁来说，这一段编剧经历对他的小说创作更多的是促进作用，因为从他个人主观来说，并不是抱着名利心而做，他更想在跨文体的尝试中丰富小说的表现手法，把剧本舞台化、

① 杨少波：《作家“触电”是是非非》，《大地周刊·文学观察》1998 年 3 月 20 日。
② 杨少波：《作家“触电”是是非非》，《大地周刊·文学观察》1998 年 3 月 20 日。

动作化、戏剧化的语言等艺术手法运用到小说创作中。但阿宁也意识到了两种艺术形式的差异，在还没有损耗其艺术想象力的情况下，他很快抽身而退回到小说的创作中。这段尝试没有立刻在阿宁小说创作中显现，但慢慢起到了作用。阿宁就像何申一样，在事件、情节、人物、场景等小说故事元素方面，写得更加细致入微，使其小说的故事性越来越强。阿宁从编剧回到小说后创作的第一个作品就是中篇小说《父亲的时代》，此后，相继创作了《乌兰一支更》《遥远的哈拉乌素》《老鱼的梦》《盛开如谜》《县城里的韩小强》等中篇小说。不追求数量的阿宁，其创作状态越发从容，重在作品的打磨，这些中篇小说大多可圈可点，获得了不少文学奖的提名。我们一起走进这一时段阿宁的创作。

第一节 旧乡土新情感

张家口是阿宁的第一文学故乡，从起步期的小说《责任》到后来的新笔记小说《温故知新三题》《凉瓶》，也包括《灾星》《泪为谁而流》等作品，张家口的人、事、景总是或显或隐地延续在阿宁的创作中。进入新世纪的第二个十年，已过天命之年的阿宁，再一次将创作的发力点聚焦在童年的张家口生活，推出了《父亲的时代》《遥远的哈拉乌素》《乌兰一支更》《童年的波罗素》等作品，乡土依然是旧时乡土，但题材尤其是情感却不同于之前，我们先看几部作品的主要故事内容。

《父亲的时代》以父亲为主人公。小说从1954年冬天写起，不怕艰苦的父亲，看不惯他人的退缩，坚决来到苦寒的张家口。在组织的安排下，父亲来到张北县中部海流图乡南壕欠村，开展建互助组工作。在村长二迷糊的安排下，父亲住到村民孟锡家，结识了孟锡的媳妇孟铃娘，以及孟锡的三个孩子。南壕欠的工作十分落后，当时内地已经有了初级社，但这里连互助组也没有。父亲的老家，1945年就进行了扫盲，但南壕欠还没有办过识字班，父亲决定利用冬闲先办识字班扫盲。识字班的创办并不顺利，开始都是女人和孩子，经过动员，来了七八个男人。识字班的女人聚在一起讨论父亲的长相，男人讲荤笑话起哄架秧子，好在父亲的课讲得好，识字班的人越来越多。父亲讲课的同时，开始学草原必备功夫——骑马。由此父亲和孟铃娘有了第一次近距离接触。这个草原上的女人，不仅长得美丽，而且有一身骑马的好功夫，她不仅教会了父亲骑马，还展示了漂亮的马上倒立。她豪迈的一面，令父亲对她刮目相看。识字班里人越来越多，很多人没有名字，父亲都给他们起了名字，给孟铃娘起名叫余立——这个女人用了一生的名字。创办识字班一个多月后，乡书记老魏提醒父亲赶紧建互助组和初级社。这个任务难度超过识字班。张北是半牧区，土地广阔，家家有牲畜，不缺土地，不缺牲畜，人们觉得建互助组没用。几经动员，父亲费尽周折才成立了一个互助组。他想多成立几个组。孟铃娘告诉他，村里真正的村长不是二迷糊，是二迷糊的叔叔老常。父亲找到老常，一番对话后，父亲发现老常不理解党的政策，满脑子残存着剥削阶级思想。父亲正发愁工作如何向前进展时，村民状告二迷糊贪污了救灾款，父亲趁机撤掉了二迷糊，让孟锡成为村长。在孟锡尤其是孟铃娘的帮助下，父亲的工作顺利了许多。同时父亲和孟铃娘之间的关系越来越微妙，孟铃娘对父亲牵肠挂肚，父亲也觉得眼前这个女人比远在天津卫的媳妇更贴心更实在，但父亲坚守一个共产党员的节操与立场。而当领导问他愿意在乡里工作，还是愿意回县委时，父亲想起了孟铃娘，还是选择了留在下面。父亲成了海流图乡党委副书记，不能长久待在南壕欠了，他离开孟锡家，悄悄在炕桌下放了钱。孟铃娘等在父亲去乡里的路上，把钱还给父亲，为了表明心意，她把父亲的大手放在自己胸前。父亲在眩晕中与孟铃娘拥抱缠绵，白马的嘶鸣唤回了父亲的理智，他向孟铃娘道歉，让她忘了刚才的事，孟铃娘说干部太虚乎，不敢遵从自己的心意生活。转眼秋天到来，互助组迎来大丰收，老魏认为推广初级社的时机到了，父亲却认为当务之急是把农民的粮食卖出去。冬天到了，父亲又成立识字班，边识字边宣传初级社，可惜收效甚微，人们并不认可初级社。孟铃娘因为对父亲的喜欢，思想积极上进，老魏建议让她入党，可孟锡认为女人就该在家里。经县妇联主任武凤英出面，孟锡立马同意了媳妇入党这件事。孟铃娘入党了，同时南壕欠成立了第一个初级社——先锋社。初级社工作并不顺利，老魏却催着父亲接着推进初级社工作，父亲满腹委屈，在一场风雪后发起了高烧，由孟铃娘悉心照料。因为合作化进度太慢，县委书记王儒被撤职，父亲被勒令检查。耿直的父亲不肯做检查，同时维护县委书记王儒，最终导致被停职。

此时的父亲感受到了人情冷暖。由于简陋的居住条件，父亲又发烧了。孟铃娘赶到父亲住的地方，父亲像一个无助的孩子抱住了她，不想这一幕被老魏看到。老魏给孟铃娘做思想工作，让她保证再也不找父亲。同时老魏让父亲写检查，这样他和孟铃娘的事一笔勾销。倔强的父亲却坚持认为全村都办初级社不现实，拒绝写检查。小说的最后，叙述者“我”找到了当年的老魏，找到了已经年老的孟铃娘，不禁感慨父亲当年的岁月。

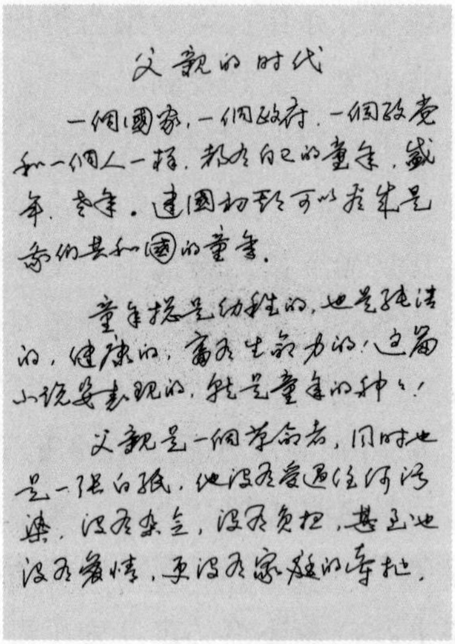
父親的时代

一個國家，一個政府，一個政党和一個人一样，都有自己的童年，盛年，老年。建国初期可以看作是我們共和國的童年。

童年總是幼稚的，也是純洁的，健康的，富有生氣力的！这篇小说要表现的，就是童年的种々！

父親是一個革命者，同时也是一張白紙，他沒有受过任何污染，沒有杂念，沒有负担，甚至也沒有爱情，更沒有家庭的牵扯，

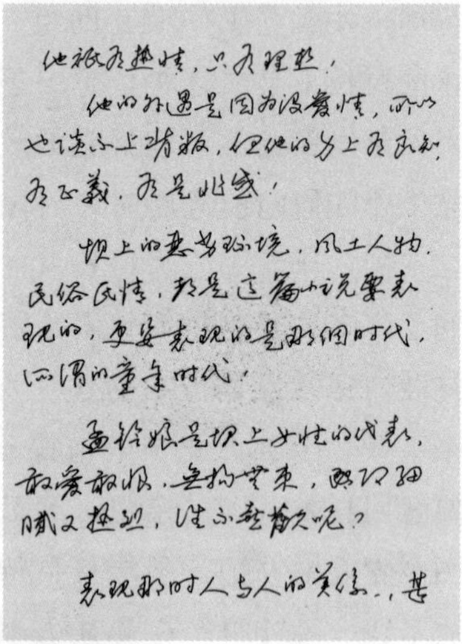
他祇有热情，只有理想！

他的外遇是因为沒有爱情，所以也谈不上背叛，但他的身上有正气，有正義，有是非感！

坝上的惡劣环境，风土人物，民俗民情，都是这篇小说要表现的，更要表现的是那個时代，所謂的童年时代！

孟铃娘是坝上女性的代表，敢爱敢恨，無拘無束，熱情粗獷又熱烈，谁不喜欢呢？

表现那时人与人的关係，，甚

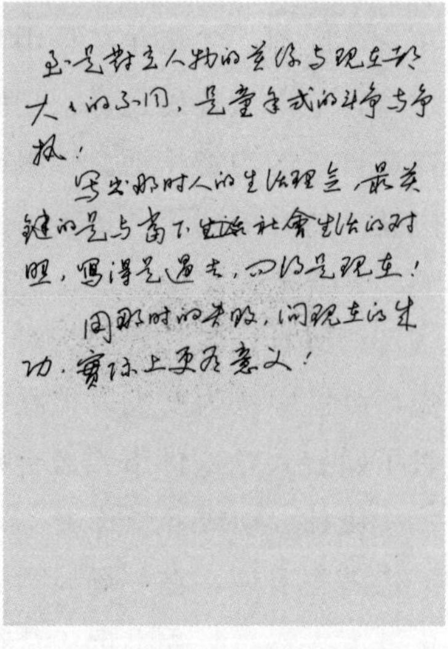
至是對立人物的关係与现在都大々的不同，是童年式的斗争与争执！

写出那时人的生活理念，最关键的是与当下社會生活的对照，写得是过去，而指是现在！

同那时的失败，同现在的成功，实际上更有意义！

阿宁创作札记：《父亲的时代》

《遥远的哈拉乌素》发表在《当代》2019年第2期。小说的开篇，母亲带着年幼的“我”来到哈拉乌素工作，由此从儿童“我”的视角，拉开了“我”在哈拉乌素的童年生活的大幕。“我”因一场大病身体瘦小，哈拉乌素的村长和老乡每天给“我”送牛奶。初到哈拉乌素的“我”，与村子里的孩子玩不到一起，落落寡合，由此认识了因没钱看病影响了发育的小矮子。母亲工作忙，村里派了一个女人每天帮我们做饭，我叫她雪姨。雪姨长得漂亮健康丰满，做得一手好莜面鱼鱼，身上散发着浓郁的奶香，童年的“我”对雪姨萌发了初恋般的依恋。哈拉乌素的合作社出了问题，母亲的动员工作不顺利，在雪姨的劝说下，母亲用无为而治的方式，让退社的人都返回了社里。随着母亲工作的推进，“我”也渐渐融入了哈拉乌素的生活，与后村的那木林结成玩伴，每天在草原上疯跑——“我”的身体强壮了。孩子们打仗时，“我”给他们出点子，挖屎尿陷阱，用树杈做弹弓。因为弹弓打伤了一个孩子的眼睛，母亲不许“我”再和村子里的孩子一起玩耍，“我”只好和雪姨每天在一起。雪姨没有时间时，“我”便和雪姨的妹妹六姨待在一起，六姨经常给“我”讲鬼故事。再有就是小矮子经常来看“我”。虽然他会恶作剧戏弄别人，但“我”不恨小矮子，全村人都不恨小矮子，他编筐、修锁、开锁，无所不能，给村民提供了许多便利。和小矮子在一起的日子，“我”的人生阅历大大增加，他给“我”讲有关性的话题，讲村里男女之间的情事。“我”在小矮子的启蒙下，本能地不喜欢雪姨的丈夫，但这不妨碍雪姨夫有一手打铁的好手艺，当“我”嫉妒雪姨夫时，雪姨宠溺地把“我”抱在怀里，说“我”长大了就到“我”家里疼“我”，“我”听着雪姨的话盼望着自己快快长大。后村的那木林又来找“我”了。离哈拉乌素不远有一个叫三盖淖的地方，当地流传着村里的小伙子与三盖淖里鱼姑娘的传奇故事，“我”被故事吸引，便骑上那木林的马想去看看。害怕“我”危险的雪姨让六姨骑马半路拦住了“我”。看淖的计划夭折了，但传奇故事却深深印在“我”心里，“我”在想象中将雪姨变成了鱼姑娘。母亲长时间在外工作时，“我”待在雪姨身边，觉得雪姨比母亲还亲，比母亲更好看。农业社里大丰收了，村民们想多分粮，母亲坚持卖粮买牲口买木头打大车，村民虽然不愿意但还是同意了。雪姨夫在木花香中大展身手，大车造好了，大伙儿都很高兴，引来六姨等外村人羡慕的目光。母亲激情地为村民畅想未来的生活，畅想共产主义，“我”被母亲深深感染着。母亲忙完社里的事，带着小矮子看病学手艺，“我”则忙着在草滩上看鸟捉鸟。县里通知母亲成立高级社，母亲认为时机不成熟，不能揠苗助长，遭到上级右倾机会主义的批判。母亲跟父亲赌气，在大会上狠狠批判自己，却歪打正着救了自己。高级社的工作不好做，关键时刻县里派来许多干部，全村的四个初级社合在了一起。母亲边忙工作边给别人说亲，六姨也定亲了。六姨有幸福、担忧、向往，童年的“我”还不能体会六姨的心情，只是在六姨的爱抚与温暖里，对六姨依依不舍。六姨出嫁的日子到了，六姨哭“我”也哭，迎亲仪式在热闹的唢呐声与喝彩声中结束了，“我”的内心却涌出了太多不安。“我”在雪姨怀里睡着了，童年的岁月睡在了“我”的梦里。

《乌兰一支更》刊发于《天津文学》2018 年第 3 期，后《中篇小说选刊》2018 年第 3 期转载。小说以母亲为主人公，故事开始于 1953 年夏季的一天，母亲从天津调到河北，沿着乌兰一支更河来到乌兰一支更村，到这里贯彻婚姻法。乡长于化堂想送母亲进村，但母亲不愿和于化堂共骑一匹马，坚决选择步行到乌兰一支更村。草原的景色很美，但也超乎想象的长，正在母亲踌躇时，遇到一个赶牛车带着丈夫看病的女人，她将母亲捎到了乌兰一支更。村长赵万财热情地迎接母亲的到来，母亲想住到刘满贵家，被赵万财拦了下来。吃饭时，母亲向赵万财了解村里的婚姻状况，赵万财说这里的婚姻还行。后来母亲到村里一调查，发现问题很多，尤其是一个女人两个丈夫显然违反了《婚姻法》。母亲从村长媳妇口里得知刘满贵家就是这种情况，便坚决住到了刘满贵家。刘满贵的媳妇恰恰就是把母亲捎到村里的女人。女人叫蛾子，干净、利索、善良，母亲晚上和她睡在一起，只盼着她没有两个男人。母亲在村里宣传贯彻《婚姻法》，总体还算顺利。到了蛾子家第三天，母亲第一次见到小伙子柱子，他带着蛾子的三个孩子走亲戚回来，孩子们喊他二叔。母亲继续宣传一夫一妻制，村里的人都等着看母亲如何处理蛾子家的事。母亲和蛾子两个人相互回避，相互装糊涂，母亲甚至后悔住到蛾子家。母亲回到县里见到县妇联主任武凤英，向她说起蛾子家的情况，母亲想放过蛾子家这种情况，武凤英认为法律不是儿戏。母亲带着武凤英的鼓励回到乌兰一支更，她要放弃人情看问题，要从法律层面给蛾子做工作，但蛾子、柱子、刘满贵三人和谐相处的模式，让母亲一次次推迟了她的行动。最后母亲利用和蛾子一起到地里送饭的机会，问蛾子支持《婚姻法》吗，蛾子说支持，母亲顺势让蛾子做出选择。蛾子坦诚她无法选择，柱子憨厚老实，无父无母哥嫂不容，现在是蛾子家里的顶梁柱，是最小孩子的爸爸；满贵年轻时也是一个俊朗结实的小伙子，草原上遇到土匪小五点，为了救村民被小五点打伤了腰导致瘫痪，他是两个大一点孩子的爸爸。蛾子说两个她都要。面对蛾子的情况，母亲陷入了矛盾与纠结中。乡长于化堂来到乌兰一支更，报告了击毙土匪小五点的好消息，蛾子感谢政府感谢党为满贵报了仇，但她又不能遵守《婚姻法》。蛾子生病发烧了，母亲照顾蛾子趁机跟她谈《婚姻法》，蛾子说她什么都明白，就是不能选择。母亲转变策略，找柱子谈心，让柱子有个长远打算，柱子说这就是长远打算。母亲动之以情晓之以理，憨厚的柱子一言不发。母亲无奈，开始给柱子说亲，村里的党员开始张罗。相亲的日子到了，女方很满意，眼看有眉目时，蛾子过来，故意在女方面前说一些和柱子暧昧的话。由于蛾子搅局，相亲泡汤。母亲和村长都批评蛾子，蛾子痛哭舍不得柱子，但让她和满贵离婚，她又不言声了。相完亲的柱子不见了，满村人着急地寻找。憨厚的柱子其实无处可去，只是躺在了蛾子家牲口槽子旁边。蛾子和柱子相拥大哭。母亲看着找到的柱子，也不知道怎么办才好，静静地听蛾子讲她和柱子的往事。母亲听完只是说，柱子不能一辈子这样，蛾子答应柱子再相亲不搅局了。柱子再相亲，女方也是一个利索人，了解了柱子和蛾子的情况，要求柱子倒插门。蛾子和女方几番对话，打定了放柱子走的主意。柱子快要走了，秋忙时节到了，满贵跟蛾子说别让柱子走，他走。蛾子告诉满贵哪儿也不能去，老婆是他的，但满贵内心已打定走的主意。所有人都下地了，满贵一个人来到乌兰一支更河边，结束了自己的生命。看着满贵的尸体，母亲手脚冰凉晕了过去。小说最后来到 1986 年，退休的母亲再次来到乌兰一支更，与蛾子、柱子二人站在河边，母亲觉得这一生最对不起的人就是满贵。“我”看着浅浅的几乎断流的河水，心中感慨。

《童年的波罗素》2021 年 1 月发表于《收获》公众上，是一篇散文，但颇具小说的情节与画面感。波罗素是蒙汉杂居的一个村子，阿宁以温情的笔触回忆了波罗素村庙里的喇嘛道尔基。他是一个无偿给村里针灸、艾灸、拔罐的人。“我”到村里时，身体羸弱，道尔基说多吃点奶子就壮实了，于是他便每天送“我”一瓶一斤半的牛奶，还送“我”焦奶（牛初乳）和奶豆腐。一年以后，“我”的身体壮实了，但“我”却很怕道尔基，因为大家都说他专门捏孩子的小鸡鸡。后来“我”才明白，道尔基那是喜欢小孩子。过年的时候，道尔基给各家各户发印着神像的年画，虽然干部不同意，但村民们喜欢道尔基带给大家的节日气氛。正月里，道尔基不像别的喇嘛那么神秘，他参加村里的演出，踩高跷扮小丑。道尔基帮了“我”家的大忙，母亲带着“我”去拜年感谢，道尔基拿出奶茶、奶皮子、奶豆腐招待我们。吃过后，道尔基领着吃撑的“我”逛大殿，大殿里精美的壁画震撼了“我”。“我”将永远怀念给我健康的道尔基，还有大殿里的那些壁画。

阿宁在波罗素草滩看复制的勒勒车

波罗素村边的草滩，阿宁儿时玩耍的地方

我们对几部作品内容做了稍详细的介绍，通过介绍我们发现，这几篇作品彼此关联，人、事、景存在交叉与呼应，因此，我们将它们作为乡土组合加以分析。上边的文本内容介绍将为我们的分析提供一些便利，这种介绍主要沿着表层结构观望文本。阿宁的这几篇作品，给读者的感受是话语与故事的难以分割性，表层的梳理无法抵达其故事内容的丰富性，当阿宁再次将笔触集中在这片乡土时，他力争将深厚的意义状态蕴蓄在话语系统中。

首先，作品有对父辈工作、生活的集中书写，从而表现作品的社会性与时代性。阿宁这次书写乡土，与 1980 年代不同，他这次把乡土的范围严格限定在张北，也就是当年他父母生活、工作的地方以及他童年成长的地方。阿宁将真实与虚构相结合，既再现了父辈激情燃烧的岁月，又使作品有强烈的逼真感。小说中的海流图、南壕欠、板申图、波罗素、哈拉乌素、乌兰一支更，都是张北真实存在的地方，地委组织部副部长王儒、县委第一书记胡子奇、县妇联主任武凤英，都是真名真姓，他们在当地都是大名鼎鼎的人物，尤其是县妇联主任武凤英，现实中能骑马会打枪，是一个英姿飒爽的女性。因为母亲的关系，阿宁从小和武凤英相识，后来阿宁从银行调入文化馆走上文学创作路，都是来自于她的支持，阿宁一直对她尊重又敬仰，所以，我们在阿宁回望乡土的书写中，频频能看到她的名字。包括作品中出现的土匪小五点，也是一个真实的张北人，他原名叫宋殿成，有三百多人马，是坝上有名的大杆子，张北地区现在还流传着很多关于小五点的传说。正是因为有这些真地名真人名，读到阿宁这几篇作品的张北人，觉得作品太真实了，一下子勾起了许多人的回忆，甚至让很多人误会作品中的父亲、母亲写的就是阿宁的父母。但父亲和母亲的形象，是作品中虚构的形象，他们是阿宁以自己的父母为原型，综合许多人的特征，塑造的一代人的典型，以此来表现一代人的生活以及对那一代人生活的怀念。

阿宁通过父亲、母亲形象的塑造，写出了父辈对工作的热爱与忠诚。

“父亲是一九四五年冬来到张家口的。一个姓魏的听说张家口酷寒，找到师里管分配的老乡疏通，改派到了密云。父亲认为这个人怕艰苦，他表达不满的方式是以更坚定的语气表示愿意去张家口，他说：张家口条件差，才更需要我们。”①

“村里人不知不觉围过来，问：那就算共产主义了吧？母亲说：还不算，共产主义比这还好。他们问：共产主义什么样？母亲说：共产主义是楼上楼下，电灯电话。住的不是现在的房子，是楼房，爹娘住在楼下，儿女住在楼上。他们问：爹娘要是想跟儿女说话咋办呀？母亲说：有电话，拿起电话，几十里之外都能说话。还有人问：共产主义什么都是机器，人就不用干活了。人干什么？是不是天天搞对象呀？众人‘哄’地都笑了。母亲说：人当然有得干，机器干活，人就看书学习，造更好的机器！母亲说话的样子我现在还能记起来，她脸涨得通红，头发在风中飘着，两只手在空中宣泄着激情。”②

第一段文字出自《父亲的时代》，第二段文字出自《遥远的哈拉乌素》，

① 阿宁：《同一条河流：阿宁中篇小说选》，中国言实出版社 2016 年版，第 107 页。
② 阿宁：《遥远的哈拉乌素》，《当代》2019 年第 2 期。

阿宁将父母的工作与时代紧紧相连，他们响应时代的号召远赴张北开展工作，两部作品都涉及了开展合作化道路、建设初级社的情节。阿宁在创作中着力凸显了他们在工作中忘我的精神与状态、面对苦难毫不退缩的革命激情，对他们身上崇高的时代信仰与时代热情给予了充分的肯定与赞美！而对父母经历的这段历史，阿宁通过父母对待合作社建设的态度给予了反思。

“老魏认为，现在推广初级社的条件已经成熟了。父亲却认为，推广初级社不是当前最主要的工作，当务之急是想办法把农民生产的粮食卖出去。”①

“母亲不赞同，她觉得刚刚建成的初级社还没巩固，今年的大丰收刚把大家心稳住，这时候搞高级社不是揠苗助长吗？还有社里的财务制度，资产管理制度都没建好，有的农具在家里放着，用的时候算社里的，有的大牲畜在各家饲养，使用时再交给别人。一个社一个办法，没有统一章程。”②

父亲、母亲忠诚于祖国和党的事业，他们本是按照生产实际表达看法，却因此遭到批评，这是阿宁对历史的一种反思。但阿宁的反思带着温和的宽容，不是痛心疾首的痛斥，也没有铺张表现斗争的场面。我们以《遥远的哈拉乌素》举例看看阿宁反思的温和性。这篇小说最早叫《童年的哈拉乌素》，阿宁命名的本意是赋予童年双重意味，一方面指作者的童年生活，另一方面指新生共和国的童年。两个童年相互映照，以作者的童年经验喻指共和国的童年经验，童年的人会犯错误，但他拥有顽强、旺盛的生命力，在不断自我纠正与成长，并且心是真诚的！阿宁想表明，童年的人如此，童年的国亦如此。有些遗憾，作品发表时，编辑读完更多感受到的是童年的一去不复返，于是改为《遥远的哈拉乌素》，读来也很贴切，但我们不应遗漏阿宁赋予作品父辈工作与时代的反思。

首先，在这组乡土作品中，阿宁在主要描写了父辈的工作以外，也涉及了父辈的情感描写。

《父亲的时代》中，父亲“一边走一边想自己的妻子，上次来信，她说

① 阿宁：《同一条河流：阿宁中篇小说选》，中国言实出版社 2016 年版，第 141 页。
② 阿宁：《遥远的哈拉乌素》，《当代》2019 年第 2 期。

要到一家幼儿园工作，也不知道能不能干好。他离开家已经六年多了，老家有一个破旧的院子，几间土房，他们在那里匆匆结了婚。仔细一想，他跟妻子加到一起才待了不到一个月，有时候想家，他都想不起妻子长得啥样儿"①。

《乌兰一支更》中"窗外的夜是燃烧的，是激情的，屋里是孤寂的，寒冷的，她从遥远的天津调到这里寻找丈夫，调来了仍然不能跟丈夫在一起"。"她到张北快半年了，只见过父亲一次。两个人在组织部客房里过了两夜。父亲很生气，问她调到张北为什么不跟他商量，母亲感觉到父亲不喜欢她，怀疑他在县里有别的女人，她调来是想守着他，来了还是不能在一起。她让父亲跟组织上要求，把两个人调到一起。父亲不肯，那时候，跟组织上提这种要求是觉悟低的表现。"②

当父辈们将人生的精力投入祖国的建设事业时，夫妻的生活状态往往是聚少离多。作者阿宁说他的父母一代，这种情况很普遍，夫妻之间没有谈情说爱、没有风花雪月，甚至以此为耻。阿宁写出了这一代人情感的缺失与遗憾，但也从道德上给予了他们充分的肯定，面对外在诱惑，他们能自我约束，恪守道德准则。在爱情缺位时，他们能够忠诚于自己的婚姻，这恰恰也是父辈责任感的体现。这种描写不代表阿宁情爱观的保守，我们在阅读中更多感受到了一代人高尚的道德情操，这很有现实意义。

其次，这组乡土作品，对张北的风土人情做了全景式书写，使文本显现出强烈的地域特征，这在阿宁 1980 年代的乡土创作中几乎是没有的。我们分别来看。

第一，张北方言词语的运用。

方言直观地表现出地域性特征，尤其在小说《乌兰一支更》中，第一人称"我"被当地人称为"俄"，贯穿全文的"俄"，带有浓浓的地域气息。再有从母亲的视角感受到当地语言的生动活泼："母亲第一次独自下乡，觉得什么都新鲜。比如，前村人管爹叫爹，后村人管爹叫大；前村管看叫眊，看一看叫眊一眊，后村管看叫瞭，看一看叫瞭一瞭。他们平时说话爱带脏

① 阿宁：《同一条河流：阿宁中篇小说选》，中国言实出版社 2016 年版，第 134 页。
② 阿宁：《乌兰一支更》，《天津文学》2018 年第 3 期。

字，说谎话叫诌逑，行事急叫扑逼，生气叫逑粗，没什么叫寡逑气。母亲听了直脸红，慢慢也就习惯了。"①

第二，张北饮食文化的描写。

张北地区盛产莜面，阿宁在《遥远的哈拉乌素》精细地描绘了莜面的做法。

"做莜面是高难厨艺。莜面讲究三熟，莜麦上磨前要在平锅里炒，炒完才磨面，这叫炒熟。和面要用刚开的水，俗称烫熟。女人们做成各种形状上锅蒸，这叫蒸熟。经过三熟的莜面吃起来容易消化，味道醇厚。莜面主食常见两种，一种叫鱼鱼，一种叫窝窝。所谓鱼鱼，是用手搓成长长的象粉条一样的形状，要细，要匀，要长，巧手媳妇一次搓六根，不断续面，六根鱼鱼搓到最后就是满满一笼。雪姨也算手巧的，搓三次差不多是一笼。看她搓鱼鱼是享受，面从她手下均匀地搓出来，像变魔术。"②

"推窝窝是高难技艺，把一小块莜面揉好放在光滑的石板上用手掌轻轻一推，就成了一张薄薄的面片儿，面片儿在食指上一绕，成了一个圆筒，一个一个圆筒排在一起成了蜂窝形状，好看极了！推窝窝讲究薄，薄到像纸一样，对着阳光看是透明的，还讲究快，手巧的女人推一笼屉窝窝不过五六分钟，揪面、揉面、推面片，卷筒，依次排到笼屉里，动作行云流水，一气呵成。"③

第三，张北地理环境的描写。

在这组作品中，阿宁不吝笔墨，多次描写张北草原的草滩，还写到了淖。

《父亲的时代》中通过父亲的视角展现冬天的草原："节气已过了三九，草滩里的雪融化了些，远处看白茫茫的，近处看，草皮露出来的地方，地早已经潮湿了，草根下面涌出了尖尖的小芽儿，跟着草芽儿一块儿萌生的是心中的暖意。"④

《乌兰一支更》中通过母亲的视角展现春夏之交的草原景色："时间到

---

① 阿宁：《乌兰一支更》，《天津文学》2018 年第 3 期。
② 阿宁：《遥远的哈拉乌素》，《当代》2019 年第 2 期。
③ 阿宁：《遥远的哈拉乌素》，《当代》2019 年第 2 期。
④ 阿宁：《同一条河流：阿宁中篇小说选》，中国言实出版社 2016 年版，第 114 页。

了五月，草滩里的草有些黄，有些绿，黄的是去年的草，绿的是新的。芨芨草有二尺高，青黄相间煞是好看，艾蒿长得快，差不多也快到膝盖了，远远望去草原莽莽苍苍，别有一番雄浑与辽阔。百灵鸟一路叫着在草尖上飞，大概在寻找筑巢的地方，一条金黄色的狐狸在草地上蹿跳，好像在舞蹈，它是在求偶吧？"①

《遥远的哈拉乌素》中通过儿童"我"的视角展现了夏天的草滩和淖。"我们去了草滩。刚刚下过雨，草滩里湿漉漉的，满嘴都是青草气。阳光在草叶上跳跃，雨珠晶亮，草叶上映着我们小小的身影……寂寞时我一个人溜达到草滩里，对着远处凝视，草滩不只是绿的，五颜六色的花朵在风中摇弋，绿色也不完全一样，有深绿，浅绿，淡绿，鹅黄色的绿，绿色一层一层的，阳光在绿色上移动，绿就有了不同层次。草滩里不光有百灵，还有燕子、画眉、黄靛、蓝靛、斑鸠、鹧鸪、沙鸡等等。""淖是一片比湖略小的水域。草原水草丰沛的季节，淖面波光粼粼。"②

第四，张北出行文化的描写。

张北草原地域辽阔，骑马驾车是人们必备的技能。阿宁在这组作品中多次写到主人公以马为媒介与周围人的交往。《父亲的时代》中，父亲因学骑马而与孟铃娘相熟，孟铃娘因倒立在马上令父亲刮目相看，两人就此互生好感。《乌兰一支更》中母亲不会骑马，和乡长于化堂共骑一匹马，被于化堂搂在怀里令母亲对其产生厌恶之感，因此下村时，母亲坚持自己步行，才有了后边草原上搭乘蛾子驾驶的勒勒车的情节。《遥远的哈拉乌素》中，蒙古孩子七八岁就会骑马，令"我"羡慕，那木林骑马带"我"去三盖淖，半路被骑马的六姨拦回家，三盖淖从此成为"我"心中的遗憾。

除去直接写骑马，阿宁还详细地描述了由马衍生的事物与事件，其中在《父亲的时代》中，对一条马鞭的描写，文字相当精彩。"父亲后来知道，老魏给他的可不是普通马鞭，是用豹皮做的，鞭子的上半截用四条豹皮打成马莲垛，下半截拧成绳儿，鞭鞘儿是水牛皮的。整条马鞭在桐油里浸过，拿出来晾干了，放到油里再浸，反复好几次一条鞭子才算做成。拿

① 阿宁：《乌兰一支更》，《天津文学》2018 年第 3 期。
② 阿宁：《遥远的哈拉乌素》，《当代》2019 年第 2 期。

到阳光底下，远看金灿灿的。因为常年使用，有一层厚厚的包浆，把手上镶着三颗蓝玛瑙，三块羊脂白玉，三颗黑珍珠，通身上下闪着塞外特有的富贵气。”① 在《遥远的哈拉乌素》中，描写了一次热闹隆重的造车场面：“村里好些年不造大车了，那时打一辆车就好像现在修高铁，是个伟大工程。把圆木破解成板材，再用刨子刨平做成一个个配件，组装起来，差不多要用十几天时间，很考验木匠的本事……那时大车车轮不是胶皮的，是木制品，把木头做成车轮的形状需要木匠的好手艺，做好了的车轮不能当下用，要晾几天再给车轮外包一层铁箍，这样车轮才经得住使。一挂大车做好，套上牲口就能拉东西了。第一次套牲口有个隆重仪式，牲口要挑社里高大俊美的骡子，或者正当年的骏马，骡子和马眼睛精光四射，四个蹄子不停地刨地，显得兴奋、急躁。缰绳是新的，笼头也是新的，马笼头挂在马眉心的地方拴着红樱子，风一吹，红缨子在空中飘动，煞是好看！”②

第五，张北婚恋文化的描写。

这组乡土作品中，除去写到了父亲与母亲之间的爱情，也以张北草原上的人们为主体，写到了几种婚恋状态。

《父亲的时代》中，孟铃娘对父亲的爱，直接、大胆、热烈：“你们干部就是虚乎，亲也亲了，搂也搂了，还说我是别人的女人。别人的女人咋了，心是我自个儿的。”③ 这段感情虽然不合伦理，但由于父亲一方对道德底线的恪守，两人最终并未越界，所以阿宁写得并不肮脏，他表现的是草原人敢爱敢恨的爽快性格。

《乌兰一支更》中，写的是一种很原始但又真实存在的婚恋状态，即一个女人和两个男人组成一个家庭，两个男人一个是合法丈夫，合法的丈夫由于种种原因不能尽到男主人的责任，于是靠另一个男人帮衬维持家庭过活。阿宁说当时张北很多村子存在这种现象，当地人形象地称为“拉边套”。阿宁在《乌兰一支更》中，塑造了蛾子、满贵、柱子三个人物形象，他们都是善良的好人。柱子憨厚老实、任劳任怨，满贵虽然残疾，但勇敢

① 阿宁：《同一条河流：阿宁中篇小说选》，中国言实出版社 2016 年版，第 110 页。
② 阿宁：《遥远的哈拉乌素》，《当代》2019 年第 2 期。
③ 阿宁：《同一条河流：阿宁中篇小说选》，中国言实出版社 2016 年版，第 138 页。

有担当，尽自己所能为家效力，于是蛾子必将陷入选择的两难境地，最终以满贵的死化解了矛盾冲突。我们如何理解这部作品？阿宁当年完稿后把稿子给了一家刊物，但作品迟迟未发，直到三年后这部作品才与读者见面。作品被推迟刊发的原因，是刊物觉得这个文本在立意上存在问题，认为母亲宣传《婚姻法》代表的是官方立场，认为满贵的死与母亲有关，让人误解是政府的工作方式逼死人。我们觉得这样的理解算是一种误读，小说的确构成情与法的矛盾冲突，但对两者关系我们要有正确的认识，阿宁借作品中武凤英之口阐明了观点："母亲工作有了难处，又回县里找武凤英。她问：像蛾子家这样，是不是可以放过。武凤英说：法律岂能当儿戏？别说我们共产党人，就是清朝，也没人敢把大清律当儿戏。"① 阿宁创作《乌兰一支更》的本意是在情与法的冲突中，感受人类选择的艰难性，人在困境中的脆弱与坚韧，还有在困境中讴歌人与人之间不抛弃不放弃的真挚情感。事实证明，很多读者从中体会到了这些，作品发表后广受好评，并被河北省作家协会推荐参评第八届鲁迅文学奖。

《遥远的哈拉乌素》中写了六姨的婚恋和雪姨的婚姻。两个姐妹连在一起看，代表了张北草原最普遍、最正格的婚姻状态，"我"从儿童的视角，见证了六姨从相亲到大婚的整个过程。阿宁将女孩子相亲时的羞怯与大婚时的喜悦与紧张刻画得相当细致。

"相亲定在秋后的一天。小伙子来了，六姨也来了，一见面就喜欢上了对方，小伙子抿着厚厚的嘴唇不停地笑，六姨低着头，两只眼睛扑闪着，趁别人不注意就偷偷瞟小伙子一眼，恰好小伙子也凝视她，四目相对，脸'腾'地红了。"②

"婚姻对女人来说是大事，也是冒险。她们的命运全押在出嫁上，嫁给好人幸福一生，嫁的不好忍受一辈子痛苦……她们出嫁前是不安的，焦虑的。六姨抚摸着我缓解了焦虑，把对婚姻的畏惧抛开，把对婆家的疑虑丢掉，她搂着我想象以后的日子，信心又回到了身上。"③

---

① 阿宁：《乌兰一支更》，《天津文学》2018 年第 3 期。
② 阿宁：《遥远的哈拉乌素》，《当代》2019 年第 2 期。
③ 阿宁：《遥远的哈拉乌素》，《当代》2019 年第 2 期。

终于，六姨在热闹的唢呐声中出嫁了，当告别了羞怯、喜悦、紧张、焦虑后，六姨会怎么样？她多半会像雪姨一样，走进平淡却真实的婚姻生活。

雪姨和雪姨夫的婚姻，同样是通过“我”的视角展现的。雪姨聪明伶俐，雪姨夫老实木讷，雪姨夫没人的时候会跟雪姨发火，在“我”以及外人看来他们并不般配、不和谐，但雪姨是爱她丈夫的。有一次，“我”看见她把剥好的土豆喂到雪姨夫嘴里，还在他脸上摸了一下。“我”脸腾地红了。我很生气，当即离开了她家，回到自己家好长时间闷闷不乐，母亲问“我”怎么了，“我”不说。雪姨知道“我”为什么，搂着“我”说：这孩子跟我生气了！她对“我”说：他是我孩子的爹，我不心疼他，心疼谁呢？

六姨和雪姨是草原上普通又美好的女性，她们注定平凡，没有轰轰烈烈，但她们会在柴米油盐的琐细中认真生活，张北草原因为有她们，才可以绵延不息，所以，阿宁通过她们写出的是张北最朴素的婚姻。

在对张北婚恋的描写中，阿宁还写了两个有浓郁生活气息的婚恋风俗，“绞脸”和“接亲”。

“那时女孩子要绞脸，就是把脸上的一层茸毛去掉。我喜欢六姨毛茸茸的脸，那时女孩子出嫁早，脸上都有茸毛，当了媳妇脸是光的，是不是媳妇一看就知道……绞脸的都是年长媳妇，一个把六姨的脸抱在怀里，不让她动，另一个手拿两根细线，不是什么特殊的线，就是缝衣服的线，把细线搓紧了放在脸上，突然松开，细线在六姨脸上滚动，脸上的茸毛拔了下来。”①

“草原上的人接亲不用花轿，用马车。马车装饰得好绚丽，上面扎满了五颜六色的彩带。一个类似轿子似的东西放在车上，新娘遮着盖头，在娘家嫂子的簇拥下来到车前，临上车时她迟疑了，嫂子们催她，她迟迟不肯上车……新郎打扮的真精神……他跳上一匹高头大马，那马是受过调教的，在轿前嘶鸣一声，迈着骄傲的步子出发了……马在前面走，轿车在后面跟随。车不是一辆，再往后面是送亲的车队，车里拉着娘家的陪嫁。这时候接亲的唢呐也吹起来。送亲的吹，接亲的也吹，两边唢呐手各自展现着独

---

① 阿宁：《遥远的哈拉乌素》，《当代》2019 年第 2 期。

特技艺，接亲的那边换上了一个特别大的唢呐，那唢呐一个人吹，另一个人在旁边举着。送亲的也不示弱，你展示大，我就展示小。拿出一个超小的唢呐，声音却比大的那边还响，很快就把那边盖了过去。那边又换了唢呐，是中号的，声音很响。这边又换了一个，跟那边差不多大，却更长。两支唢呐像两枝盛开的花朵，一齐冲着天空怒放。"①

六姨在热闹的喝彩中出嫁了，阿宁从中发出对生活的慨叹，一场热闹的仪式，是一个女孩子最高光的时刻，热闹过后的平淡才是漫长生活的真谛！

以上，我们从五个方面，解析了阿宁对张北风土人情的书写。当我们从现象方面做完列举，还要进一步思考与认识到，阿宁不是要孤立地做风俗学、社会学的描写。我们在上文的分析中已提到，风土人情的书写和对人的塑造缠绕在一起，从带着粗野的方言到辽阔的草原，从化粗糙为精细的饮食到用料做工考究的马鞭，从骑马如风的出行到骑马甜蜜的接亲，每一个侧面都是表现人物的一面镜子，处处透露着张北草原这方热土孕育出的人民，他们勤劳、智慧、勇敢，他们粗犷又细腻、热烈又含蓄，他们以自己的伦理秩序顽强坚韧地生活在这片土地上，所以，这几个作品单独存在时各自优秀，组合在一起体现了典型环境中的典型人物美学原则。

最后，我们从创作主体的角度，谈谈这组作品蕴含的情感。本小节，我们称其为旧题材新情感，主要是和阿宁 1980 年代作品的对比中，看看其变化。我们在上文的分析中，已经看出阿宁对父辈以及张北草原人民的赞美之情，现在，我们从乡土小说与叙事视角的结合中，看看阿宁在熟悉的旧题材中，做了什么样新的调整。

我们在分析阿宁 1980 年代的作品时，曾结合《责任》谈到阿宁建构小说的"归乡"模式，其实小说《谎言》也可归入其中。那时的阿宁以第一人称主人公视角，带着知识分子归乡的审视目光，以现代性的视野审视乡土文化与乡土人们的落后与闭塞等，其在叙事聚焦上，表现出外聚焦的局外人的淡漠，在叙事距离与情感上，表现出叙述者与叙述对象的疏离与陌生。而到 2010 年后的乡土创作中，阿宁在叙事视角上有所变化，既有第一

① 阿宁：《遥远的哈拉乌素》，《当代》2019 年第 2 期。

人称主人公视角，又有第三人称见证人视角，两种视角都纳入回忆的叙事框架中，在回忆中表现出对过往生活的理解、宽容与魂牵梦萦。

如《父亲的时代》中："我当然不能理解那一辈的事，不过我也有自己的经历，我不后悔自己的初恋，不后悔自己全身心地看上过别人，更不后悔自己年轻时的任何选择。因为那就是青春，是激情的岁月。如果有错，也是青春的错误。"①

如《乌兰一支更》中："几十年来母亲一直在纠结，看到他们现在的生活，母亲总算踏实了。跟这无边的岁月相比，个人的失误就像风中的一片羽毛，早就飘远了。"②

如《遥远的哈拉乌素》中："我回想着这一切，眼泪不知不觉流下来，不光想念母亲，还想念童年，想念那时的岁月。""生活就是这么神奇，草原就是这么令人神往，如今我已经濒临老年，到哪里去寻找这样的日子？那是千呼万唤的童年，永远唤不回来。"③

如《童年的波罗素》中："这两年，我不断想起童年的事，道尔基总是站在眼前。我怀念这个给了我健康的喇嘛，也怀念大殿里的壁画。"④

这些文字因其直接抒怀的方式，使其在聚焦上表现出内聚焦的主观性与逼真性，在叙事距离与情感上，表现出叙述者和叙述对象的拥抱与贴近，表现出对过往生活的怀念，所以，这一时期阿宁的乡土小说已不能用前文的"归乡"模式来概括。虽然在《父亲的时代》和《乌兰一支更》中，叙述者"我"在最后一章有"归乡"行动，但这一行动并不推动故事情节发展，只是为了突出叙述者的声音和态度。我们如何评价阿宁这一时期的乡土？

研究者雷鸣在《乡村建设之寻路与中国乡土小说的变调——以长篇小说〈湖光山色〉〈金谷银山〉为例》中提出，"'还乡'叙事模式发生了新

① 阿宁：《同一条河流：阿宁中篇小说选》，中国言实出版社 2016 年版，第 163 页。
② 阿宁：《乌兰一支更》，《天津文学》2018 年第 3 期。
③ 阿宁：《遥远的哈拉乌素》，《当代》2019 年第 2 期。
④ 阿宁：《童年的波罗素》，《收获》公众号 2020 年第 1 期。

变：由过去的‘进城—返乡—离乡’的情节链条，转变为‘进城—返乡—建乡’”①。阿宁1980年代的《责任》和《谎言》可归入“进城—返乡—离乡”的情节链条中，但他2010年后的创作却不是“进城—返乡—建乡”，我们不妨借鉴雷鸣的归纳模式，姑且将阿宁此一时期的创作归纳为“进城—怀乡—梦乡”，因为他在《遥远的哈拉乌素》中写道：“经历了六姨出嫁的激动时刻，我累了，锣鼓声反而催了眠，雪姨搂着我，我在她怀抱里睡着了！一个梦在我睡眠里！”②

正是在这一模式下，阿宁更多侧重对张北这片土地及土地上的人民的赞美，我们在上文对张北风土人情的分析中已有提及。此处我们想再谈两点，一是对质朴乡情的正面赞美，一是对女性的直接赞美，这和1980年代的乡土描写大不相同。

先说质朴乡情，1980年代的《责任》等作品中，阿宁基本没有正面描写乡土百姓待人接物的方式与情感状态，只是从对许小芬和雪梅姨的态度中，做了一些侧面反映。到了2010年后，阿宁用文字做了直接表现。

《父亲的时代》中，“孟铃娘举着手里的钱，问：崔书记，这是甚呀？父亲说：我在你们家住了三个月，一次饭钱都没给过。孟铃娘说：你这不是给饭钱，是打我的脸呢，你是不是以后不来我们家了。父亲说：还来，来了还吃你做的饭。孟铃娘说：这钱你要是不拿回去，以后就甭来了”③。

《乌兰一支更》中，蛾子“转过身对村长说：张妇联来了俄家，你歇心吧，管叫她吃好睡好，养得胖胖的”④。

《遥远的哈拉乌素》中，“母亲说我生过一场大病，影响了发育。村长说：不碍事，一天喝二斤奶没长不高的。从那以后他每天送我二斤牛奶。这里穷，却不缺牛奶，每家都养着牛，牛奶喝不完做了奶豆腐。不光村长，每天都有老乡给我送牛奶”。“头两天我们吃的东西是老乡送来的，米呀面呀，还有油，根本吃不了。这里百姓淳厚，母亲给他们钱他们不要。他们

---

① 雷鸣：《乡村建设之寻路与中国乡土小说的变调——以长篇小说〈湖光山色〉〈金谷银山〉为例》，《小说评论》2022年第1期。

② 阿宁：《遥远的哈拉乌素》，《当代》2019年第2期。

③ 阿宁：《同一条河流：阿宁中篇小说选》，中国言实出版社2016年版，第136—137页。

④ 阿宁：《乌兰一支更》，《天津文学》2018年第3期。

说干部下乡是为他们好，应该出粮出油。”①

《童年的波罗素》中，“道尔基给我号了脉，摸了摸我额头说：没大事，小时候没吃饱，吃点奶子就壮实了。他每天给我送一瓶牛奶，不是一斤的瓶子，是一斤半的。这种瓶子现在见不到了”②。

在那样一个物资匮乏的年代，张北草原上的百姓不计得失，不计报酬与金钱，慷慨地为“我”的父母和“我”提供无偿的物质帮助，阿宁在这组作品的每一篇都写了这样的情节，组合在一起阅读，构成这组乡土的叙事频率。阿宁在叙述的重复中，毫不掩饰地赞美当时人们质朴醇厚的乡情，人性的纯真与美好，偶尔也在时光化昨的怅然中，发几句质朴民风逝去的慨叹，以突出对那时乡土深深的眷恋。

再看对女性的直接赞美。

阿宁在《责任》与《谎言》中塑造的许小芬和雪梅姨两个女性形象，都是需要被拯救的女性，她们缺乏自主意识，在苦难中暗淡、没有生气。但2010年后的这组乡土作品中，几个草原女性则大不相同，她们充满色彩、充满活力。

她们的外貌张扬着生命的热烈与自信。

《父亲的时代》中的孟铃娘：“孟铃娘穿着红色的棉袄，绿色的吊面皮裤，腰里缠着一根二米多长的黄色布带，这装扮到了城市里有些怯，到了广阔的草原上就不同了，显得非常英武，非常亮丽，你可以想象一下，在皑皑的白色背景之下，她那红色的衣服就像一簇跳动的火焰，该是多么醒目。”③

《乌兰一支更》中的蛾子：“赶车女人穿着绿彩裤，红色大襟袄，头上的辫子盘起来，发髻又黑又亮，长圆脸盘儿，眉清目秀，算个美女！”④

《遥远的哈拉乌素》中的雪姨：“她的样子我还记得，红红的脸像苹果，一笑脸上两个酒窝放着灿烂的光。她身上哪儿都是圆的，脸不用说，屁股、

① 阿宁：《遥远的哈拉乌素》，《当代》2019年第2期。
② 阿宁：《童年的波罗素》，《收获》公众号2020年第1期。
③ 阿宁：《同一条河流：阿宁中篇小说选》，中国言实出版社2016年版，第114页。
④ 阿宁：《乌兰一支更》，《天津文学》2018年第3期。

胳膊、肩膀全都圆滚滚的，乳房像两个大馍扣在胸前，把布衫子顶得老高。”①

阿宁将浓烈、炙热的红色赋予草原上的女性，又善用红、绿等色彩的对比，以油画般的绚烂烘托女性饱满、鲜活的生命力。就像在《乌兰一支更》中，他借用母亲的视角给出的评价：“到了张北，母亲感觉出了这里女人的美，她们美的浓烈，美的艳丽，比如这个赶车的女人，身上异常丰满，哪儿都是鼓的，脸腮鼓鼓的，嘴唇也鼓鼓的，一笑咧着嘴，爽朗又痛快。绿裤子配红袄，到了天津卫多怯呀，在草原上恰到好处。一里地之外，就看见她身上的红色象火一样燃烧着，随着她的走近，男人的心都跟着狂热起来。”②

她们不仅有自信的外貌，还有情有义、有鲜明的自主意识，散发着母性的光辉。

孟铃娘一旦意识到自己喜欢上了父亲，便敢于抛却矜持，大胆追求，在她心中，既然丈夫孟锡心里可以有其他女人，她为什么不能有自己的心上人？虽然她的伦理意识和伦理认知存在局限与偏颇，但她敢于说出“心是我自个儿的”，并在父亲工作不顺利时，告诉父亲村里问题的症结在村长后边的老常身上。后来，在武凤英的鼓励下，孟铃娘成为一名中共党员。

再看蛾子。柱子老实，满贵瘫痪，母亲一眼就看出这个家是女人当家。能够拿主意的她，本来可以抛下残疾的满贵跟柱子过日子，但蛾子却不愿意做出选择，她不选择恰是因为她有情有义。

至于雪姨这个形象，和阿宁在《谎言》中塑造的雪梅姨形象非常相似，作者将对母亲的向往、对女性的渴望都寄托在了她们身上，但雪姨却不同于雪梅姨。

雪姨手巧心灵。“母亲气得哭。不能当着他们哭，回到家躲着人哭。雪姨明白为什么，也不说破。母亲擦干了泪告诉她：刚才迷了眼。她不问，低着头做饭……她忽然说：不回就不回，等别人都回了社他们就回了。母亲听了她的话，不再跟那几个人纠缠，等到村里大部分人都回到社里，他

① 阿宁：《遥远的哈拉乌素》，《当代》2019 年第 2 期。

② 阿宁：《乌兰一支更》，《天津文学》2018 年第 3 期。

们又找母亲要求返回。母亲对别人说雪姨聪明，不光手巧，心也灵。”①

雪姨深明大义，对父亲、对丈夫不是言听计从，而是能拿主意。“重新入社时雪姨夫说会手艺，要求把手艺作价，母亲说：你有手艺，别人也有手艺。你打铁是手艺，别人种地也是手艺，放牧也是手艺。怎么人家的手艺不作价？你的手艺就要作价呢！回到家母亲又跟雪姨说，雪姨夫就不再提手艺作价的事了。”②“她爹舍不得把自己家的骏马入社，想放到雪姨家，回去跟村里人说卖了。雪姨觉得这样不好，第二天让她（六姨）把马骑了回去。她在雪姨家呆了一天就回去了。”③

通过以上分析，我们就能比较清晰地感受阿宁如何以拥抱的姿态书写张北草原，理解其“进城—怀乡—梦乡”模式中，真正让他深深眷恋的正是那狂野质朴的乡情和温暖宽大的母性情怀。此时的阿宁已进入知命之年，经过岁月的积累，和1980年代的阿宁相比，对生命有了更深刻的认知，当他观望自己的生命时，那片曾滋养了他的土地，作为生命和艺术的源泉进入他的视野。当阿宁把它作为自我生命的组成部分加以看待时，他以感恩的姿态充分地理解它、包容它，这是阿宁与自己生命经历的更深的和解。

第二节　官场题材的深层内涵

在阿宁的乡村题材创作中，一直有对底层官场权力的关注，《麦子自己能回家》《独生眼睛》《泪为谁流》等短篇小说，包括中篇小说《无根令》中，都出现了书记、村长等人物形象，这些作品都或隐或显地写到农村底层官场权力对人物生存的影响或钳制。进入2010年后，阿宁又创作了一部乡村官场题材的作品《老鱼的梦》，作品发表在《时代文学》2014年第9期，后被收入阿宁中短篇小说选《同一条河流》中。

《老鱼的梦》以倒叙展开故事：已经离婚的主人公夏老鱼睡到十点醒来，走到村东的井边喝水洗脸，村民对夏老鱼或者视而不见或者躲躲闪闪。

① 阿宁：《遥远的哈拉乌素》，《当代》2019年第2期。
② 阿宁：《遥远的哈拉乌素》，《当代》2019年第2期。
③ 阿宁：《遥远的哈拉乌素》，《当代》2019年第2期。

夏老鱼在想死亡的方法，他想到最好的方法是让对方杀死他。故事到此，叙述时间转到两年前，那时夏老鱼和妻子美娟还过着平静的日子，随着三波人的到来，打破了夏老鱼平静的生活。第一波人是已经做了二十六年村支书的潘国栋。原来村委会要换届选举，乡里让各村民主选举，潘国栋想自己兼任村长，来老鱼家拉票。老鱼因支书的到来又紧张又荣耀，夏家在村里是孤姓，小门小户在村里往往矮人一截，如今支书亲自登门拉票，老鱼觉得支书这是看得起他，他赶紧表示同意，并因此有了浓浓的成就感，觉得自己在村里变得重要起来。第二波人是以前村副支书老韩。韩家在村里是大户，差不多占村人口的一半，老韩用一副人民公仆的样子给老鱼分析村里的情况，老鱼觉得有道理。送走老韩时，他嘴上说支书的话受听，但没有给老韩准确的答复。老鱼沉浸在村里两个大户对他重视的窃喜中。第三波人是村里的孙大疙瘩。小时候他们一起玩儿，孙大疙瘩总欺负人，老鱼跟他打过架，所以并不喜欢他。但孙大疙瘩开着塑料加工厂，属于村里的有钱大户，他拿出一副家长的样子给老鱼做工作，最后亮出底牌，他是给他的保安李宝来拉票的。李宝是三乡五里有名的混混，游手好闲，偷鸡摸狗，老鱼内心自然不想选李宝，但他并没有说出口，只答复怎么着都行。随着三波人的拉票，老鱼陷入了纠结中，因为哪一波他都惹不起。和夏老鱼一样，村民们都被拉票了，虽然他们表面热络地聊天，但谁都不透底。很快，三波人马的拉票升级，先是李宝送来两袋子古船面粉、一桶金龙鱼大豆油，接着老韩送来了两桶金龙鱼油、一袋七河源大米，最后潘国栋送来一千块钱美林商厦消费卡。老鱼本来不打算收，但他媳妇美娟却极力怂恿老鱼都收下。东西收了，到底选谁？三波人的拉票步步升级，老鱼犯了难，美娟出主意，选举当天，让夏老鱼装肚子疼去卫生院。最后潘国栋获胜，老鱼的噩梦开始了。浇地时，水渠被李宝挖了豁口，明目张胆地向老鱼挑衅。哥哥夏老杰说他们不敢找其他不投票的，但夏家是小户，自然成为李宝寻衅的对象。下雨时，李宝揭了老鱼屋顶的瓦，导致老鱼家到处漏雨。老鱼很苦闷，找老韩诉说，老韩只听不表态，找潘国栋，潘国栋以缺乏证据为由不给他做主。正在老鱼苦闷时，村民老严来了，他的女儿嫁给了潘国栋的儿子，老严想给老鱼做个中间人，缓解老鱼和孙大疙瘩、李宝的关系，老鱼答应了。两人来到银红酒家，老鱼花费了四百多，李宝却没有来。这件事一下子让老鱼成了村里的笑话。李宝步步紧逼，让老鱼交出选举时收的钱。面对李宝的威胁，老鱼无奈外出打工。伴随着老鱼的外出打工，更大的噩梦来了，他媳妇美娟和李宝勾搭在了一起。等到老鱼知道时，美娟直接摊牌和老鱼办了离婚。老鱼陷入痛苦中，他哀求美娟但无济于事。美娟走了，老鱼开始自暴自弃。村里人可怜他，吃饭时谁叫他，他便去吃，整个村子都快吃遍了，唯独没有去过潘国栋家。老鱼打定主意，如果潘国栋不给他找回美娟，他就天天到潘家吃饭。村民们觉得老鱼的行为虽然有些赖，但也在理。老韩和银红酒家都向老鱼抛出橄榄枝，但老鱼认定了潘国栋家，即使他知道潘国栋已经叫了一群亲戚，但他愿意让他们暴揍一顿。老鱼躺在医院里，在肉体的疼痛中，灵魂却从身体里飞升起来，他做了一个梦，村里又在选举，不过没有人送东西，没有人送卡，每个人都认真地把票投给最合适的人，老鱼也有一票。

阿宁创作《老鱼的梦》，其本意是思考乡村的民主问题，小说呈现在读者面前，让人感受到的是乡村民主进程的艰难。这种艰难一方面源自普通大众对民主的无知，如在村民老鱼看来“民主是一个排遣孤独的过程。村长是谁，对他来说并不重要，他只是乐意被人看重，被某个群体接纳，这有点儿像爱情，爱情的意义绝不仅是男女之间那点儿事儿，而是让男女都有了归属感。现在村里两个大户拉他，他的心像柳条一样浮荡起来”①；另一方面源于乡村各种大户势力的犬牙交错。有关大户政治，算是阿宁乡村题材的常设话题，如早期《麦子自己能回家》中的村支书和村长对“我”家的打压，《无根令》中贡天华等势力对李智的示威，甚至包括《独生眼睛》《泪为谁流》等作品中，因为支书、村长掌握着准生证等计划生育权力，村中的小门小户不得不做出牺牲色相等屈服。阿宁在《老鱼的梦》中再一次写到了大户政治，而且这一次变本加厉，三方势力最后形成合力，毁灭了老鱼的生活。农村各种势力的拉帮结派，使得民主走了味儿、变了样。以上两点原因，我们可以总结为，民主本身没有问题，民主能否正常实施和人的素质密切相关。阿宁在批判的同时，也在文本最后表现出理想主义的东西：老鱼对民主也许还是模糊的，但他最后在疼痛中有了反思与

---

① 阿宁：《同一条河流：阿宁中篇小说选》，中国言实出版社 2016 年版，第 168 页。

对未来的希冀。

阿宁创作《老鱼的梦》时，除去对乡村民主进程的思考，他更想在各种势力与人际关系的交错中，观察人的心态和行为。为了进一步解析《老鱼的梦》的深层内涵，2020 年我指导学生武永博完成本科毕业论文《用格雷马斯符号矩阵透析阿宁乡村题材作品》。论文将《老鱼的梦》与《麦子自己能回家》放置在一起，运用格雷马斯符号矩阵展开对两部作品的解析。两部作品都涉及乡村及底层权力的描写，但早期的《麦子自己能回家》的"我"和老鱼的结局截然不同，引发其结局不同的深层原因是什么？在这种人物不同的命运走向中，阿宁对人做了哪些思考？

格雷马斯是法国结构主义叙事学的代表人物之一，他"受索绪尔与雅各布逊关于语言二元对立的基本结构研究的影响，认为人们所接触的'意义'，产生于'语义素'单位之间的对立，这种对立分两组：实体与实体的对立面、实体与对实体的否定，他在此基础上进一步扩充，提出了解释文学作品的矩阵模式"①。

格雷马斯矩阵模式先设立一项为 X，它的对立一方是反 X。此外，还有与 X 矛盾但并不一定对立的非 X，又有反 X 的矛盾方即非反 X，他们之间构成的动态关系，可以用下图来阐释：

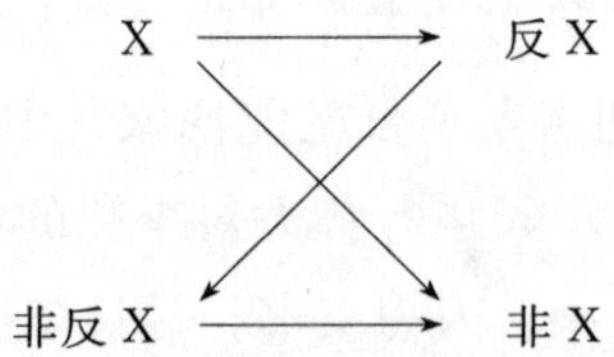

用格雷马斯符号矩阵解读叙事性文学作品的研究文献很多，如国内著名学者王一川曾用它解读鲁迅的《祝福》，国外著名的就是弗·杰姆逊的《后现代主义和文化理论》中对《聊斋志异·鸲鹆》《聊斋志异·画马》和《吉姆爷》的研究，这些研究文献为我们的研究提供了方法论基础。

用格雷马斯符号矩阵分析文本的第一个步骤，就是提炼文本的基本要

---

① 邱运华主编：《文学批评方法与案例》（第 2 版），北京大学出版社 2006 年版，183 页。

素，然后按照他们各自的意义放入矩阵之中。我们首先从人物角度提炼两个文本的要素。

《麦子自己能回家》中，人物形象主要涉及“我”、父母、村支书、村长、五叔、其他村民。“我”作为主人公，既承担作品的叙述者角色，同时又是故事的主体，自然放在X的位置。那么不给宅基地、欺压“我”家的村支书，用柳条抽“我”、棒打鸳鸯的村长，就在反X的位置。“我”的父母，虽然也和反X的村长、支书对立，但是并不具有深刻矛盾，父亲因为村长给烟就感到骄傲，对一直不给宅基地的村支书也是敢怒不敢言，他们理应和“我”站在同一位置，但又因为实质上对“我”起不到什么辅助作用，因而可以放在非反X的位置。以五叔代表的村民，和“我”没有矛盾也没有太直接的关系，但他们是这个底层社会的主体，他们的言行对“我”会产生影响，所以把他们放在非X的位置。于是，按格雷马斯符号矩阵可得：

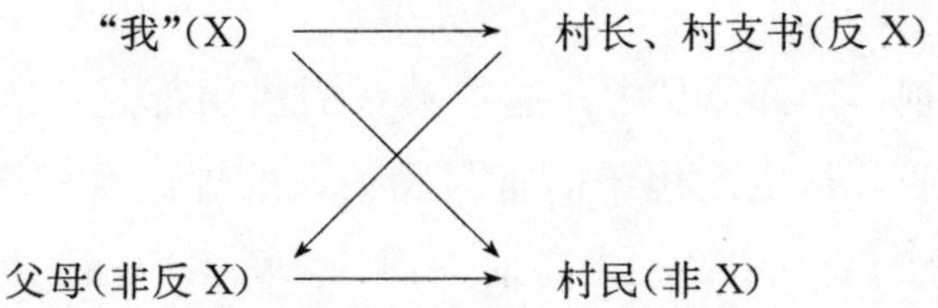

《老鱼的梦》中，主要人物形象涉及老鱼、老鱼的媳妇美娟、村支书潘国栋、前副支书老韩、塑料厂厂长孙大疙瘩、塑料厂保安队队长李宝、老鱼的哥哥夏老杰、以老严为代表的村民。老鱼作为故事主人公依然放在X的位置。村支书、老韩和孙大疙瘩，利用、压迫老鱼，给老鱼虚假的承诺，不仅没有实现许诺给老鱼的梦，还破坏了老鱼原本的生活，最后导致了老鱼的悲剧，所以他们作为对立面站在反X的位置。老鱼的媳妇美娟，在选举过程中为老鱼出谋划策，她虽然是老鱼最亲密的人，但她内心嫌弃老鱼窝囊，对以村长为代表的势力没有敌视的态度，所以是非反X。老鱼的哥哥夏老杰，作为老鱼的家人，虽然在努力帮助老鱼，但面对强权更多的是逃避和忍气吞声，不构成对立关系，所以他也是非反X。以老严为代表的村民，和村支书不构成对立，和老鱼也不构成对立，他们对老鱼有同情但更多时候是以旁观者的姿态看老鱼的笑话，他们是非 X。这样，《老鱼的梦》格雷马斯符号矩阵关系为：

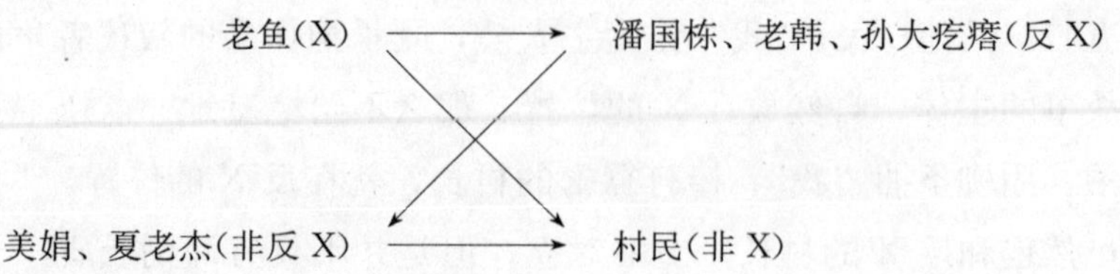

用格雷马斯符号矩阵解读文本的第二步骤，就是按矩阵分析几组人物关系，解读关系背后的深层内涵。

第一组关系：X 与反 X

"我"(X) ——→ 村长、村支书（反 X）

老鱼（X）——→ 潘国栋、老韩、孙大疙瘩（反 X）

我们会发现，两部作品中，这组关系的表层都是主人公与乡村权力话语的对立和矛盾，这也是传统的官与民关系的现代乡村演化。两部作品对比起来，《老鱼的梦》中站在老鱼对立面的，除去以潘国栋为代表的权力话语，还有以老韩为代表的以声望为表现的道德话语、以孙大疙瘩为代表的金钱逻辑，所以，老鱼比《麦子自己能回家》中“我”的命运更加多舛。这组关系，在表层的对立之下，其深层则更为微妙，无论是“我”还是老鱼，面对权力话语的施压，不仅没有反抗，反而对权力存在羡慕，想通过权力确证自身价值，所以《麦子自己能回家》中的“我”，不喜欢村支书、村长，但不妨碍“我”与他们一次次喝酒，这个喝酒的过程，使“我”和爹娘都有了面儿，让“我”有了极大的满足感。老鱼更是如此，潘国栋拉完票，他送潘国栋出门，希望左邻右舍都看到潘国栋从他家走出来。由此我们发现，两部作品中 X 与反 X 的关系，既对立又勾连，X 希望从反 X 身上获得价值确认。也正是在此处，我们会发现两部作品结局差异的原因。我们从权力的角度建立一个格雷马斯矩阵，即：

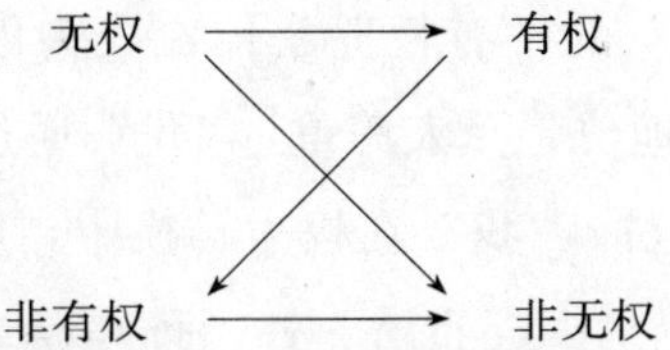

按照这个权力矩阵，重新安排人物，就会发现，两部作品都发生了变化，但变化的位置不同。两部作品开始的权力矩阵为：

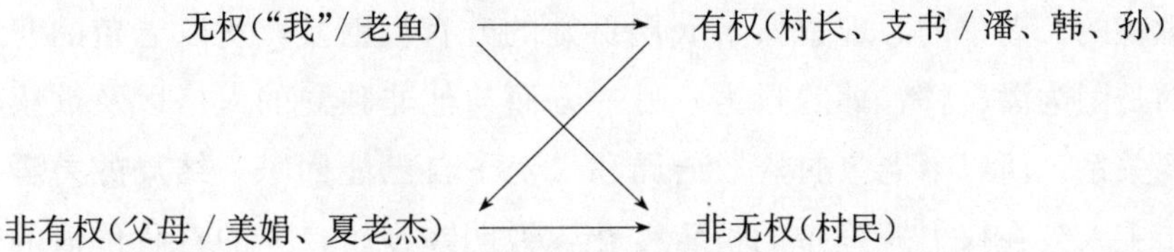

《麦子自己能回家》后来的矩阵为：

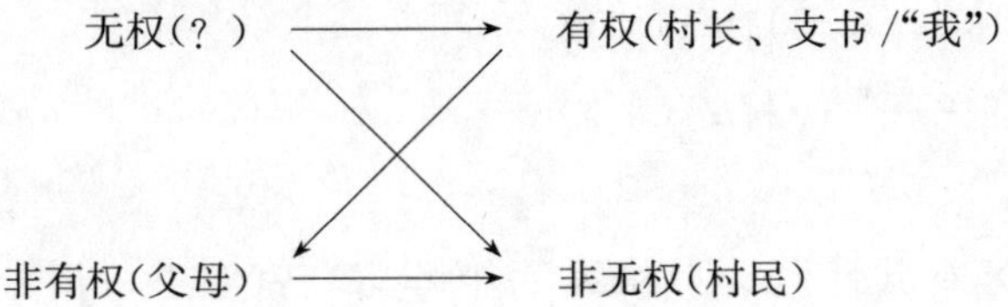

《老鱼的梦》后来的矩阵为：

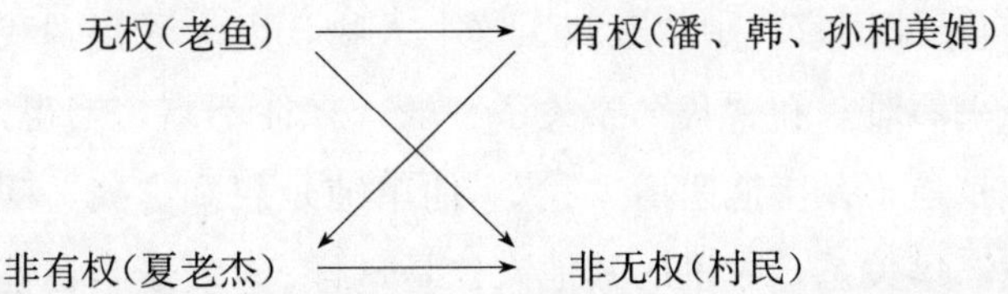

我们在这组关系中，主要看 X 的位置，读者发现《麦子自己能回家》中无权的位置出现了空白，而《老鱼的梦》中老鱼的位置没有任何变化。

《麦子自己能回家》中，“我”在成为劳动局的公务员以后，变成了有权者，原来看不起“我”的“有权”集体，成为巴结“我”的人，同样也使“我”在村子里有了地位，受人尊重。“我”通过拥有“权力”这一方式转变成为反 X 的一个成员。“我”在权力转换中，成功地从权力者身上获得了价值确认。《老鱼的梦》中，当潘、韩、孙贿赂老鱼时，他们会将青睐的目光投向老鱼，甚至给他几句恭维的话，但本质上并没有将老鱼当作他们利益集团的一员。所谓忽然有了面子，其实是老鱼自己的错觉，他瞬间觉得在对立者身上确认了自身的价值，实际上他依然处于无权者的位置。这说明，第一，老鱼将自身价值依附在他者身上；第二，他对他者是有私念和欲望的。老鱼的心理暴露了底层百姓的升官发财梦，所以老鱼的悲剧一方面是因为潘、韩、孙的行为，另一方面与他非独立的人格以及欲望也有重要关系。所以《老鱼的梦》结局和《麦子自己能回家》结局的差异，来自于主人公在权力矩阵中的位置变化，说明在乡村，人的自我价值的确认方式很单一，权力往往是唯一的标尺。

第二组关系：X 与非 X

“我”（X）————→村民（非 X）

老鱼（X）————→村民（非 X）

X 和非 X 有共性但又不和 X 一个阵营，就像王一川分析《祝福》时，柳妈本是和祥林嫂一样属于底层的劳动者，但她又不同于祥林嫂，甚至沦为了封建礼教的帮凶，间接导致祥林嫂的悲剧。《麦子自己能回家》与《老鱼的梦》中的村民即是如此。

《麦子自己能回家》中“五叔”这个人物，因为受到“我”父亲的牵连一直被村支书刁难，和“我”家关系一般，来往不多，当得知村长请“我”喝酒时，他也迫不及待地邀请“我”。他单纯是想和“我”喝酒吗？他只是想要和“我”攀关系，村里的其他人也是这样。《麦子自己能回家》这部作品明确写“我”家和村民关系的文字并不多，但从“我”小时被村长一路追赶无人阻拦，“我”家多年宅基地申请无果却无人相助，以及他们对待村长和村支书的态度，也可以看出之前他们在袖手旁观。这是一种无形的话语，充当着他人不幸的看客。

《老鱼的梦》中，村民们不仅是看客，而且影响着老鱼的“欲望”。在农村这个微型社会里，村民是没有权力的，是和 X 一样的无权者，但当他们没有和有权者产生矛盾时，他们不会站在 X 的位置看待生活，并且他们往往用自己的行为和看法无形中对 X 产生影响。当三波人马第一次拉票后，老鱼走到街上，村民们见面挺热乎，交流着情况，但表面的热络隐藏的是私心与冷漠，没有人跟老鱼说实话，小门小户的老鱼无形中被孤立了。当老鱼犹豫着要不要花孙大疙瘩的购物卡时，美娟因为看到有人早已经使用了购物卡，便怂恿老鱼花了购物卡。在周围村民力量的影响下，老鱼接受了一切他曾经犹豫的东西，这些都成为推动老鱼走向悲剧的无形力量。如果村里人都拒绝了贿赂，如果村里人能联合起来开诚布公地交流看法，老鱼也不会一步一步地走向深渊。更可怕的在后面，老鱼遭到孙大疙瘩和李宝的报复，被迫离村外出打工；媳妇美娟和李宝搞在一起，村民们都知道实情，但没有人告诉老鱼，更没有人为老鱼主持公道。当美娟离开老鱼，老鱼因痛苦自甘堕落，在夜里像野兽一样哭嚎时，村民们感到瘆得慌，但谁也不敢上前，他们害怕惹祸上身所以袖手旁观。

所以，就《麦子自己能回家》和《老鱼的梦》看，非 X 在与 X 的关系中，都充当了看客形象，这种形象阿宁在《灾星》等作品中写过，也是对中国文学看客形象的延续。就阿宁这两部作品来说，透过看客形象揭示的深层意蕴更值得思索。这些看客作为底层其实蕴含着很强的权力力量，他们其实充当着价值确认的主体，潘、韩、孙这些处于“村子顶层人”的价值，蕴含着底层百姓的默许，村民们的目光和看法赋予了他们权力与价值。潘国栋贪污受贿，以权谋私，欺负村民，可是在村民们眼中他是厉害的、受人尊敬的。老韩都已经不再任职，但他是大户，他的侄子是村里的会计，所以他依旧在村民心中有声望。孙大疙瘩通过违法犯罪的途径发财，即使他造成村里的污染，但在村民眼中他依旧是“有本事”的人。老鱼也想拥有这样的价值，得到村里人这样的认可，但想要实现的人生价值依赖着村民的看法。虽然这种价值标准是错误的、是扭曲的，可是底层乡村各方力量的相互扭结恰恰维护、固化着这种价值标准，当村民们认同这种价值观时，无形之中成为有权者的帮凶，成为老鱼悲剧的助推手，所以在 X 和非 X 的关系中，除去关注物质身份，更应看到关系背后潜藏的价值观问题，对于老鱼来说，这是想获得价值认同的又一次失败。在《麦子自己能回家》中，我们也能看到这种非正常的价值观，村长利用权力跟别家女人有染，作威作福，村支书利用权力威胁报复村民，但就是这样的人，主动打招呼、主动给烟抽，村民们也觉得自豪，甚至是面儿上有光。“我”因为工作原因权力角色发生改变后，村长和村支书主动巴结，甚至在“我”这个晚辈面前讲起了荤段子，这其实也是这种非正常的价值标准作祟。相比较而言，在《麦子自己能回家》中，这种扭曲的价值观更外在；在《老鱼的梦》中，这种价值观更加隐匿，同时对主人公的影响更大。也是在《老鱼的梦》中，阿宁对非无权的非 X 有了进一步的思考，当老鱼自甘堕落不再将非 X 作为价值确认的参照时，非 X 反过来却把老鱼作为了参照。正是在这种反转中，《老鱼的梦》在村民身上看到了亮色与人性，他们主动邀请孤独的老鱼到家中吃饭，看到老鱼被潘国栋家打得浑身是血，他们产生了深深的自哀，他们有了反抗意识。小说中，一个年轻人打算永远离开这个村子不再回来了，但这种反抗意识因为没有正确的价值认识，显得消极而盲目，所以，这组关系可以归宿到阿宁创作的本意，真正的变革必须依靠真正的乡村民主化。

第三组关系：X 与非反 X

“我”（X）————→父母（非反 X）

老鱼（X）————→美娟、夏老杰（非反 X）

非反 X 与反 X 是相互矛盾但是不对立的两个单位，在上文中从权力层面更新的格雷马斯符号矩阵中，非反 X 就是“非有权”。在《麦子自己能回家》中，“我”的父母虽然在村子里受到村长和村支书的压迫，但一定程度上，他们忍受着这种压迫，虽然存在矛盾，但不完全对立。而且“非反 X”这个元素发挥着格雷马斯的《结构语义学》中多元模型中“辅助者”的作用，它和 X 有着一定的蕴含关系。如王一川在分析《祝福》时，将作为返乡知识分子的“我”放在非反 X 的位置，虽然作为现代启蒙者的“我”没有帮到祥林嫂，但其实“我”本应扮演着“帮手”的角色。回到阿宁的作品，《麦子自己能回家》中的“我”与父母通过血缘建立相互支撑的关系，父母将厚望寄托在“我”的身上，对于麦收返家的“我”，父母充满喜悦与骄傲，对于回家后，“我”在村里的所有行为，父母尤其父亲，都给予支持，虽然父亲观念中有腐朽的成分，但显然他们永远是“我”坚实的后盾。在《老鱼的梦》里，美娟与老鱼通过婚姻建立关系，作为老鱼的妻子，美娟前期和潘、韩、孙等人有着矛盾关系，她帮助老鱼去处理问题，帮助老鱼出谋划策。夏老杰作为老鱼的哥哥，虽然不会明目张胆地站在老鱼一边，但他和老鱼一样，是潘、韩、孙不屑与孤立的对象，是矛盾的关系。老鱼遇到孙大疙瘩他们的威胁时，夏老杰带着弟弟外出打工躲避风险；老鱼自甘堕落时，夏老杰不断宽慰弟弟。

对比分析两部作品 X 和非反 X 的关系，也就是“我”和父母的关系与老鱼和美娟、夏老杰的关系，我们发现，《老鱼的梦》这部作品中 X 和非反 X 的关系更加特殊。《麦子自己能回家》整部作品的戏剧转折并不是来自于非反 X 对 X 的辅助，也就是父母对“我”更多是一种亲情的关爱。让这部作品之所以带有喜剧色彩，不是来自非反 X 的神圣相助，而是因为“我”在回家帮助父母收麦子的过程中，逐步转变为“有权”的位置，也就是说 X 的发展更多的是和反 X 的互动实现的，因为这样的戏剧张力，这部作品成为一部喜剧。而《老鱼的梦》的悲剧色彩有两方面原因。一是哥哥夏老杰虽然对老鱼很好，甚至被老鱼埋怨也不在意，但他无法给老鱼提供实质性的帮助，思想和物质上都不能给老鱼提供有效的指引。一是妻子美娟角色的转变，是悲剧色彩更根本的原因。在孙大疙瘩报复老鱼的过程中，美娟和李宝搞在了一起，我们在上文中的权力矩阵图中已经标识出，美娟其实是从“非反 X”转变成了“反 X”，她已经从辅助者角色转变成对立者角色，即：

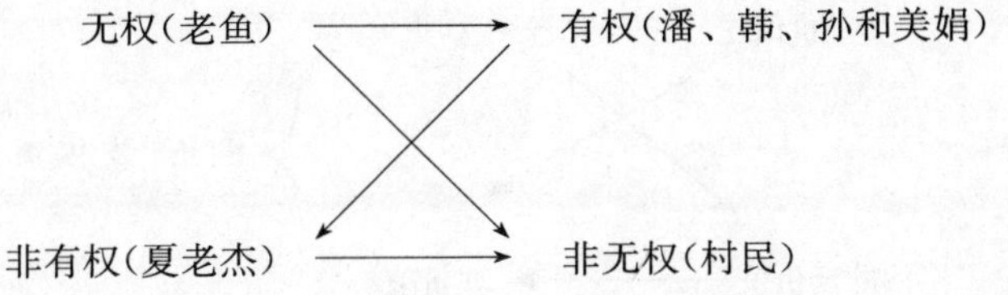

美娟的行为使她从非有权变成了有权，老鱼本来很听美娟的话，但现在她和老鱼由亲密关系变成了对立关系，使老鱼从有家的人变成了无家的人。

我们在各组人物关系的矩阵分析中可以看出，老鱼在反 X、非 X 那里都无法获得价值的认同，美娟无疑是老鱼自我价值认可的唯一参照了，从这个意义上我们也就能理解，为什么美娟的离去对老鱼造成了致命的打击。

由此可见，在这一组关系中，《老鱼的梦》比《麦子自己能回家》的安排更加巧妙和深刻。《老鱼的梦》是通过打破老鱼原本拥有的东西，使非反 X“反叛”到反 X 的位置，从而导致了老鱼的悲剧。而《麦子自己能回家》是通过村长等人的介入来处理“我”和父母的关系，也就是反 X 推动了 X 和非反 X 的发展，从而构成了一部喜剧。至于夏老杰，就像“我”的父母一样依然在非反 X 的位置上，或许阿宁在潜意识里认为血缘关系更具稳固性吧，但夏老杰却无法改变什么。

当我们将两部作品按几组关系做了分析后，又从价值层面建立了新的格雷马斯符号矩阵，对两部作品做进一步解读。“我”和老鱼所代表的虽然是无权，但是都渴望得到“权”，成为有权者，而这个“权”在深层含义中所代表的就是“我”和老鱼想要实现的价值。村长、支书和潘、韩、孙等人拥有农村的最高“权”，是“我”和老鱼所追寻的价值的体现，但是这种价值又是扭曲的、错误的，是一种“反价值”的存在。父母和美娟在“我”和老鱼心中其实是另外价值的体现，“我”的父母对“我”而言是“孝”这种价值，而美娟对老鱼而言，所代表的是“依赖”“爱情”等价值的体现，这些价值是真实的。而村民是价值体现的载体和反馈，他们所代表的内容体现着农村这个社会的价值体系，由此构成新的格雷马斯矩阵：

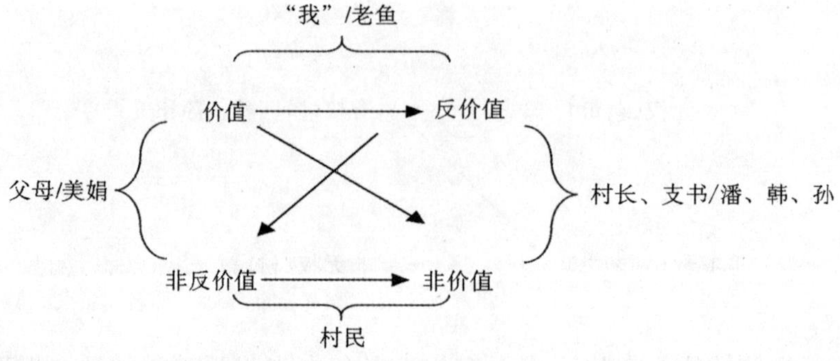

在这个符号矩阵中，我的学生武永博认为老鱼不能正视自身，超出自

己能力的欲望导致了自我毁灭。但我认为两部作品，就价值实现目标而言是一样的，无论是“我”还是老鱼，目标就是升官发财。但我们上文已经表明观点，这是一种反价值的价值体系与标准，所以两部作品就深层而言，包含着对人的价值实现尤其是乡村底层农民价值实现的思考。两部作品读完后，在一喜一悲之间，读者都会有底层乡村的根本矛盾与根本痼疾没有得到解决之感。这些遗憾恰是作品带给我们的反思：中国底层乡村这个微型社会中人的正确价值是什么？普通农民的价值该如何体现与实现？

《老鱼的梦》这部作品发表后，反响一般，我们认为原因之一是新世纪以来，文坛诞生了《秦腔》《笨花》《湖光山色》《一句顶一万句》《空山》《我的名字叫王村》《乡村志》《上塘书》《中国在梁庄》《生命册》《望春风》《天高地厚》《陌上》等一大批优秀作品，这些作品从多角度表现了乡村文化、生活的丰富性与复杂性，与之相比，《老鱼的梦》确显单薄。再有就是作品虽然批判了乡村错误的价值体系，但还没有给出明确的答案，尤其是《老鱼的梦》发表于2014年，作品没有预见到时代的发展趋势，没有抓取到时代的主要脉搏。我们不妨先引用2021年3月29日河北作协青年评论家赵振杰在《人民日报（海外版）》表达的观点。文章题目为《乡村题材创作：拿出反映时代巨变的文学表达》。他认为新时代乡村题材创作者应着重把握以下几点：

“一要融入新时代。一个时代有一个时代的文学，一个时代有一个时代的乡情与乡愁。当今中国正在经历百年未有之巨变，决胜全面建成小康社会、决战脱贫攻坚、实现乡村振兴的伟大实践正在深刻改变着中国乡村的面貌。作家只有准确把握时代发展大势，静下心来，深入思考，由乡村观照中国，以乡村认识时代，才能肩负起时代的重托。

二要熟悉新乡村。新时代的新乡村，无论是自然环境层面还是社会治理层面，无论是物质生活层面还是文化建设层面，都在发生着翻天覆地的变化。一个作家，要用文学呈现出新时代乡村的丰富、立体、深广，就必须真正做到深入生活、扎根人民，并在这一过程中不断增强脚力、眼力、脑力、笔力。走马观花、蜻蜓点水无法真正了解今天的乡村，作家除了带着笔，更要带着心，不仅要‘身入’，更要‘心入’‘情入’。

三是塑造新农民。社会主义文艺是人民的文艺，而文艺创作归根结底落实在人。书写新时代‘创业史’的关键在于刻画时代‘新人’形象。新时代乡村的主角是农民，农民不是抽象的符号，而是一个一个具体的人，有血有肉，有情感，有爱恨，有梦想，也有内心的冲突和挣扎。因此，新时代乡村题材创作在塑造典型、刻画‘新人’时尤其需要注意从一般性和特殊性两个维度上同步展开，努力实现‘人的文学’与‘人民文学’，宏大叙事与个体叙事，历史逻辑与美学价值的辩证统一。”

如何理解赵振杰文中的新时代？党的十八大以后，中国底层乡村建设已开始新征程，进入十九大以来，扎实推进全过程人民民主，集中力量实施脱贫攻坚战等一系列党的决策与领导，对党和人民事业的发展都具有重要历史意义。对于一直关注底层、乡村创作的阿宁来说，这些乡村剧变是需要进一步关注与思考的话题，老鱼等底层农民的民主之路定会找到答案。

第三节　别样的女性世界

新世纪的第二个十年，阿宁创作了《县城里的韩小强》《盛开如谜》《别忘了你是谁的孩子》三部小说。三部小说均以女性为主人公，写出了女性的幻想、迷茫、挣扎、执拗等情感心理，我们将它们并置在一起，看看阿宁笔下的女性世界。

《县城里的韩小强》作为特约作品，首发在内刊《长城文艺》2020 年 2 月刊，后正式发表于《山花》2021 年第 5 期。小说的开篇“一九七三年六月二十七日，是冯玉华悲催的一天……”，颇像路遥的《平凡的世界》的开篇“一九七五年二三月间，一个平平常常的日子……”，这样的开头有比较强的叙事性。果然，阿宁接下来，开始叙述女主人公冯玉华的故事。这一天，冯玉华的小学同学刘翠暖送她一张张家口晋剧团的戏票，剧名《海港》。冯玉华在副食品商店上班，县城里每人每月发半斤糖票，冯玉华因为工作出色，领导多给了她们店里五斤糖。冯玉华与刘翠暖来往不多，她收了不寻常的戏票，自然明白刘翠暖的目的，告诉刘翠暖买糖找她。小说的开篇定了基调——悲催。悲催就是从这张戏票开始的。冯玉华走进戏院，演出很精彩，当人们都关注主角时，冯玉华被舞台上的配角韩小强深深吸引了。韩小强长得帅：“韩小强那大大的眼睛，浓浓的眉毛，笑时露出的洁白牙齿，还有他在台上高兴时的跳跃、旋转。”① 韩小强会犯错误，就像生活中的普通人一样。冯玉华觉得主角离她的生活很远，只有韩小强离她很近，就像她自己一样。冯玉华带着看戏的充实和满足回到家中，丈夫老肉问她戏咋样，她装得轻描淡写，实际内心因韩小强波涛汹涌。第二天，冯玉华拿着一斤红糖去跟刘翠暖要戏票，刘翠暖给她两张，她只要一张，说如果有票明天再给她一张。一斤红糖换来三张戏票，冯玉华觉得值得。城市里的灯光照出的都是陈旧、平庸，但舞台上的灯光闪烁，告诉她还有另一种人生。冯玉华深深地迷上了舞台上的韩小强，即使犯了错误，也是那样的有朝气。她想去安慰戏里犯错误的韩小强，把他像孩子一样抱在胸前。回到家，冯玉华辗转反侧难以入睡，看着身边的丈夫老肉，她内心无比空虚、失落又悲哀。第三天，她熬到中午去找刘翠暖拿票，回到商店恰逢领导过来，冯玉华靠着和领导的半暧昧逃过旷工的批评。她因缺乏睡眠的精神状态引起领导关注，领导劝她去看戏，她趁机跟领导要了隔天的票。第三天看戏时，冯玉华得知剧团演完第四天就要离开这里去沽源了，她心里百味杂陈。“韩小强的眉毛才是男人的眉毛，不光眉毛，眼睛、鼻子、嘴，哪儿都是男人的。”② 跟韩小强比起来，老肉“胸口有毛，嘴半张着，门牙撩到唇外。鼻子里鼻毛乱糟糟”。冯玉华想离老肉远远的，想跟韩小强远走高飞，但她连韩小强姓什么都不知道。第四天演出结束，冯玉华还没回家，就下定决心，跟着剧团走。孩子生病发烧绊住了她，孩子烧一退，她的心就飞了。老肉觉察到她的不对劲儿，但他不敢拦着。冯玉华以走亲戚为由跑到了沽源。“她不喜欢自己家，不喜欢丈夫，喜欢台上的英俊少年。她不是来看戏的，是来看人，看这个人的一颦一笑，欢喜与忧愁。让别人笑话她好了，她就是这么回事！”③ 冯玉华在内心一次次鄙视自己，但她在自我鄙视中越发沉沦。剧团在沽源的演出结束了，马上去康保。冯玉华找到三姑，跟三姑借了钱，又追到了康保。很快她的事传开了，因为无故旷工，商业局要开除她。老肉一路追赶到康保，冯玉华因为没有见到韩小强却要

① 阿宁：《县城里的韩小强》，《山花》2021 年第 5 期。
② 阿宁：《县城里的韩小强》，《山花》2021 年第 5 期。
③ 阿宁：《县城里的韩小强》，《山花》2021 年第 5 期。

回家，又哭又闹，老肉一顿耳光，她似乎清醒了。但回家只上了一天班，她就请了病假。“没人怀疑她装病，整个人瘦得脱了形，眼睛鼓着，脸色惨白，说话声音像蚊子飞，‘嗡嗡’地听不清楚。”① 冯玉华的身体、精神一日不及一日，老肉四处求医问药不见效。冯玉华内心装着韩小强，却守口如瓶。刘翠暖大概猜出了原因。剧团正在市文化馆演出，老肉找车带着她走进戏院。当韩小强出场，看到冯玉华的精神状态时，老肉都明白了。看完戏，冯玉华对老肉说，韩小强再好，也是戏台上的，只有老肉才是真实的好，但她想见韩小强一面。老肉找关系，双方约在防修饭馆见面。冯玉华细心打扮，然而见面时，她却愣住了：“他们面前站着一个俊俏女子，穿一件月白色上衣，草绿色军裤，脖子上围着一条粉红色纱巾，两个短短的羊角辫在脑后翘着，笑眯眯地看着他们。”② 韩小强竟然是个女人！她为了证明自己是韩小强，当场唱了一段，人们都喝彩，冯玉华也跟着喝彩鼓掌。但老肉很快发现了她的不对劲儿——冯玉华陷入了精神错乱，她坚决不承认眼前的韩小强，称她自己才是韩小强。而且上班时，冯玉华也经常走神，到了领工资的日子，她也不领，她说她不是冯玉华，她是韩小强，冯玉华是她的一个戏迷。最后，她彻底疯了，满大街奔走，找一个叫冯玉华的女人。

《县城里的韩小强》，这部作品阿宁写得既有年代感又有现代感。

小说以红糖和戏院作为时代符号：红糖的稀缺和购买红糖凭票，反映出一个物资匮乏的年代；戏院的一次演出，一票难求、小城轰动，反映出一个精神匮乏的年代。拥有红糖票和戏票，是有地位、有价值的象征。阿宁建构好时代背景，主人公的性格命运就顺理成章了。冯玉华作为底层小人物，面临的是双重匮乏，但真正导致她悲剧的是精神的匮乏。封闭的小县城、窝囊的丈夫，在日复一日的生活中，冯玉华虽有不满，但因为没有参照，她的意识中没有对自我精神的观照。但一次演出，舞台上光鲜亮丽的灯光与人物，一下子照出了冯玉华日常生活的无聊乏味，照出了她精神世界的空白与荒芜。丈夫老肉根本无法填补她情感世界的空白，冯玉华将

---

① 阿宁：《县城里的韩小强》，《山花》2021 年第 5 期。

② 阿宁：《县城里的韩小强》，《山花》2021 年第 5 期。

虚构世界的韩小强当作了精神支柱。所以，小说对冯玉华疯狂行为及心理的描写，不能单纯做道德的判断，它们象征着一个农村底层女性的瞬间情感觉醒以及对精神世界追寻的过程。女主因对舞台人物的迷恋，导致现实生活的不幸，这个情节设计，颇似梁晓声的《苦恋》，但文学一定在相似性中有创新性，阿宁给冯玉华设计的情节反转带有极大的戏剧性与荒诞性：她苦苦痴恋的韩小强竟然是个女人，这等于冯玉华失去了情感支柱与目标，她的精神世界一下子乱了。小说的结局写得颇具意味，冯玉华自称韩小强象征着她失去了自我，但她不停地寻找冯玉华，象征着她在寻找自我。阿宁曾说，这部小说的主题就是贫困，冯玉华的生命经历恰恰照见了那个年代的物质贫困与精神贫困。

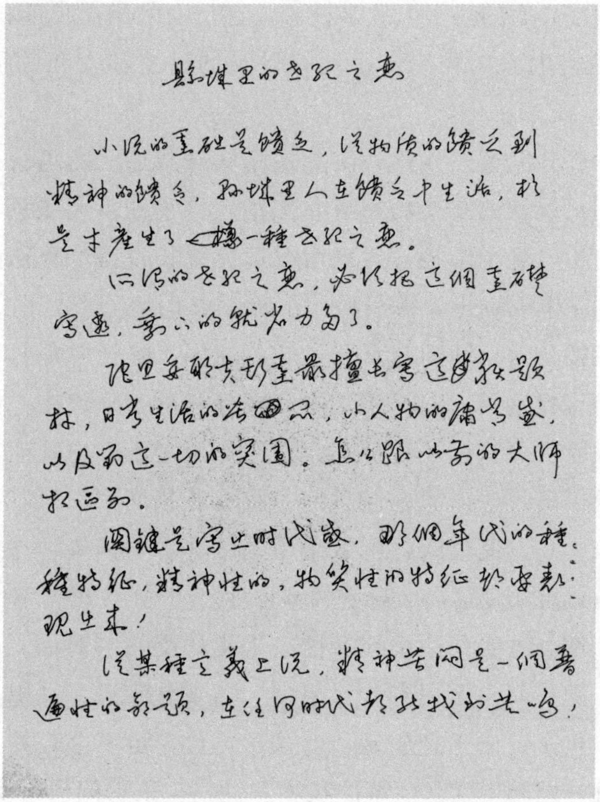
縣城里的[illegible]之[illegible]

小说的基础是贫乏，从物质的贫乏到精神的贫乏，县城里人在贫乏中生活，于是才产生了一种[illegible]之[illegible]。

[illegible]的[illegible]之[illegible]，必须把这个基础写透，剩下的就好办了。

俄罗斯那些大师最擅长写这类题材，日常生活的琐碎，小人物的痛苦，以及对这一切的突围。[illegible]

关键是写出时代感，那个年代的种种特征，精神性的，物质性的特征都要表现出来！

从某种意义上说，精神苦闷是一个普遍性的问题，在任何时代都能找到共鸣！

阿宁创作札记：《县城里的韩小强》

同时，《县城里的韩小强》写得很有现代感，我们初读时，觉得冯玉华是当下粉丝群体的一面镜像。粉丝本是大众文化的附属品，影视时代，他们靠着幻想与明星建立一种超现实关系。互联网高度发达的今天，各种电子媒介、平台与影视一道建人设造偶像，在资本的运作下，粉丝文化成为一个巨大的消费市场。有的研究粉丝文化的学者认为粉丝群体中内含着身份认同与自我价值认同等文化问题。正是在这一点上，我们认为阿宁塑造的冯玉华很有现代警醒意义，那些混淆了现实世界与虚拟世界的边界，只以虚拟世界作为价值目标，尤其是丧失理性的疯狂行为，最终必然导致对现实生活的不适应以及自我价值的迷失，所以我们从冯玉华形象上能够感受到现代意义上的精神危机，这对当下的生活很有启发。

《盛开如谜》发表在《花城》2019 年第 6 期，小说以一对母女为主人公，以她们埋在心底的秘密为故事核心，在母女的相互疏远和相互靠近中，一点点揭开她们内心的秘密。小说将母亲的秘密和女儿的秘密作为双线并进。

小说第一部分以第三人称外聚焦视角展开叙述。妈妈徐小钰接到学院陈院长的电话，说她的女儿白筝有些焦虑，徐小钰不大在意，去学校前还进行了精心打扮，到了学校，发现情况远比院长说得严重，白筝缩在教室的角落里尖叫，上衣有土，裤子破了。徐小钰耐心召唤，白筝终于认出了妈妈，母女相拥。徐小钰问起女儿尖叫的原因，院长说是白筝跟几个男生在郊外寺院游玩捉迷藏，白筝不见了，找到她时，她蹲在一棵大树下抱着头哆嗦，回来就变成这样了。徐小钰心中充满了不安与疑惑，但白筝守口如瓶。学校给不出说法，徐小钰只好先将女儿领回家，也将白筝精神失常的谜带回了家。我们阅读时，可以感受到叙述者与读者、与作品人物刻意保持距离，有效地实现了白筝秘密的神秘性。

小说第二部分主要写徐小钰和情人朱勇的交往与对话。徐小钰带着疲惫告诉朱勇，她一问白筝遇到什么事情，白筝就犯病，她担心女儿在两性关系上受人欺负了，朱勇宽慰她，女孩子再傻，也不会轻易答应男孩子这件事。徐小钰在闲聊中说起白筝的长相和性格，朱勇问白筝像她的前夫吗，问她为什么离婚，徐小钰变得警惕起来，她和朱勇多年交往以来从来不谈及她的前夫，她的过往对于朱勇来说也是一个谜。阿宁在这部分采用了叙述者的旁白和大量人物对白，叙述者的旁白重在展现一对男女在交往中相互较量的隐秘心理，而人物对白显示出他们对话的家常性。所以，在叙述者的旁白中，我们感受到他们的疏离，但对话的家常性，又为后文他们的靠近埋下了逻辑的合理性。

小说第三部分，徐小钰回到家，女儿在卧室里对她不理不睬，她温言软语哄女儿吃饭，然后去上班了。她一路上想着和朱勇的种种，虽然他们都没有结婚的打算，并且她经常向朱勇撒气，但她发现在这样的时候，她的内心很依赖朱勇。晚上下班回家，徐小钰试图和女儿交流，但女儿一直抱着手机，根本没有看过她。白筝拒她千里之外的态度让她回想起女儿小时候对她的依赖，徐小钰内心无比失落。时间过了半个月，白筝的精神状态渐渐好起来，徐小钰觉得原来的女儿回来了，于是她又小心翼翼地问起女儿那天到底发生了什么，并用自己幼时被语文老师猥亵的经历引导女儿，无论发生什么都要告诉她。但是白筝又开始尖叫，目光冰冷，并让母亲退出自己的卧室。等徐小钰再进来时，白筝正蜷缩在衣柜的空白的一点空间里，她蹲下身体抱住白筝，白筝也紧紧地搂住了母亲，母女在身体上靠近了，但她们的心依然很远，白筝的秘密依然是个谜。这一部分主要是由叙述者转述徐小钰的内心独白，但是有所保留的内心独白，徐小钰的秘密只露出了一角，叙述者不打算干预。

小说第四部分，白筝不满于母亲的干涉，独自回到学校。徐小钰看着白筝似乎也正常了，但一周后，学校打来电话，白筝又发病了，源自一个同学在图书馆问她那天发生了什么。徐小钰接回女儿，但什么也不敢问。她在焦虑中无所依靠，她虽然知道朱勇并不想和她结婚，但苦难时发现只有找朱勇，这次她甚至想和朱勇结婚，但在和朱勇吃饭时，朱勇对婚姻故意的回避，让她很受伤。朱勇不让徐小钰问白筝，等白筝自己说，但徐小钰害怕不问的后果，朱勇说能有什么后果。徐小钰迟疑了，她终究不能向朱勇坦诚一切，就比如她发现女儿的脸色和体型在悄然发生变化。徐小钰无名又和朱勇发火，分别时，朱勇没有挽留。徐小钰来到公司，她掩藏起所有的情绪，在公司熬到最后不得不回家面对女儿。家里乱糟糟的，女儿一直抱着手机。徐小钰觉得女儿的肚子更大了，她边洗碗边思考怎么和女儿摊牌，她相信白筝这么大的女孩子应该知道不来例假意味着什么，但她忍住了，直到一周后，她忍无可忍，冲进白筝的卧室，要带白筝去医院。白筝认为自己没病不要去医院，徐小钰拿出安眠药做威胁，白筝妥协了。医院检查结果，白筝没有怀孕，徐小钰松了一口气。但白筝却不满于母亲的行为，摔摔打打回了学校。但半个月后，白筝再次犯病回家。徐小钰让学校负责，但院长与几个跟白筝外出的男孩谈话后，没有结果，徐小钰无奈回家，白筝发病的秘密依然是一个谜。小说这一部分展现的是一个要强又强撑的徐小钰，女性承担着母亲、情人、职员三个角色，读完这一部分，感受到的是生活给予女性的压力。

第五部分，白筝情绪不佳，院长让她办理休学，虽有摆脱责任之嫌，徐小钰也没有办法。回到家，白筝越发胖了，有时还恶心。徐小钰偷偷观望女儿，医院的阴性证明让她觉得白筝只是肠胃出了问题。但白筝的肚子魔术一样大起来，再去医院，肚子里的胎儿竟然五个月了。徐小钰不敢追讨医院的责任，因为她要掩盖女儿怀孕的事情。徐小钰和朱勇商量，打算让白筝流产，但白筝坚决不同意。徐小钰问谁是孩子的父亲，白筝坚决不说。徐小钰以泪洗面，离开家无处可去，不知不觉到了朱勇的小区。坐在长椅上，徐小钰想起了自己的往事，想起了自己的语文老师，想起了自己怀着白筝的情景。徐小钰怀揣着自己的秘密，走进一家餐馆，却看到朱勇和一个女孩子一起有说有笑地吃饭。徐小钰刚要转身离开，朱勇拦住了她，并向女孩子介绍徐小钰是他爱人。送走女孩子，徐小钰来到朱勇家，两人商量怎么处理白筝的事情。朱勇正打算去青岛，他本来打算离开徐小钰，但他发现自己很惦念这个女人，他想给这个女人幸福。在朱勇的帮助下，母女二人打算带着秘密搬到青岛。

小说第六部分，朱勇的超市开业了，白筝的肚子日益膨胀，她用各种理由推脱不做引产。徐小钰内心想起自己怀着白筝的情景，内心理解白筝。朱勇在忙碌中，抽空回家告诉父母结婚的事，父亲说要娶知根知底的人。朱勇回想起来，他一直不知道徐小钰过往的事情，尤其是她的婚姻。回到市里，和徐小钰商量房子的事情时，他在发怵中问起徐小钰的婚姻，问到为什么离婚。徐小钰说不知道。她发现女儿白筝跟她一样，问什么都说不知道。两人不欢而散，朱勇认为她不说，就是缘分不够。徐小钰回到家里，乱糟糟的家更增添了她的烦闷，她想问出孩子的父亲是谁，白筝又要犯病。

徐小钰索性不再问了，她告诉白筝要和朱勇结婚了。白筝对她嫁谁无所谓，甚至认为母亲是要摆脱她。徐小钰又陷入了对往事的回忆，她的秘密也在回忆中被揭开，原来她上学时被语文老师迷惑，爱上了自己的语文老师，她作为语文课代表每周借交作业和老师秘密交往，最后被语文老师的爱人发现。语文老师的爱人感叹她还是个孩子，没有为难她。换了语文课代表后，她的成绩一落千丈，她从此痛恨语文老师，也痛恨所有的男人，也无法忍受和男人在一起。过往的生活经历像一座山压得她喘不过气。朱勇的出现，是对她的救赎，但她却无法开口向他诉说往事，于是她发微信在感谢中提出了分手。母女的秘密都还压在心底。这一部分，叙述者依然是通过回忆式内心独白，向读者转述了徐小钰的内心秘密。由于更多站在徐小钰的主观视角，这段往事，叙述者没有做道德的评价。

第七部分，朱勇收到微信，赶到徐小钰家，只有白筝在。朱勇第一次单独面对白筝，他看着白筝放松的样子，不像一个受害者，他觉得白筝比想象中复杂。忙完的朱勇，一直没有联系到徐小钰，无意间向窗外一望，发现徐小钰正坐在小区下边。他把徐小钰带回家，两人更多时候是沉默，最终徐小钰忽然发作，她怒问自己是朱勇什么人，朱勇忍无可忍用言语回击徐小钰，徐小钰晕倒。醒来后，徐小钰抱住朱勇痛哭，不让朱勇离开她，他们的心第一次这样近。阿宁在这一部分展现了一个崩溃中的歇斯底里的女人形象。两人在吵架中，丧失了平时的矜持，甚至失去了理智，但正是在这时他们说出了心底最真的话，这一部分生活场景的描写真实而生动。

第八部分，白筝买来听诊器，自己关注宝宝的胎音，孩子有力的心跳声，让白筝忘记了恐惧、羞怯与耻辱。接着小说以第三人称视角，呈现了白筝的一段回忆与内心独白。陈院长的爱人是个大才子，是所有女生倾慕的对象。白筝将倾慕化作信念，她从老师眼中读出了喜爱，并在一个阳光明媚的下午和老师发生了关系。她在深夜里一次次尖叫，不是表演，是无处倾诉，心中涌出许多念头，太需要一次表达、一次宣泄了。通过叙述者的转述，白筝的秘密袒露在读者面前，但对作品中人物来说还是秘密。

小说第九部分，徐小钰带着朱勇来到一个破败的老旧小区，敲开了一个沧桑老人的门。朱勇听着他们的对话。老人和儿女断绝了关系，孤苦一人，向徐小钰说着对不起。听说徐小钰结婚，忙给徐小钰找份子钱。徐小钰带着朱勇慌乱地离开。两人来到一家茶室，徐小钰将自己的往事徐徐道来。她和老师的事情一时轰动，又因她改口说是老师强奸了她，害得老师被开除，妻离子散。她带着恨与悔结婚，所以很快离了婚。徐小钰坦诚了过往，并表示不勉强朱勇娶她，朱勇深深拥抱徐小钰，他们的心真正走在了一起。小说这一部分是对第六部分的补充，表面看来是第三人称视角，实际是站在朱勇的视角，展现了徐小钰和语文老师的见面，也将徐小钰的秘密坦白给了朱勇。小说第六部分缺少的道德评价，在这一部分通过徐小钰的忏悔给予了补充。

第十部分，白筝分娩，一个儿子，徐小钰看到这个小生命，忘记了道德与耻辱，满心是对未来的希望与喜悦。孩子满月后，白筝要带着孩子去见陈院长，白筝在母亲的疑惑中，告诉母亲陈院长的爱人属于她。徐小钰无法阻拦白筝，只能在祈祷中等着白筝回来。三个月后，白筝收到同学们的短信，陈院长的爱人自杀了。白筝陷入了沉默，她想起带着孩子见陈院长的细节，她知道陈院长会把一切传达给那个人，她以为自己得到了、胜利了，但瞬间什么都没了。晚上，白筝终于向母亲敞开心扉，她想用生一个孩子的方式拥有老师，没有想到会逼死他。徐小钰在白筝的忏悔中，喜悦地感受与女儿心灵的贴近，也感受到了女儿的蜕变与成长，她们的内心都将走出黑暗，迎接光明。

《盛开如谜》这篇小说，阿宁创作的时间跨度比较大。2019 年他在《中篇小说选刊》发表创作谈《盛开的方式》，专门谈及了这部作品的创作。小说的开端写于它发表前的八年，因“触电”之事被搁置，当阿宁带着“触电”的满身伤痕再次回到这部小说的创作时，他的心境已经发生了变化，但题材依然喜欢，他依然有倾诉和书写的欲望，于是就有了现在的《盛开如谜》。如何解读这部作品？视角很多，我们从阿宁为小说命名的过程，算是从作者角度做一探问。小说最初叫《你说》，后来换成《谁家有女初长成》，总之在几天的时间里，阿宁构想了二十多个题目，直到改成《盛开如谜》，阿宁和责任编辑都很满意。阿宁自己认为《盛开如谜》是一部女性的成长小说，写了母女两代人的成长，她们内心都有不可告人的秘密，内心都是封闭的状态，她们敞开心扉的瞬间，意味着她们的成长。我们如何理解女性在非道德生活中的成长？通过小说可以看出痛苦、耻辱、非道德的生活，给予了她们精神的压抑与创伤，当她们向他人倾诉时，意味着她们终于可以正视自己的生命经历。从女性主体与他者客体的角度来说，过往的生活经历以及情感已被她们自己当作可以观望的客体，她们已经具备理性地分析、把握过往生活与情感的能力，所以此时母女二人已成长为生活与情感的主体。“盛开如谜”四个字，非常形象地表现出了女性经由岁月打磨，如花儿一般盛开并散发着韧性的生命状态。

接下来，我们再看一部以女性为主人公的小说《别忘了你是谁的孩子》（发表于《十月》2017 年第 5 期）。小说的人物关系很简单，叙述者“我”，主人公她，通篇以第一人称见证人视角，由“我”叙述她。端午节那天，“我”接到她的电话，请“我”吃饭，“我”本不想去，她太精明了，人们都不想欠她的人情，但“我”还是去了。在后文的叙述中读者能体会到“我”赴约的理由。“我”先她到了赴约点，脑海中回忆起她的过往：外表精致，修眉轻扬，眼影增添眼睛的明亮，刚生过孩子，腰束起来带着狠劲儿、带着要强，走路挺着胸，因为和老板关系暧昧，她在公司很有话语权。与之对比，眼前的她泄了劲儿，匆匆抹过的妆容，先是道歉自己迟到，接着就谈孩子的事。“我”听说是孩子的事松了一口气，因为如果是她的事，“我”帮不上忙。她要提拔副总，程序烦琐，“我”认为孩子的事比这简单，便安慰她说，孩子的成长要顺其自然。她却说自己的孩子品学兼优，不能输在起跑线上。“我”在尴尬中听她描述孩子的事情，虽很凌乱，但最后“我”听明白了。她的孩子在班里竞选班长差三票，她认为不是孩子能力不行，是因为另一个竞争的孩子用肯德基贿赂同学。“我”觉得是小事，她却认为这是原则问题，是老师不公平，是破坏民主。“我”虽然不以为然，却表示出一副尊重的样子。她继续表示她的忧虑，她不能让孩子受到打击，她觉得孩子落选后，健康的苹果脸变得发黄，走路躲着人，也不爱笑了。“我”的心跟着她的话揪起来，刚要安慰她，她却岔开了话题——她从不给别人同情她的机会。即使公司董事长已经退休，她的提拔已成泡影，新任董事长根本不重用她，但她却跟“我”说她的生活多么如意。然而说着说着她还是流泪了，孩子的事勾起了她所有的感伤。“我”不认识孩子的班主任，只认识校长，但为这点事惊动校长有点小题大做了。她说并不在乎班长的职务，关键是不能让孩子受到伤害，“我”答应了她。接着聊到她的现在，她说自己在研究教育。分开后，“我”找到孩子小学的校长，说明来意，校长觉得事情不难办，于是叫来孩子班主任。班主任听“我”说到孩子的名字，充满警惕，原来她已经找过班主任十几次。班主任拒绝了“我”的要求。校长为了缓和尴尬，说他下来解决，但班主任却执拗地不同意。为了进一步解决问题，“我”特意陪她去了一次学校，和班主任的对话并不愉快，她坚持自己的孩子成绩优异，班主任告诉她另一个竞选的孩子能考全年级第一，她竟然不相信，直到班主任拿出孩子们的成绩单。那个孩子果然每次都是第一，她的孩子每次都是第四、第五，这比落选班长更打击她。她很快调整了自己的情绪，说竞选班长是为了锻炼孩子的能力，班主任说锻炼很好，但不一定必须当班长。她又说起那个孩子贿赂同学的事情，班主任毫不留情地说是她的孩子贿赂同学在先，并导致同学们不满，认为她的孩子带坏了风气。双方僵持不下，校长让班主任回班管理孩子。为了给“我”面子，校长下命令重新竞选班长。她一路沉默，路上恰好遇到孩子，孩子告诉她班主任哭了，“我”觉得事与愿违，事情更糟了。“我”问起孩子请同学们吃饭的事，孩子说是她让请的，她告诉孩子，没有人会白白投票，都是有代价的。她盛怒之下打了孩子，“我”把孩子揽进怀里，知道她不仅因为孩子的事，也想起了自己的不顺心。她流着泪把孩子拉回怀里，朝着“我”挥了挥拳头，她不屈不挠的劲头儿一下子感染了“我”，“我”愿意继续帮助她。在校长的斡旋下，开始新的班长竞选，那个孩子不再参加，家长表示对职位不感兴趣。她的孩子也想弃权，她却告诉孩子决不能退缩，别忘了她是谁的孩子。竞选前，我又陪她到了班主任家，她的功利目的太强了，班主任亲切中带着戒备，双方谈话并不愉快，班主任找理由下了逐客令，她却仍然喋喋不休地说自己孩子的优秀。我们带的礼物，被班主任严词拒绝。选举的结果出来了，原来参加竞选的孩子退出，另一个孩子当选，校长告诉“我”她的孩子差了四十多票。我得知结果，没有跟她联系，这样的结果让“我”与她的交往异常尴尬。小说的结尾来到了半年后，她忽然给“我”电话，告诉“我”她的女儿当了班长，她又开始对女儿的优秀夸夸其谈。让“我”颇感兴趣和意外的是，她的孩子怎么竞选成功的呢？几天后，“我”见到校长，才得知令“我”惊讶的真相：她把孩子转到了一所非重点中学。

阿宁自己说，《别忘了你是谁的孩子》写的也是一种成长，这篇小说同样包含母亲和女儿两个人的成长。阿宁称这种成长为谬误式成长，在望子成龙、望女成凤的父辈梦想里，这种成长是很普遍的现象。在我们看来，这个短篇小说从题材上，首先潜藏着阿宁一直以来对校园、对教育的关注。作品中的母亲形象并不陌生，她和《狠如羊》中的一众父母如出一辙，将自身未能实现的以及对未来的向往全都寄托在孩子身上，正如“她说：我不能让她走我的老路，一定要做个优秀的人，鹤就是鹤，鸡就是鸡”①。阿宁这次有关教育的叙事，和《狠如羊》等作品的不同在于，他将处于教育主体的孩子作为背景处理，而将笔墨放在了母亲身上。可以想见，由于母亲的强势，那个退隐在文本之内的女儿，她的成长承受了多少教育之重，她是另一个备受压抑的王立业。其次，这个短篇小说凸显在读者面前的是女性的成长，有关这一点，我们把本节三部作品中的女性放在一起来谈，同时借此关联阿宁诸多作品的女性形象，简要做一总体评价。

阿宁在他的作品中呈现了女性成长的艰难，这种艰难有来自女性自我性格的因素，也有来自外在环境的因素。

自我性格因素表现为执拗与封闭。《县城里的韩小强》中的冯玉华对韩小强的迷恋带着执拗，《盛开如谜》中的白筝对老师的爱带有执拗，《别忘了你是谁的孩子》中的她，在解决孩子的竞选事件上，更是无法阻拦的执拗。因为执拗，她们往往不愿与他人交流，或者说不能与他人有效交流，又带来自我世界的封闭。在执拗与封闭中，这些女性表现出性格的偏执甚至畸形，这往往也是造成她们自身不幸的重要因素。在这一点上，也表现出男性作家与女性作家写作的差异：女性作家往往借这种封闭与执拗充分展现女性经验，作为男性作家的阿宁让我们看到的是执拗给女性成长造成的障碍。其实，阿宁偏爱塑造执拗性格的人物形象，在笔者与阿宁的谈话中，他对自己的创作有过一些总结，他认为自己多年的创作，始终贯穿着一些主题，第一是对理想的执着，第二是失去的母爱，第三是弱者的世界，这些主题的延续并不是有意为之，而来自于一种创作的无意识。我们认为这种无意识和阿宁的个体成长有关，他自幼骨子里带着一股倔强，不肯轻

① 阿宁：《别忘了你是谁的孩子》，《十月》2017 年第 5 期。

易放弃自己的主意与梦想。所以，他笔下的人物形象往往带着阿宁自我性格的印迹——这种印迹透过人物可以表现为强大的内心与生命的坚韧这种性格的优点，如小说《能耐》中的女主人公陈珀与祁淑琴；也可以表现为因过于执拗而带来的性格的偏执与畸形，如本节所述人物。

外在环境因素表现为男权世界对女性的压制、骚扰或损害。我们看本节三部作品中的三段文字：

"她解释时，领导的手搭到她腰上，让她略略放了心……她接了票转过身，领导扳住她肩膀把嘴伸过来。她挣了一下，挣得力气不大，领导亲了她脸，又亲嘴，她屏着呼吸挣开脸。"①

"副总对她不错。去年有一次他们一起出差，跟客户吃过饭，副总在大床房里把她拥进一个角落……她推开他说：你应该把精力用到小姑娘身上。副总讪讪地说：我们天天在一起，才是真感情。"②

"董事长一退，她的事就算彻底告吹了，没人会重用前任的情人。有一次我去董事长办公室，敲了门，半天才开，看到她在里面，眼睛红红的，分明是刚刚哭过。"③

阿宁的三段描写，颇有相似性，我们发现女性的成长，无论成功与否，受外在环境影响很大。在阿宁作品中，这种外在环境往往以男领导的形象出现。《校园里有一对情人》中朱丽娟为了职称名额委身系主任，《城市季节》中丛红为了利益失身韩经理，《泪为谁而流》中即使没有什么姿色的杨桂花，为了准生证也要跟村长撒娇调情。阿宁的作品让我们看到，男性世界的强势对女性成长造成的影响。当然在这一点上，阿宁的女性形象的塑造难免有同质化的倾向，由此带来其女性形象几乎都存在道德的污点与道德的不完善。虽然阿宁在《别忘了你是谁的孩子》中有此叩问："我不明白，人们恨一个女人为什么远远超过恨她的主人，杨贵妃是千古罪人，唐玄宗却是风流一帝。"④ 但总体来说，他还是站在男性立场塑造女性，所以他笔下的女性成长尤其成功往往和男人脱不了关系。

---

① 阿宁：《县城里的韩小强》，《山花》2021 年第 5 期。
② 阿宁：《盛开如谜》，《花城》2019 年第 6 期。
③ 阿宁：《别忘了你是谁的孩子》，《十月》2017 年第 5 期。
④ 阿宁：《别忘了你是谁的孩子》，《十月》2017 年第 5 期。

本章结语

阿宁在文学创作谈《盛开的方式》中说：“文学不是比谁写得快，而是比谁写得好。写得好就要沉得住气，写得慢一些，再慢一些。”[①] 这些话代表了阿宁这一阶段的创作心境——对于作家来说，是一种创作的自由之境。

这一时期作品篇幅不长，但阿宁在有限的篇幅中力图涵盖更丰富的社会生活内容与思想内涵，除去我们上文写到的，其他如《舅舅在母亲心中》《病人的私事》等作品，都具有很强的概括性。《舅舅在母亲心中》是一篇一万七千多字的短篇小说，不仅书写了两姐弟相隔千里、血浓于水的亲情，还在姐弟的情感线索中，插入了解放前舅舅和母亲相依为命、解放后舅舅参军母亲成为优秀军属、舅舅因恋爱被军队处分永远留在了甘肃靖远、母亲和父亲的恋爱、父母离婚舅舅回保定调解、母亲为了保护孩子告发父亲等情节，一下子拉宽了这部小说的时间维度、社会维度以及人性的维度。《病人的私事》中，病人因市长的身份要隐瞒失眠的隐疾，名医因要把时间多留给病人坚持不出诊，为了让市长和名医见面，各色人等悉数登场，展开了一场有关人性与权力、金钱、美色相交织的叙事。

这一时期小说另一引人之处是情感、场景等描写更加细腻。虽然阿宁说自己在“触电”中搞得满身伤痕——这伤痕应该是被投资方支配自己无法决定剧本命运的尴尬，但对于创作来说，还是产生了积极作用。如阿宁借助视觉化的细节与场景表现人物内心世界：“怅惘深深控制了她，她在炕上不断翻身，把被子掀开裸露出身体。黑暗中她抬起腿，越过窗帘上缘透进来的月光照在她腿上，她在朦胧中看着修长、白净的大腿，觉得自己还年轻。那时没有性感这个词，县城里人说谁性感，就说骚。她觉得自己挺骚的，还能骚得起来。她在黑暗中笑了一下，是冲着他笑，好像他没有站在台上，就站在她面前。”[②] 翻身、掀被、抬腿、月光下的自赏与微笑，这些动作和细节，宛如一帧帧视觉画面，将一个情感饥渴的女人搬到了读者眼前。

---

① 阿宁：《盛开的方式》，《中篇小说选刊》2019 年第 12 期。

② 阿宁：《县城里的韩小强》，《山花》2021 年第 5 期。

这一时期，阿宁依然保持着对现实的敏感与关注，《邦彦与美盼》《夜里闭不上眼睛》等作品，以人口老龄化问题为切入点，呈现老年人的情感世界，关涉家庭、社会等诸多层面。总之，这一时期阿宁的创作更加由心而发，技巧方面用力不多，但形式与内容的贴合已呈水到渠成的状态。

2010年以来作品概况

短篇小说《空号》载《青岛文学》2017年第5期。

短篇小说《别忘了你是谁的孩子》载《十月》2017年第5期，选载《2017年短篇小说选》（长江文艺出版社）、《小说月报》2017年第11期、《中华文学选刊》2017年第12期。

短篇小说《四季歌》载《中国作家》2017年第12期。

短篇小说《人有多少种死法》载《长江文艺》2018年第12期。

短篇小说《遥远的哈拉乌素》载《当代》2019年第2期，选载《小说月报》（大字版）2019年第5期、《作品与争鸣》2019年第5期。

短篇小说《舅舅在母亲心中》载《当代》2021年第1期，入选河北省2021年小说排行榜榜首。

短篇小说《童年的波罗素》载《收获》公众号2020年第1期。

短篇小说《县城里的韩小强》载《长城文艺》2020年总第454期、《山花》2021年第5期，选载《小说月报》2021年第6期，收入《2021年短篇小说选》。

中篇小说《老鱼的梦》载《时代文学》2014年第9期。

中篇小说《同一条河流》载《北京文学》2014年第10期，选载《中篇小说选刊》2014年第6期、《长城》增刊，入选2014年度河北小说排行榜。

中篇小说《病人的私事》载《花城》2015年第2期，选载《2015年中篇小说精选》，《保定晚报》连载，2018年2月获第二届孙犁文学奖。

中篇小说《大鱼》载《小说月报》（原创版）2015年第11期，选载《中篇小说选刊》2016年第2期、《长江文艺·好小说》2016年第2期。

中篇小说《父亲的时代》载《北京文学》2016年第2期，入选2016年度河北小说排行榜。

中篇小说《夜里闭不上眼睛》载《上海文学》2017年第9期，收入

《2017 年中篇小说选》、《中国中篇小说年度佳作 2017》（山西人民出版社），选载《小说月报》（中长篇专号）2018 年第 1 期。

中篇小说《半脸哥》载《北京文学》2017 年第 10 期，选载《小说选刊》2017 年第 12 期。

中篇小说《捕捉者》载《山花》2017 年第 10 期。

中篇小说《乌兰一支更》载《天津文学》2018 年第 3 期，选载《中篇小说选刊》2018 年第 3 期、《新华文摘》（网络版）2018 年第 19 期。

中篇小说《平民江山的首脑生活》载《北京文学》2018 年第 9 期、《作品与争鸣》2018 年第 10 期。

中篇小说《邦彦与美盼》载《小说月报》（原创版）2019 年第 3 期，选载《中篇小说选刊》2019 年增刊第 1 期，收入《2019 中篇小说选》（长江文艺出版社）。

中篇小说《盛开如谜》载《花城》2019 年第 6 期，选载《中篇小说选刊》2020 年第 1 期、《北京文学 · 中篇小说月报》2020 年第 1 期。

中篇小说《冀声冀韵》载《时代文学》2020 年第 1 期。

长篇小说《中国一九四五——重庆风云》（与人合作）重庆出版社 2012 年 8 月出版。

中短篇小说集《同一条河流》言实出版社 2016 年 10 月出版。

电视剧《中国 1945——重庆风云》（与人合作，编剧），2011 年 7 月在北京、天津、重庆卫视播出。

四幕话剧《池塘》载《大舞台》2013 年第 6 期。

结语：时代某一个方面、某一个角落的阐释者

2022年4月6日，《河北文艺评论》公众号发表封秋昌与阿宁的对话文章：《作家是时代的“阐释者”——与作家阿宁的对话》，两人就“作家应该是时代的‘阐释者’、人类能否认识世界和人类自身、一般作家的写作有无存在价值和意义等问题”进行了交流。在这次对话中，封秋昌对《乌兰一支更》《遥远的哈拉乌素》等近期作品，就艺术表现力等方面给出了充分肯定。两人谈及1997年封秋昌与陈超的《对话：阿宁的方式与局限》，阿宁自谦“那时写的一些作品，有的作品虽然不错，却是偶尔碰上的，跟自觉的追求有很大区别”。与之相对，他认为自己这几年进入了自己的状态，作品中有了一种自觉的艺术追求。封秋昌非常赞同阿宁求质量不求数量的艺术追求，并从“作家为什么写作”的角度，对阿宁提出希望，希望阿宁去熟悉时代、认识世界、认识人生，以独特的发现成为时代的“阐释者”。阿宁对封秋昌老师的厚爱表达了感谢与个人看法，他认为自己对成为时代的“阐释者”有些力不从心，他觉得能在世界观、价值观、表现方法、语言等方面成为一个有特色的作家，就谢天谢地了，但他会努力成为时代某一个方面、某一个角落的“阐释者”。

阿宁在这次对话中的表达是真诚的，这源于他对文学一直以来的热爱。同时，他的表达也是谦逊的，其实他多年的创作一直紧贴生活，紧贴人生，努力呈现人性，他已经在践行时代某一个方面、某一个角落的“阐释者”角色。《责任》《校园里有一对情人》《坚硬的柔软》《天平谣》《无根令》《能耐》《灾星》《狼如羊》……每一部作品都可追溯生活之源，阿宁已然从多维度多领域，为读者呈现世界的某些方面。我们在前文曾多次将阿宁的

作品放入中国文学语境中，如《坚硬的柔软》与精致利己主义的批判、《凉瓶》《温故知新》与新笔记小说的契合、《米粒儿的城市》与底层写作的关联等，这些都表征着阿宁与时代的同频与审视，也表征着他与中国现代文学的共振与守望。

阿宁说年轻的时候豪情万丈，现在更能让自己静下来，静下来不是停下来。创作的道路虽然艰辛，但阿宁正在以更加清醒的姿态投入创作，我们静待阿宁的新作。

后记

本书为笔者 2018 年承担的河北省社会科学基金项目，项目编号：HB18WX001。

项目获批初，我欣喜之余不免惴惴。因内心明白，虽然在此之前阅读过作家阿宁的作品并撰写过一些论文，但距离成书为之尚远。果然，搜集资料、细读文本、阅读文艺理论之后，纷至沓来的各种想法不断击破我原来的预设框架，很长一段时间，我望着眼前的一堆资料，找寻落笔的起点。纷乱之际，作家阿宁向我推荐了文艺评论家贺绍俊等人的专著，读完令我豁然开朗，我找到了走进阿宁及其作品的路径——时间。于是我沿着时间的线索，将阿宁的个人生活经历与创作经历揉在一起，一路梳理品读，期间虽有因个人学术水平有限力所不逮的惶恐与笨拙，幸有亲朋好友的支持与鼓励，终于成书。

作家阿宁从 20 世纪 80 年代至今，笔耕不辍，小说、散文、剧本都有涉猎，小说最为出色。其作品荣获国内多种奖项尤其是茅盾文学奖提名，充分肯定了阿宁在文坛的地位与价值。雷达、曾镇南、牛玉秋、缪俊杰、何镇邦、陈超、郭宝亮、田建民、封秋昌等知名学者曾撰文研究，既提升了阿宁的知名度，又为我们现在的研究提供了生长点。就时间和题材来看，学者们的研究视域多集中在 1990 年代校园、乡村题材的部分作品，新世纪之后的研究相对较少，本书则向前回溯、向后延伸，力图呈现作家及其创作的全貌，其中很多作品都是首次论述，不少文献资料都是首次与读者见面，这得益于阿宁老师的慷慨馈赠。与阿宁老师相识较早，但接触多起来则在这次成书的过程中，阿宁老师温和、谦逊、认真，对我提的问题耐心解答，嘱咐我不要用溢美之词修饰他的生活经历，尤其是不愿过多提及他与文坛名人名家的来往。我想，正是有这样的人格温度与高度，才能写出具有人性精神与人性深度的文字，在此，向阿宁老师表达我的敬意与感谢！

项目能够顺利完成，得益于保定学院多年的地域文学研究传统与丰富的文学资源。校园内的“保定作家群文学馆”作为一张文化名片，展现着保定作家群创作的辉煌与绵延，为保定学院人提供了研究的落脚点，激励着保定学院人研究的热情。项目能够顺利完成，也得益于文学院领导的关怀与支持，他们在工作时间安排与成书出版等方面，给了很多有价值的指导和建议。项目能够顺利完成，还得益于我的家人和朋友给予的照顾与鼓励，在我受阻和懈怠时，不断为我加油打气！指导学生徐媛和武永博完成毕业论文的过程也激发了我许多思考。感谢所有！

成书过程的惶恐，并未随截稿而散去，因为我深知我写下的文字还有很多不足，好在求知的心依然火热，我将继续前行！

马晶晶

2022 年 11 月 8 日

参考文献

[1] 乔纳森·卡勒. 文学理论入门［M］. 李平，译. 北京：译林出版社，2013.

[2] 童庆炳. 作家的童年经验及其对创作的影响［J］. 文学评论，1993(4).

[3] 王德威. 想象中国的方法：历史·小说·叙事［M］. 北京：生活·读书·新知三联书店，1998.

[4] 李敏. "故乡"修辞与中国当代经验书写——20 世纪 80 年代以来的文学还乡记［J］. 文艺研究，2021(3).

[5] 钱理群. 中国现代文学三十年（修订版）［M］. 北京：北京大学出版社，1998.

[6] 克里斯托弗·巴特勒. 牛津通识读本：现代主义［M］. 朱邦芊，译. 北京：译林出版社，2018.

[7] 彼得·盖伊. 现代主义：从波德莱尔到贝克特之后［M］. 骆守怡，杜冬，译. 北京：译林出版社，2017.

[8] 瞿世镜. 意识流小说家伍尔夫［M］. 上海：上海译文出版社，2015.

[9] 童庆炳. 文学理论教程（第 5 版）［M］. 北京：高等教育出版社，2015.

[10] 陈思和. 中国现当代文学名篇十五讲（第二版）［M］. 北京：北京大学出版社，2013.

[11] 波伏瓦. 第二性［M］. 郑克鲁，译. 上海：上海译文出版社，2011.

[12] 朱栋霖等. 中国现代文学史 1917—2012（第 2 版）［M］. 北京：北京

大学出版社，2014.
[13] 朱栋霖等．中国现代文学史 1915—2016（第 3 版）[M]. 北京：北京大学出版社，2018.
[14] 邵燕君．新世纪第一个十年小说研究 [M]. 北京：北京大学出版社，2016.
[15] 邱运华．文学批评方法与案例（第 2 版）[M]. 北京：北京大学出版社，2006.
[16] 雷鸣．乡村建设之寻路与中国乡土小说的变调——以长篇小说《湖光山色》《金谷银山》为例 [J]. 小说评论，2022（1）.